はたらく魔王さま!

21

Satoshi Wagahara
Illustration ■ Oniku
和ヶ原聡司
イラスト■029

MgRonald.

CONTENTS

デザイン ● 木村デザイン・ラボ

「分かってる、聞こえてる、おいそう言えば、アラス・ラムスはどうした。恵美んとこいるのか」

「魔王様！　何寝ぼけてんすか！」

「……芦屋？」

※

「魔王様っ!!　いい加減起きて下さいっ！　何してんすか遅刻しますよ！」

　目を開いた真奥は、明るい陽の光の中、視界一杯に広がるリヴィクォッコの必死の形相を認識し、思いきり悲鳴を上げた。

「うおおおっ!?」

「何すかいきなり大声上げて！　早く朝飯食って下さい！　片付かないじゃないすか！」

「ああ……朝飯？」

　真奥は落ち着いて、深呼吸とあくびをしてから周囲を見回し、最後にリヴィクォッコを見上げる。

「魔王様、魔王様？　まだ寝ぼけてんすか？」

「……ああ、だから最後、アラス・ラムスだけいなかったのか」

「何の話っすか？」

「お前、俺のことぱぱとか呼んだりしないだろ」

「……まだ寝ぼけてんすか」

「いや、なんでもない。寝坊して悪い。片付けは自分でするよ。お前今日忙しいんだろ。先に出掛けてくれ」

「そっすか。すんませんけど、それじゃあお願いします、お先っす」

　見た目より切羽詰まっていたのだろう。リヴィクォッコはばたばたと準備をすると、彼は似合わぬスーツを身に纏って、ものの十分で飛び出して行ってしまった。

　真奥も布団から立ち上がりながら大きく伸びをして、夢の中で期待していたものとは全く異なる料理がコンロの鍋の中で温まっているのを見て苦笑する。

「悪いなリヴィクォッコ。ついあの頃が懐かしくなっちまった」

　軽く肩を竦めてから、窓の外を見た。

「今日も暑くなるな」

　白く強い夏の日光が、今の夢のような現実を、容赦なく真奥の肌に焼き付けてきた。

HATARAKU MAOUSAMA!

はたらく魔王さま！

21

和ケ原聡司

Satoshi Wagahara

イラスト■029

Illustration■Oniku

序章　魔王、出勤する

ゲートから降り立つなり、エメラダ・エトゥーヴァは笑顔で思いきり毒を吐いた。

「なんというか～、その～、吐き気がしそうな場所ですね～」

「言《い》い淀《よど》んだならせめて言葉を選べよな」

漆原《うるしはら》は渋い顔をするが、エメラダは気にしない。

それも無理の無いことで、ここは魔王城で、もっと言えば魔界で、エメラダに言わせればまさしく仇敵《きゅうてき》の本拠地なのだ。

「何しに来たんだよお前、忙しいんだろ。こっちも忙しいんだけど」

そしてその本拠地は、ほんの数時間前に数年ぶりに魔界に帰還したばかりなのだ。

神討ちの準備をしなければならない真奥《まおう》達はもちろん、魔王城の帰還を喜ぶ多くの魔界の民達が城の麓にごったがえし、漆原《うるしはら》達はてんやわんやの最中だった。

「ええ～忙しいですよ～。どこかの王様のおかげでこの三年は寝る間も無いほど～」

エメラダは、そんな状況は理解していると言わんばかりの態度で肩を竦《すく》めた。

頂点会議《サミット》前から、エメラダはかつてないほど悪魔達に当たりが強くなってきており、このときもトゲを隠そうともしていなかった。

「ま、まぁまぁ、それより何が起こったのですかな。エメラダ・エトゥーヴァ殿。魔王城は魔界に帰還したばかりでしてな。天界突入にはまだ時間がかかるのですが」

そんなエメラダと漆原《うるしはら》の間にカミーオが入ってとりなそうとすると、エメラダは毒のある笑みをすっと消し、真面目な顔になった。

「悪魔大尚書《だいしょうしょ》カミーオ殿。人間の世界の都合で恐縮ですが、今すぐエミリアと相談して決めなければならないことがございます。どこか落ち着いて話せる部屋を手配していただきたいのですが」

「ふむ、それでしたら、今エミリアがいる部屋が、少し手狭ですが人間の体の大きさに合う椅子と卓があるのでご案内しよう」

「恐れ入ります」

直接的な恨みが無いからか、単に敬老精神なのか、カミーオに対しては礼儀正しいエメラダが小さく頭を下げたとき、ちょうど破邪の衣も聖剣も顕現させていない恵美《えみ》が、ぱたぱたと魔王城の廊下を走ってやってきた。

「ごめんねエメ！　ちょっと汗かいちゃったから、着替えてたの。まさかこんな早く来るなんて思いもしなかったわ。どうしたの？　何かトラブル？」

エンテ・イスラ中央大陸から魔王城を打ち上げた際、恵美《えみ》は惑星の重力を振りきる速度を出している飛翔体《ひしょうたい》に、外から自力で追いついて乗り込んだのだ。

それを汗をかいたの一言で済ませる恵美《えみ》の力を湛《たた》えるべきか恐れるべきか分からないが、エメラダはそれには突っ込まず、懐《ふところ》から折りたたんだ書類を取り出した。

「今が一番世界中が混乱しているタイミングですので～、可能な限り早く書類仕事を終わらせちゃおうかと思いまして～今なら帳簿の操作もラクですし～」

悪い笑顔も見せるエメラダ。

恵美《えみ》は何げなく件《くだん》の書類を受け取って軽く目を通し、小さく息を呑《の》んだ。

「エメ、これ……」

「今の内です今の内～。あ～そうだルシフェル～。もうすぐ～天祢《あまね》さんもこちらに来るみたいですよ～？」

「はぁ？　珍しいな。あの人が自分からこっち来るなんて」

「ベルさんのところに連絡が来て～。千穂《ちほ》さんのところから～誰か連れてくるみたいです～」

「佐々木千穂《ささきちほ》のとこから？　何それ？」

「さぁ～？　私はベルさんから又聞きしただけなので～。三人目のイェソドの子でも現れたんじゃないですか～？」

「は？　おいそれどういう……？」

漆原《うるしはら》の問いかけを、エメラダは無視する。

「それではカミーオ尚書《しょうしょ》～、部屋まで案内していただけますか～？　エミリアも～あまり深く考えずちゃちゃっとサインしてくださいね～？」

「え、ええ……？」

「うむ。ではこちらへ」

カミーオに先導され、エメラダはタチの悪い詐欺師のようなことを言いながら恵美《えみ》の背を押して後に続く。

「なんだよ……報連相《ほうれんそう》は正確にしてくれよな。誰連れてくんだろ。地球のセフィラとかだったら面倒くさいなー」

漆原《うるしはら》がぼやいたこの一時間後、魔王城は大黒天祢《おおぐろあまね》の来訪を受ける。

天祢《あまね》は二人の人物を連れていた。

一人は、やたらと顔色が悪く体調が悪そうな真奥貞夫《まおうさだお》だった。

そしてもう一人は……。

「は、誰、お前」

漆原《うるしはら》はその人物の顔を見て、思わずそう言った。

そこには、自分そのものとしか思えないナニモノカが、笑顔を浮かべて立っていたのだった。

「いいですか～。エミリアが拒否しても～。私は絶対にやりますからね～」

「でも、多すぎない？」

「多すぎません～。セント・アイレが非公式とはいえ～神討ちの頂点会議《サミット》に参加できたことを思えば～少なすぎるくらいです～」

「……なんだか、変なの」

「変じゃありません～。これはエミリアが受け取るべき正統な……」

「ううん、そうじゃないの」

テーブルに横並びになって書類を覗《のぞ》き込《こ》む恵美《えみ》は、小柄で年上で、大切な親友の目を真っ直ぐに見た。

「そんな話を、私達がここでしてるのが、変だなって」

エメラダはすぐに、恵美《えみ》の言わんとしていることに気づき頷《うなず》いた。

「……今回は相手がたまたま悪魔で魔王軍だったってだけのことですよ～」

「そうかしら。エンテ・イスラのどこかの国相手だったら、私達、友達になれてたかしら」

恵美《えみ》とエメラダはまた見つめ合い、笑うことなく嘆息した。

微笑《ほほえ》むことは『恵美《えみ》達の戦い』の過程に失われた命に対する冒瀆《ぼうとく》になってしまうから。

恵美《えみ》は改めて書類を覗《のぞ》き込《こ》むと、眉を寄せて唸《うな》った。

「でも……こんなにもらっても、何に使えばいいのかしら。悩んじゃうわ」

「全てエミリアの自由ですよ～」

「私の自由」

恵美《えみ》は、再び書類に目を通しながら途方に暮れた。

心の中で、やはりどんな強硬な物言いをしてでも断ろうかという迷いも生じた。

「ねぇ、エメ」

「はい〜？」

「ままならないわよね。だって本当なら『これ』は『あのときの私達』が戦った相手が魔王軍じゃなければ、もらえないはずのものよ」

「それはそうですけど〜、今エミリアと魔王が和解したように見えるのはただの結果論で〜」

「ううん。だってこのままじゃ、なんだか私、マッチポンプ感が拭えないもの。それにもしこのことを頂点会議《サミット》の人達が知ったら、全員が納得してくれるかしら」

エメラダはすぐに恵美《えみ》が言わんとするところを理解し、渋い顔をした。

「……セルバンテス様や〜、北の婆《ばあ》さんは〜後々利用してくれやがりそうですね〜」

「婆《ばあ》さんって言わないの。でも、マレブランケからディン・デム・ウルス様に伝わる可能性もゼロじゃないし、千穂《ちほ》ちゃんからうまいこと聞き出しちゃうかもしれない。だからエメ」

恵美《えみ》は、書類をテーブルに改めて広げると、言った。

「もしかしたら……これは『武器』になるかもしれない」

「武器……ですか〜？」

「ええ。武器。そもそもこれは、あいつ自身が私の前で言ったことでもあるわ。悪魔達にとっても、これは『新しい力』になるって」

恵美《えみ》は笑った。

どこかひきつった、だが確信に満ちた笑いだった。

「見ててエメ。世界が変わっても……神討ちを果たして聖法気《せいほうき》や法術や……聖剣が私の下を離れていってしまっても」

恵美《えみ》は宣言した。

「私は勇者。世界が変わっても、その事実だけは変わらないわ」

※

頂点会議《サミット》。

神討ちの戦いの後、魔界の悪魔種をエンテ・イスラの人間世界に溶け込ませる最後の仕込みを行ったのは、エンテ・イスラ人類でも、悪魔でも、もちろん天使でもなく、異世界日本からやってきた、一人の女子高生。

この世でただ一人、エンテ・イスラ人類と悪魔と天使と。魔王と勇者とを平等に、公平に愛し、そして無責任に神の視点を持ちつつ第三者であり続けた佐々木千穂《ささきちほ》だった。

愛したエンテ・イスラの全てとの別れを拒んだ千穂《ちほ》の、ある意味での我儘《わがまま》が、ごく限られた地域と首脳陣の間だけではあるが、エンテ・イスラという世界を取り巻く環境を統一した。

エンテ・イスラの民は、それを受け入れた。

異世界の少女はただただ能天気に、全員仲良くしてほしいと願ったに過ぎない。

だが、その願いをエンテ・イスラは受け入れた。

誰もがそれが正しいと願いながら、その実現に恐ろしいほどの困難と犠牲が伴うことを知っているから踏み出そうとしない世界を、形式上だけでも受け入れた。

そこには単体の戦力で一国の軍事力と比肩《ひけん》し得る魔王と勇者の存在が大きく関わっている。

種と世界の存亡を賭《と》して刃を交えたはずの二人が異世界で子供をもうけていた、という事実は、世界の首脳達が神討ちのために協力することを良かれ悪しかれ後押しした。

頂点会議《サミット》のメンバーは、世界を騙《だま》す一大茶番を魔王軍と共に演出し、やがて表向き、世界は三つの事実を知らしめる。

一つ、魔王軍の負の遺産として残っていた魔王城が空の彼方《かなた》へと消えた。

一つ、救世の勇者エミリア・ユスティーナが空に消えた悪を根絶するため、天へと帰った。

一つ、大法神教会《だいほうしんきょうかい》の発動した聖征は、聖十字大陸全土の勇士達に支えられ、成功した。

この、真実を全て語ってはいないが、決して嘘《うそ》偽りの無い朗報に世界は沸き、一つになろうとする意志を見せた。

そして、そのきっかけとなった佐々木千穂《ささきちほ》の持つイェソドの欠片《かけら》から、新たな『生命』が生まれる。

地球のセフィラ一族が誕生と共に総出でエンテ・イスラへと送り出そうとしたその生命はなぜか、堕天使ルシフェルこと漆原半蔵《うるしはらはんぞう》と、うり二つの姿をしていた。

全てが収束に向かおうとしている夜は、夏の暑さの気配がかすかに見えはじめる、六月のある日のことだった。

◇◇◇

朝のテレビの天気予報では、今日も日本が北から南まで快晴であり、うだるような暑さであるとキャスターがさわやかな笑顔で告げていた。

いちいち言われなくとも窓から差し込む光が、今日も笹塚《ささづか》の街が蒸し焼きにされていることを予告していた。

「家の中なのに目が痛ぇよ。なんだよこの日差し」

夏とはいえ、七月末の時点で既に盛夏という言葉では収まらなくなっている直射日光に文句を言っても始まらない。

この夏は特に酷暑が続いており、毎日熱中症で大勢の人が搬送されたというニュースが流れている。

眉《ひそ》を顰めながら、真奥貞夫《まおうさだお》は食べ終えた朝食の皿をキッチンのシンクに置くべくのっそりと立ち上がる。

「さすがにこんな気候が続くと食欲も落ちるわ」

この日の朝はトースト一枚に、冷蔵庫に入れておいた前日の残りの味噌汁《みそしる》というめちゃくちゃな取り合わせ。

だがここ数日の気候では、どんな料理でも冷蔵庫に入れて尚《なお》、一日経《た》てば危険信号が灯《とも》ってしまうため、十分匂いを確かめてから口に入れた。

「……そういえば昨日、アイスコーヒーが出まくったって言ってたな」

真奥《まおう》はため息をつきながら、ポケットからスリムフォンを取り出した。

待ち受け画像になっている愛娘《まなむすめ》の姿に一瞬だけ頰を緩めてから、すぐに別のアプリを呼び出して渋い顔になり、履歴の一番上にある番号をコールする。

「もしもし。朝早くから悪いな。持ち帰り用の1L《リットル》ボトル、融通してもらえるか？　ああ。昨日びっくりするほど大量に出てさ。定期納品待ってると足りなくなりそうなんだ。ああ。助かる。数字こっちで入力しておくから。おう、そんじゃな」

電話を切ると、真奥《まおう》は壁にかかった時計を見上げた。

時間は午前六時。

「ンなことしてる間にこんな時間かよ。朝飯のんびりしすぎた」

真奥《まおう》は朝の準備のピッチを上げはじめる。

畳んだ洗濯物の中から日焼けを避けるための薄手の七分袖を取り出し、柔らかい生地の機能性デニムに足を通してから、先日クリーニングから戻ってきたばかりのYシャツとネクタイと仕事着のスラックスを丁寧にリュックサックに入れる。

それから、部屋の中央のカジュアルコタツの上にあるリモコンを手に取った。

「仕事上がりに一度着替えに帰れるから、とりあえず6時間後くらいでいいか」

そして、慣れた手つきでエアコンの入予約を設定してから電源を切る。

部屋を冷やす空気が止まった瞬間、なんとなく顔の産毛《うぶげ》が汗の気配を感じはじめて真奥《まおう》はうんざりしたが、それでも出勤時間は容赦なく迫ってくる。

「これがまた暑いんだよなぁ」

リュックを背負いながら、玄関脇の靴箱の上に置いてあるオープンフェイス型のヘルメットを被ると、あごの下で止めてシールドを下ろした。

ブラウンカラーの革靴を履いて玄関の外に出てカギを閉め、一度だけ施錠《せじょう》確認のためにドアノブをひねる。

そして顔を上げると、そのまま隣室の扉の前に立ち、軽くドアをノックした。

「おい。俺今日帰り遅くなるかもしれねぇから。何かあったら電話してこいよ」

中から返事は無いが、真奥《まおう》は分かっていたように肩を竦《すく》め、暑さを押しのけるように勢いをつけて共用階段を駆け下りた。

そして、日向《ひなた》に置かれ熱を持っている、自転車置き場に鎮座する銀色の塊に手をかける。

銀色のカバーを取り外した下から、濃いイエローカラーのスクーターが姿を現した。

カバーを丁寧に畳んで専用のシートラックに片付けてから、スクーターに跨《また》がった。

「ケツが熱い……クソ」

土の敷地《しきち》から力を入れてスクーターを道に出し、早朝の陽《ひ》ざしでも十分に熱されたシートが尻を焼く感触に顔をしかめながら、真奥《まおう》は左手でブレーキをかけつつキーをひねる。

「それじゃあ今日も仕事に行きますか。鮪鳩号《まぐろばとごう》」

軽快なエンジン音を聞きながら、真奥《まおう》はやや覇気の無い声でそう言い、熱風を切り裂きながら笹塚《ささづか》の街を走り出した。


神討ちの戦いから三年経《た》った、ある夏の朝のことだった。

堕天使、遺産を受け取る

その男は、魔王城が魔界に帰還し、再び天界に向けて打ち上げ準備にかかった頃、天祢《あまね》に連れられてヴィラ・ローザ笹塚《ささづか》二〇一号室に現れた。

頂点会議《サミット》直後のことが原因で真奥《まおう》は大きく体調を崩していた。

同居状態だった恵美《えみ》が今はエンテ・イスラにいるのをいいことに、ヴィラ・ローザ笹塚《ささづか》に戻って引きこもっていたタイミングだった。

二〇一号室の玄関に立つその男の姿を見たとき、真奥《まおう》はいよいよ体調不良が極まって幻覚を見たのかと錯覚した。

「何、珍しいじゃん、風邪ひいてるの？」

天祢《あまね》の問いも耳に入らず、真奥《まおう》は重い体を必死に支えながら問いかけた。

「漆原《うるしはら》……お前なんで……今、エンテ・イスラの魔王城にいるはずじゃ……」

「面倒だから単刀直入に言うけど、僕はルシフェルじゃない。エンテ・イスラに生きる人類の未来を一つの方向に束ねた者の傍《そば》から生まれた、セフィラの子だ」

「……あ？　何？」

「ただ、この姿を持って生まれたことには理由があるし、当然ルシフェルと共通する多くのものをこの身に宿している」

「ま、待てよ。ちょっと理解が追いつかない。漆原《うるしはら》じゃ、ない？　セフィラの子？　じゃあまさかお前、後から生まれてくるとかいう……」

「ああ、知っているなら理解が早い。その通りだよ。僕がエンテ・イスラのダァトだ」

世界組成の宝珠の中で、ダァトと呼ばれる十一番目のセフィラだけは、他の兄弟姉妹よりも後から現れることは真奥《まおう》も聞いていた。

だが、真奥《まおう》は他に気になることがあった。

「お前今、エンテ・イスラの人類の未来を束ねた奴《やつ》の傍《そば》で生まれたって」

漆原《うるしはら》の顔をしたダァトの言葉は、体調不良で立ち上がることすらできなかった真奥《まおう》の膝に衝動という名の力を与えた。

「もちろん佐々木千穂《ささきちほ》のことだよ。頂点会議《サミット》をうまく取り回したおかげでエンテ・イスラの人類は一つに……っ!?」

「お前……これ以上、ちーちゃんに……!!」

「僕だって面倒かけたくて彼女の傍《そば》に現れたわけじゃない。でも結果として悪魔の王も、人間の皇帝も王も将軍も聖職者も、それに勇者も、誰一人としてエンテ・イスラの人類を『エンテ・イスラ人』という概念の下に置くことができなかった。異世界から現れた、ただの女子高生以外はね」

「……う、ぐ……」

「彼女を最初に巻き込んだのは君だ。そうだろう」

図星を指されて勢《そ》いを削がれた真奥《まおう》の膝から力が抜ける。

「どうしたんだよ真奥《まおう》君！　悪魔も風邪ひくの？　同居の奥さん何やってんのさ」

その様があまりに痛々しく、天祢《あまね》も『同居の奥さん』などといつも通りの言葉を使いつつも、顔だけは真剣に手を差し伸べた。

「うわ、熱もすごい出てる。ちょっと布団《ふとん》戻りなよ。遊佐《ゆさ》ちゃんや芦屋《あしや》君はこんなことになってるの知ってるわけ？」

「すんません……芦屋《あしや》も知りません。恵美《えみ》と、アラス・ラムスも今は魔王城打ち上げでエンテ・イスラですし……あいつん家のもの色々使うのも気ぃ使うんで、帰ってきちまいました」

天祢《あまね》の手を借りて布団《ふとん》に戻った真奥《まおう》だったが、ダァトからは目は離さない。

「遊佐《ゆさ》ちゃん家の方が色々と便利だったでしょうに、そういうとこお堅いというか融通きかないというか……冷蔵庫見たとこ、ご飯は食べてるみたいだね。そっか、芦屋《あしや》君がいなくてもリヴィクォッコ君はいるんだもんね……とはいえだ」

天祢《あまね》は冷蔵庫の中を覗《のぞ》きながら真奥《まおう》に尋ねた。

「その体は人間なんでしょ。インフルとかかかってないでしょうね？　医者には行った？」

「いえ、その多分医者にかかってもどうにもならないんです。この間、エンテ・イスラ行った帰りなんで、インフルとかではないです……」

ぼんやりした頭でする言い訳が通じる天祢《あまね》ではない。

明らかに隠し事をしていることを見透かされたか、天祢《あまね》の目つきが鋭くなる。

「向こうの病気とかだったらそれこそ問題でしょうが。遊佐《ゆさ》ちゃんなり鎌月《かまづき》ちゃんなりに診《み》てもらう案件でしょ。地球に未知の病原菌持ち込んだら承知しないよ？」

「いや、違うんです、これ病気じゃないんです」

「何それ。なんでそんなこと言えるの」

「いや、原因はその、分かってて、それで、薬とか効かないんで、寝てればきっと治ります」

「だからなんでそんなこと言えんの」

「いや、なんでって……」

真奥《まおう》達の事情にあまり立ち入ってこない天袮《あまね》が、今日に限って妙に粘るのは、やはり漆原《うるしはら》の姿のダァトが何か関係しているのだろうか。

そう思ってまた真奥《まおう》はダァトを見ると、漆原《うるしはら》の顔で、慈《いつく》しみとも、からかいともとれるあいまいな笑みを浮かべていた。

その瞬間、真奥《まおう》はなぜか悟った。

千穂《ちほ》の持つイェソドの欠片《かけら》から現れたこの男は、真奥《まおう》の体調不良の原因を知っている。

「不思議だねぇ。悪魔と呼ばれる君達のその生態、とでも言うかな。果たしてこれは、相手が人間だからか？　それとも、彼女だからか？」

「おま……！」

「なんの話してんのさっきから。ていうか参ったな。まさか真奥《まおう》君がこんなヘロヘロダメダメになってるなんて。どーすっかなー」

体調不良の原因を万一天祢《あまね》に知られれば末代までからかい倒されること請け合いだが、この日の天祢《あまね》はとにかく色々なことに焦《あせ》っているようで、二人の話をあまりしっかり聞いていないようだった。

「……天祢《あまね》さんこそ、どうしたんすか。そいつうちに連れてきて何するつもりですか」

「いつも言ってるでしょ。基本そっちのセフィラの面倒事を抱えたくないの。この子にさっさとエンテ・イスラに行ってほしいの。でも、真奥《まおう》君がこの調子じゃもう千穂《ちほ》ちゃんか梨香《りか》ちゃんあたりに頼むしかないか……」

「ま、待ってください。要するに、この偽漆原《にせうるしはら》をエンテ・イスラに送りたいってことですよね。今、ちょっとエンテ・イスラは……」

「魔王城打ち上げてて、聖征とかいうのが本格的になってて、安全な場所が限られてるってんでしょ。でもそんなのどーでもいい。さっさとこの子、そっちに送り出したい」

「なんでそんなに焦《あせ》ってるんですか。アラス・ラムス達は、別に……」

「ダァトは別。しかも見た目が漆原《うるしはら》君ってのは、私達が知ってる色々なことと照らし合わせても面倒すぎる。トラブルの予感しかしない」

口調は軽いが、想《おも》いは真剣だった。

「……分かりました。俺、連れていきますよ。どうせ何日かバイトは休みですから」

「ええ？　大丈夫なのそんな状態で」

「このワケ分かんねぇ奴《やつ》を他の誰かに預ける方が不安です。それに、行先《いきさき》は魔界です。今の俺の体調戻すには、魔界でしっかり魔力補給するしかないって思ってたところだったんで」

「まぁ、そうだろうね。僕もそう思うよ」

「うるせぇよ」

ダアトがしたり顔で同意するのがいちいち腹立たしい。

「お前、名前あんのかよ」

「今のところないけど。君がつけてくれるのかい？」

「からかってんのか」

名前が無いまでは予想していたが、真奥《まおう》が名付けるというところまでは思い至らなかった。

「構えなくて大丈夫だよ。別に自分でつけたっていいんだけど、つけるなら第一に佐々木千穂《ささきちほ》。二番目に君かエミリア・ユスティーナだろうなって思うから」

その序列の根拠は、真奥《まおう》はあえて問わないことにした。

「……ウツシハラ」

「どーなのそれ、真奥《まおう》君さぁ」

適当極まる名前に横から天祢《あまね》が苦言を呈する。

「ウツシハラね……ウツシハラ。悪くない。気に入ったよ」

だが名付けられた当の本人は満更でもなさそうだ。

「お前はウツシハラな。漢字とか下の名前は後だ。あとはこれ」

「何これ。ヘアワックス？」

真奥《まおう》が無造作に放り投げたワックスを見て首を傾《かし》げるウツシハラに、真奥《まおう》は気だるげに自分の額を指さした。

「お前、まんま漆原《うるしはら》すぎんだよ。紛らわしいから、せめて前髪の分け目反対に変えろ」

真奥《まおう》は決死の覚悟で布団《ふとん》から起き上がると、まずリヴィクォッコに書き置きをする。

それから大家の家にいたアシエスを呼び寄せ、そして千穂《ちほ》にウツシハラのことを含めてこれからの予定を伝えるメールを送信してから、天祢《あまね》とウツシハラを連れて魔界へと向かう。

天使の羽ペンを使えない真奥《まおう》にとって、体調不良の最中にゲートを開くのはそれだけで体には大きな負担で、実際ゲート中で何度も嘔吐《おうと》しそうになった。

だが魔界に戻り、赤い大地と空の中に屹立《きつりつ》する魔王城を見上げると、体に馴染《なじ》む大気中の魔力が温泉のように体にじんわりと染《し》みわたり、不調が一気に解消される実感があった。

「複雑な気分みたいだね？」

「もしかしてお前、心が読めたりするのか」

「多少は」

ウツシハラに悪びれる様子は無い。

「別にプライバシーを侵害したいわけじゃないんだけどね。もちろんこれから少しずつ、聞かないで済む声は聞かずに済むよう訓練していくよ」

「そのツラと物言いで生まれたてとか勘弁しろよ」

もしかしたら漆原《うるしはら》の双子の兄弟なんじゃ、と思いたくなる。

そして、

「魔王？　体調崩してるんじゃなかっ……ねぇ、誰それ」

「魔王様！　いらっしゃるのならお迎えにあが……後ろにいるのは何者ですか」

「……ちょっと、は、誰、お前」

魔界に到着した真奥《まおう》達を出迎えてくれた恵美《えみ》と芦屋《あしや》と漆原《うるしはら》が、それぞれに真奥《まおう》の後ろにいるウツシハラを見て、怪訝《けげん》な顔をしたのだった。

※

天祢《あまね》と真奥《まおう》がウツシハラを連れて魔界に移動した翌日のこと。

真奥《まおう》達は神討ちの最終フェーズに入るべく、魔界の地底にあった謎の地下施設にいた。

大地に走った亀裂の中には、無数の機械兵の軀《むくろ》が横たわっている。

その先にあるのは、いつ誰が作ったとも知れぬ、謎の機械遺跡であった。

かつて魔王サタンが見つけ出し魔界の悪魔達の拠点となった、古《いにしえ》の大魔王の都サタナスアルクを彷彿《ほうふつ》とさせるその場所は、真奥《まおう》や恵美《えみ》にとってはあまり良い思い出の無い場所だ。

再びこの地に至る間も、機械兵の墓場を抜けるときも、さらにはかつて真奥《まおう》とカミーオが魔力を吸収されてしまった入り口付近も、恵美《えみ》は最大限警戒しながら歩いていた。

「まぁ……さすがにこの状況で襲ってくることはないと思うぜ。あんまり緊張するなよ」

「あのときだってそうだったでしょ。ただでさえこのところアラス・ラムスも不安定だったのよ。毎回アシエスの力が通用するとも限らないんだから」

全方位に敵が潜んでいるとでも言いたげな恵美《えみ》に真奥《まおう》は肩を竦《すく》めるが、もちろん油断しているわけではない。

以前この地に踏み込んだときはただでさえ純粋な戦闘要員が真奥《まおう》と恵美《えみ》とカミーオしかおらず、予想だにしなかった魔力の喪失という事態が発生したため、実質恵美《えみ》と、アシエスとキナンナの援護に頼る他なかった。

だが今回は前回のメンバーに加えて漆原《うるしはら》、ガブリエルと大黒天祢《おおぐろあまね》と、あともう一人続いており、備えは盤石と言って良かった。

「クソっ、気持ち悪いな本当」

その漆原《うるしはら》は、顔を顰《しか》めて自分の髪に触れている。

件《くだん》の入り口を通った際、やはり漆原《うるしはら》も魔力を奪われ、結果として髪と瞳の色が天使達のそれに変化したのだ。

だが、堕天使たる漆原《うるしはら》は、そうなった後は天使達と同等の力を発揮できる。

ちなみに純粋悪魔の真奥《まおう》、カミーオは今回もそれぞれ人間型とニワトリ型になってしまっていた。

「疑問なんだけどさ、僕はこうなるのに、なんでライラはそのカラーリングのままなんだよ」

ライラは、割と最近、漆原《うるしはら》とは逆に蒼銀《そうぎん》の髪と緋色《ひいろ》の瞳から、紫の髪と瞳に変化している。

これは日本で負ったケガを真奥《まおう》に治療された影響によるものと思われたが、魔力を奪うこの施設の入り口の機能からしてみれば奇妙なことだった。

「さぁ……多分あなたと違って、魔力が私の生命維持に関係ないからじゃないかしら」

ライラはあまり深く考えていない様子で答える。

「お前はそれでいいかもしれないけど……じゃあそっちはどうなんだよ」

漆原《うるしはら》はまだ不満が収まらないようで、今度は天祢《あまね》の隣にいるもう一人に矛先を向ける。

その人物は涼しい顔で、そして漆原《うるしはら》と全く同じ顔でその視線を受け流した。

「いやぁ、だって僕は君みたいに後天的にそうなったわけじゃなくて、最初からこうだから。ねぇ、そういうことですよね天祢《あまね》さん」

「私に振らないで。私自身はセフィラの子じゃないからよく知らないの」

らしくもなく天祢《あまね》は歯切れ悪く、ウツシハラの言葉を受け流した。

天祢《あまね》がここまで感情を表に出しているのも珍しいことだが、イェソドの欠片《かけら》から現れたと聞かされた以上、敵対するべき相手ではないはずだし、

「まーいいんじゃナイ？　そういうこともあるっテ」

「るしふぇるとそっくり。へんなの」

当のイェソドの子二人がウツシハラに対して一切警戒している様子が無かったため、彼の存在は警戒しつつも魔王城にいた面々に受け入れられた。

「今は僕自身のことはどうでもいいでしょ。お先に仕事どうぞ」

「ったく、魔王城が無事魔界に下りてきたんだったらもう僕の仕事は九割終わってんのに、なんだってこんなこと……お前らが思ってる以上に結構これ気持ち悪いんだからな」

自分と同じ顔をした男のさわやかな笑顔に気分を害したらしい漆原《うるしはら》はそう吐き捨てる。

「全く……お前、適当なこと言ってたら本当後悔させるからな」

「そこは君と同じ顔の僕のことをみんな信頼してくれたから、この状況があるわけだろう？」

イェソドの欠片《かけら》から生まれたダァトであるとはいえ、ウツシハラが何故真奥《なぜまおう》と恵美《えみ》が苦汁を嘗《な》めたこの場所に帯同しているのか。

この施設を運用すれば、真奥《まおう》達の計画よりもはるかに簡単に、天界に攻め込むことができるとウツシハラが言い出したからだ。

しかも施設の運用には、魔王城を宇宙船として起動させた大魔王サタンの遺産四つに加え、

漆原《うるしはら》の存在が欠かせないと言う。

「ウツシハラ。本当にお前、ここの運用方法知ってんだろうな」

「もちろん。というかルシフェル。君だって知ってるんじゃないの？　ここの運用方法」

「僕はそのウツシハラって名前も気に食わないんだよ!!　お前に名前呼ばれるだけで嫌な気分だ。僕本当にこんな声してるのかよ」

漆原《うるしはら》は全く違うベクトルで反発したものの、問いの内容自体は否定しなかった。

「何度も言ってるけど、長いこと自分の人生に関わらなかったことや重要じゃなかったことの記憶は、かなり曖昧なんだよ。僕が覚えているのは……思い出したのは」

漆原《うるしはら》が指さしたのは、広大な機械設備の中に設《しつら》えられた大小のカプセル五つ。

以前真奥《まおう》が訪れたときにはノートゥングとキナンナのみ使ったそのカプセルの中央。

「コレ全部が僕のものだってことくらいだよ」

それを聞いて、ウツシハラは漆原《うるしはら》そっくりの含みのある笑顔を浮かべた。

「その通りさ。この場所の全ては君の物だ。そしてここに隠された、『本当の遺産』もね」

遺産、とは、やはり大魔王サタンの遺産のことを差すのだろう。

元々真奥《まおう》達が遺産を集めていたのは、魔王城をエンテ・イスラから打ち上げるために必要だったからで、エンテ・イスラに攻め込んだ際に破損した部分の代替品以上の性能は求めていなかった。

　実際ウツシハラがこの施設を動かそうと言い出すまで、魔王城を魔界から打ち上げ、衛星軌道に沿って天界を追跡するという案が最有力だったのだ。

　危険の多い攻め手ではあり、とはいえ他に方法が見つからないと、魔王城打ち上げ以前からたびたび問題になっていたが、他に方法は無かった。

　ところがウツシハラは、集めた遺産全てをルシフェルと共にここに持ち込めば、懸案の全てが解決するというのである。

　半信半疑の真奥《まおう》達ではあったが、漆原《うるしはら》もまた遺産に言及したため、とりあえず一度、言う通りにしてみようということになり、今まさに、遺産達が運び込まれる。

「おーいあまねぇさんまだーー？　この槍《やり》重いんだよー。運び込んじゃっていいでしょー」

　遺産の中でひときわ巨大なアドラメレキヌスの魔槍《まそう》を担《かつ》いだガブリエルが地下施設に入ってきた後ろから、

「(やれやれ……砥ぎを始めるとするかな……)」

　魔剣ノートゥングを肩に担《かつ》ぎ、胸の宝珠を光らせたキナンナがよぼよぼと入場し、

「待つのだキナンナよ！　まだ何も準備ができておらんのだぴぃょっ？」

「ぴぃぴぃ、だいじなきかいのうえにのっちゃめっよ」

「ねーサマねーサマ、ダメだよニワトリのしっぽ摑《つか》んジャ。ニワトリは首ッ」

「うきょぴっ!?」

「二人共駄目よ‼　カミーオさんはニワトリじゃないって何度言えば分かるの‼」

彼らの足元ではニワトリ化したカミーオを追いかけまわすアラス・ラムスとアシエスが駆け回り、それをライラが必死で止めようとしている。

「色々あったはずなのになんなのよこの緊張感の無さは……」

それぞれに好き勝手にごちゃごちゃしている面々を見て、恵美《えみ》は言い知れぬ不安を覚えるのだった。

「はいはいちょっとどいてねー。大きいの通りますよー。小さい子達後ろ下がってくださいねー。あーちょっと頭当たるな！　お尻捌《さば》けるー？」

「引っ越し屋かよ」

真奥《まおう》の突っ込みは聞き流し、ガブリエルは巨大な槍《やり》を何度も切り返しながら捌《さば》いて最も巨大なカプセルへと収めた。

魔槍《まそう》はもちろん、全ての遺産がまるで鍵穴を回す鍵のように、ぴたりとカプセルに収まってゆき、最後に中央のカプセルが残る。

「でっかいネー。あれチホがゲットした槍《やり》だよネー」

「千穂《ちほ》ちゃんがゲットしたって言うと語弊があるけど、あのときのことは当分忘れられないわよね……っていうかアシエス、あなたなんでサキイカ食べてるの？」

アシエスが口の中で何やらもっちゃもっちゃと音を立てながら感想を述べるのを聞き、恵美《えみ》は首を傾《かし》げた。

　アシエスの暴食症状は未《いま》だ継続してはいるが、エンテ・イスラ側にいると日本にいるときよりは必要な量が減る傾向にあり、今は手に持っているサキイカの写真がプリントされた袋菓子で満足できているようだ。

「よく噛《か》むと満足度高いって言うからラ」

「ああ、なるほど……」

「ちなみにこれハ、サキイカの形してるサキイカ味のグミ。エミも食ベル？」

　誰がそれを売れると考えたのかとか、生産現場がどんな体制になっているのかとか、興味の尽きない商品をしばし眺めた恵美《えみ》は、

「遠慮しておくわ」

　さほど構えることなく差し出されたグミを辞退した。

　そうこうしているうちに、全ての準備が終了したらしく、

「はいはいこれでセッティングは言われた通りに完了したよ。これで何か始まるの？」

「(ようやく本当の研ぎが始まる)」

　ガブリエルの呼びかけに応じ、以前と同じようにキナンナはカプセルに接続しているらしい操作盤を、器用な手つきで操作しはじめた。

　すると部屋の全ての機械が起動したような駆動音が響き、それを聞き届けたキナンナは、

「(長く待った。ずいぶんと長く待った)」

尻尾を躍らせながら、自分も空いたカプセルの一つへと入り込んでいってしまった。

「……で?」

剣と槍《やり》と魔道は良いとして、つまり結局これは、キナンナの喉の宝玉がアストラル・ジェムであったと判断していいのだろう。

だが、大魔王の遺産の全てが揃《そろ》っても、それ以上何かが起こる様子は無い。

どういうことかと、その場にいる者達の目がウツシハラに向くと、なぜか肩を落としているのは漆原《うるしはら》の方だった。

「……やんなきゃ駄目かぁ」

「駄目だね」

「あのさ、お前、何をどこまで知ってんの」

「僕は君の姿を手に入れたセフィラだ。君の記憶していることは大体分かると思うし、セフィラとしての記憶は君より当然多い」

「じゃあ分かると思うけど、僕自身そんなにはっきり記憶があるわけでも、これからやることに確信があるわけでもないんだ。ただ久しぶりにガブリエルの奴《やつ》に遺産のこと聞いたとき」

「あったねぇ、あの日は暑かったねぇ」

「相続税は払いたくないって、心の底から思ったんだ。もう遺伝子とかに焼きついてたんだと思う。遺産をもらうのは、めちゃくちゃ面倒を呼び込むんだって」

そう言うと漆原《うるしはら》は、肩を落としたまま、ふらふらと足を前に出した。

そしてキナンナがそうしたように、部屋の中央に残った最後の一つのカプセルに、自ら入ってゆくではないか。

「真奥《まおう》、外から閉めて。そんで……お前、動かせよ。分かるんだろ」

「ウツシハラって呼んでほしいな。彼がそう名付けてくれたんだよ」

「死んでも呼ぶか。セフィラらしくそれっぽい違う名前用意しろよ」

「こ、これでいいのか？　閉めるぞ」

言われるがままに真奥《まおう》がカプセルの蓋を閉めると漆原《うるしはら》の声も封じられる。

それと同時にウツシハラが制御盤の上に人差し指を一度だけ落とした。

次の瞬間だった。

「おっ!?」

「ひぇエッ？」

「ぴぃよっ!?」

それまでの鳴動とは比較にならないほどの振動と光が真奥《まおう》達の視界を満たし、同時にその場の全員の体に、地下設備全体が下降するような感触が伝わる。

「この施設全体がエレベーターになってんのか!?」

「こ、これ上に戻れるんでしょうね！」

「大丈夫だよー。いざとなれば天使の羽ペン使えばさ」

「その場合俺とカミーオとキナンナはどうすりゃいいんだよ！」

「まま!!」

轟音《ごうおん》の中、ひときわ鋭く響いたのはアラス・ラムスの声だった。

「なにか、いるよ」

ある、ではなく、いる、という言葉に全員が一斉に周囲を警戒するが、現れたものを見て誰もが眉根を寄せ、怪訝《けげん》な表情になった。

「なんだ……ありゃあ……」

部屋が沈むと共に、漆原《うるしはら》の正面の壁が大きく口を開け、その奥にあるものに全員の視線が釘付《くぎづ》けになる。

それは、漆原《うるしはら》達が入ったカプセルの構造を、そのまま何十倍に相似拡大したような巨大な設備だった。

一番大きい魔槍《まそう》のカプセルと比べても、さらに五倍は大きい。

何より奇妙なのは、その中身であった。

「……こんなに大きいものじゃないけど、私、どこかで似たようなの見たことが……」

恵美《えみ》はそれから視線を外さず油断なく身構えながら、記憶を探るような表情になる。

魔界の地下空間のさらに深い地底に設《しつら》えられた巨大な空間に置かれたそれは、瓶だった。

瓶の中は半分ほどが土で満たされていて、土から顔を覗《のぞ》かせているのは、いびつな形の細く枯れた切り株だ。

切り株には柔らかく照明が当てられており、周囲の土には貧相な苔《こけ》が生えている。

「そうだ。テラリウム」

「てら……え？　なんだそれ」

ガラス容器の中に小さな自然環境を再現する園芸スタイルであるテラリウムが巨大化したようなものが、そこには鎮座していたのだ。

「テラリウム、よ。窓際《まどぎわ》に置けるくらいの小さな瓶の中でやる園芸のジャンルなんだけど、石とか小さな流木とか苔《こけ》とか使ってやるのが人気なのよ。すごいものになると全く手入れしなくても瓶の中で自然の循環が起こるみたい」

「園芸って規模か、これ」

「だからそれに似てるってだけよ。でも……」

見上げるそれは、大魔王サタンの遺産と漆原《うるしはら》を鍵として起動する謎の地下遺跡の奥に封印されていたものだ。

「大魔王サタンの遺産と遺児が集まってお目見えした代物なんだから、まさか趣味の園芸だ盆栽だってわけじゃねぇだろ。こう、加工するとすげぇ武器になるとか……ん？」

誰もが出現したものの真相を測りかねている中、

「あしぇす。あれ、わたし達」

「うン。そうだネ。こんなトコにいたんダ」

アラス・ラムスとアシエスが、その正体を知っているかのように呟《つぶや》いた。

アシエスは、手に持ったサキイカグミの袋を取り落としてしまっている。

「アラス・ラムス？　どういうこと？　あなた達って……あの中にまた、イェソドの欠片《かけら》があるの？」

「ちがう。あれ、わたし達」

「恵美《えみ》、聖剣の欠片《かけら》で照らしたらどうだ。そうすりゃ欠片《かけら》があるかどうか分かるだろ」

「そ、そうね……ええっと、アラス・ラムス、ちょっといいかしら？」

「いいよ」

真奥《まおう》に促され、思い出したように恵美《えみ》が聖剣を出現させ、それに伴って傍《かたわ》らからアラス・ラムスの姿が消える。

「ね、ねぇ大丈夫？　少なくとも私はこんな場所のこと知らないし、サタンにアラス・ラムスを預けた以外には、欠片《かけら》を魔界に残したことは無いんだけど……」

「欠片《かけら》の導きの光は何も無ければ反応しないわ。ここまで来たんだから試せることはなんでも試さないと」

「そ、それもそうよね」

不安げなライラを制して恵美《えみ》はこれまで幾度もそうしてきたように、聖剣をかざして自らの聖法気《せいほうき》を注《そそ》ぎ込《こ》み、イェソドの欠片《かけら》の力を解放する。

欠片《かけら》同士が引き合えば、紫色の光の筋が欠片《かけら》同士を結ぶ。

何も無ければ最も近い欠片《かけら》、すなわちアシエスの欠片《かけら》と反応して終わるはずだった。

「……今、何か揺れなかった？」

「揺れたな。地震って感じじゃなかったけど……」

確かに地面に立つ足からかすかな振動が全身に伝わる。

「あれのせいだヨ」

アシエスが指さす先は件《くだん》の巨大テラリウムの切り株だった。

「さっきまで、あんなのあったか？」

真奥《まおう》は目を細める。

最初に見たときには、確かに枯れた切り株に見えたのだ。

だが今、切り株から生えたささくれた枝に、瑞々《みずみず》しい若葉が一片、掌《てのひら》を見せている。

「エミがねーサマと一緒に呼びかけたんだヨ。帰ろうッテ」

「帰る……？　わ!?」

その瞬間、先ほどよりもっと明確に空間全体が振動した。

「ねぇガブリエル……」

「ああ、うん。多分そうだろうね。いや、ただこれは僕もちょっと予想してなかったというか、あー、こんなに大きくなるんだな、って、ちょっと驚いたよ。ただその、逆にこの程度の大きさで動いちゃうんだって驚きも……」

「ライラ！　ガブリエル！　お前ら何二人で納得し合ってんだよ！　なんだよこの揺れ！　なんなんだよこの瓶詰！」

病み上がりの状態で魔力も失ったまま、ただただ異常事態を見せ続けられた真奥《まおう》がしびれを切らして大天使二人を問い詰めると、二人の大天使はこれまた普段見られないような、困惑と、わずかな高揚を交えた表情で答えた。

「多分、ここから出ても何が起こってるかすぐには分からないと思うんだけど……」

「私達、これがなんなのかなら、答えられるわ」

ライラはそう言いながら、ゆっくりとアシエスの隣に並んだ。

足元に落としたサキイカグミも拾わず、新しい食べ物を口にも入れず、ただただ切り株から開いた一枚の葉を見上げているアシエスの背をライラが撫《な》でると、

「何が終わったわけでもないけどサ……長かったヨ～……」

「そうね。待たせてしまって、本当にごめんなさい」

「……つまり、やっぱこれもセフィラに関係する何かなのか」

「関係するどころじゃないわ。文字通り根本よ」

「ふふっ」

ライラがそう言うと、なぜかガブリエルが小さく笑った。

誰かがうっかり零《こぼ》したダジャレで思わず笑ってしまうような、そんな他愛《たわい》の無い笑い。

「私達が知ってるこれは、もっともっと小さかった。大人がなんとか一人で抱えられるくらいのね。でも、そうよね。あれからどれだけ経《た》ったか考えれば、これでも小さいのよね」

ライラはアシエスの肩を抱くと、恵美《えみ》の聖剣を見やる。

「あなた達も、一度は疑問に思ったでしょ。どうして十あるセフィラの中で、イェソドだけが砕けているのかって」

一度と言わず、ゲブラーから生まれたイルオーンと出会って以来、ヴィラ・ローザ笹塚《ささづか》二〇一号室に集まる者達は心の片隅で、常にその疑問を抱いてきた。

恵美《えみ》など、一度はライラに問いかけたこともある。

何故《なぜ》欠片《かけら》なのか。どうやって誰が砕いたのかと。

「その答えが、これよ。かつてサタナエルは、生命の樹《き》からこれを切り離した。もし他のものを切り離していれば、他のセフィラが砕けたのかもしれない。これはそういうもの」

ライラの声から受ける印象を『厳か』と感じたのは、真奥《まおう》も恵美《えみ》も、これが初めてのことだったかもしれない。

「これは生命の樹《き》を支える根。全部で十一本あって、それぞれがそれぞれのセフィラに対応しているセフィロトの樹《き》の根の、九番目」

恵美《えみ》は、母の声を聞きながら、思わず聖剣の柄を抱きしめるように握りしめた。

「セフィライェソドの、根よ」

◇◇◇

「あれ?」

真奥《まおう》は店の前のシェードが作る日陰の下で、さらに日傘をさしながら待っている女性の姿を見つけた。

女性の方もエンジン音で真奥《まおう》に気づいたようで、顔を上げて小さく手を振ってくる。

「悪いな。待たせた?」

「おはようございます。あーそうだ、今日は店長って午後からなんでしたっけ」

「ああ。午前中だけ俺がヘルプな。暑かったろ。今開けるから」

「もーまだ朝早いのに立ってるだけで暑いです!」

女性は心底うんざりした様子で言った。

「社長、鍵ください鍵! 先に入ってエアコンかけておきますから」

「へいへい」

真奥《まおう》がポケットから出したキーケースを渡すと、真奥《まおう》のことを気安い調子で『社長』と呼んだ女性は、手慣れた様子で店の入り口のカギを開け、飛び込んでいった。

扉に取りつけられた古式ゆかしいベルがカランカランと鳴る。

駐輪場の端にスクーターを停《と》めると、まず最初に店の外をさっと見回す。

道端に、夜中捨てられたらしいタバコの吸い殻が溜《た》まっていることに眉を顰《ひそ》めながらも、それ以外に異常は見当たらない。

最後に掲げられた看板に汚れが無いかどうかを確かめてから、真奥《まおう》も扉を鳴らしながら店へと入った。

今日も『おやこかふぇ・イエソト』永福町《えいふくちょう》本店の開店準備が始まる。

店内に入った真奥《まおう》は、薄暗くひんやりとした店内の空気にほっと一息ついた。

すると先ほどの女性が奥から戻ってきて声をかけてきた。

「昨日めっちゃ持ち帰りのボトルコーヒー出ましたよね、足りなくなりません？　あ、あとこれ鍵」

「ああ。さっき家出てくる前に手配はしといた。持ってきてもらえるようにしといたよ」

キーケースを受け取りながら、真奥《まおう》は店の外を指さした。

「それでさショージー、早速で悪いけど外……」

「吸い殻ですよね！　もー最悪！　あーゆーことするからタバコ自由に吸えるとこ無くなるって分かんないんですかね！」

白シャツにカットオフデニムのシンプルな装《よそお》いの上からシックな黒のサロンエプロンを纏《まと》った『おやこかふぇ・イエソト』のアルバイトスタッフ、東海林佳織《しょうじかおり》は、束ねた黒い髪を憤怒《ふんぬ》で揺らしながら、レジ下からゴミ袋を取り出し外へ出ていった。

「そうだ真奥《まおう》さん！　じゃない社長！」

と思ったらすぐ戻ってきた。

「シフト表見たら午後には店長来るんですよね？　店長来たら社長は上がりですか？」

「ああ。人と会う予定がある」

「デートですか⁉」

「は？」

その遠慮なさ故に唐突にぶち込まれたワードに真奥《まおう》は目を丸くするが、一瞬考えて首肯してしまった。

「まぁ……そう言って言えないことはない、か？」

「やるときはやりますねぇ社長！」

すると佳織《かおり》はなぜかぱっと顔を明るくするが、佳織《かおり》が真奥《まおう》を持ち上げるときは、大抵面倒くさいことを言うときだと相場が決まっている。

「大人をからかうんじゃねぇよ。なんだよやるときはって」

「いやぁだって店長から、社長がここのところずっと忙しそうにしてるって聞いて、どうせダメなんだろうなぁって諦めてたんです」

「どうせって言うな雇い主だぞ」

「でも今日になってちゃあんと予定組んでるなんて、ちょっと見直しました。ランチ前に出るってことは、お昼は外ですよね？　空港で食べる感じですか？」

「あぁまぁ昼は外で……何？　空港？」

これまた唐突なワードに、真奥《まおう》は首を傾《かし》げた。

そしてその真奥《まおう》の反応に、今度は佳織《かおり》が怪訝《けげん》な表情になる。

「羽田《はねだ》空港に行くんじゃないんですか？　それとも浜松町《はままつちょう》かどこかで待ち合わせですか？」

「羽田とか浜松町《はままつちょう》とかなんの話だよ。俺空港なんかに用ないぞ？」

その瞬間、外の日差しの逆光も相まって、佳織《かおり》が般若《はんにゃ》のような顔つきになる。

「なんだ違うのか。やっぱりか。ったく」

「おい？　おいおいショージー？　社長に対してなんだその言い草は？」

「これだから仕事の虫はまったく」

暴言を捨《す》て台詞《ぜりふ》に、再び掃除に出ていってしまった佳織《かおり》を見送りながら、真奥《まおう》は少し黙考する。

「空港ってまさか……俺何も聞いてないけどもしかして……」

そのまましばし悪い想像を巡らせている間に佳織《かおり》が、

「外の掃除終わりました。中の掃除始めますね」

とぶっきらぼうに言いながら客席の掃除をしはじめた。

その様子を見て、恐らく完全に下手を打っただろうことを確信した真奥《まおう》。

「知らなかったんだって」

完全に言い訳にしかならない一言をぽつりと呟《つぶや》いてから、真奥《まおう》も仕事にとりかかる。

事情はどうあれ、世界はどうあれ、店は開けなければならない。

真奥《まおう》が社長を務める『株式会社まおう組』が経営する飲食事業『おやこかふぇ・イエソト』永福町《えいふくちょう》本店の開店時間は、一時間半後に迫っていた。

魔王軍、月を動かす

その日、大法神教会《だいほうしんきょうかい》総本山、サンクト・イグノレッドの天文総監《てんもんそうかん》から、奇妙な報告が届いた。

天体の運行を観測し、気象予報や暦、吉凶を測る天文総監《てんもんそうかん》は、その発する言葉と情報に於《お》いて、時に六人の大神官すら凌駕《りょうが》する発言力を有することがある。

その天文総監《てんもんそうかん》が、総本山の大神官セルバンテス・レベリーズ、そして各司教座や枢機《すうき》卿《きょう》達に報告した内容は、その異常さから最初は誰もが目を疑った。

だが、天文総監《てんもんそうかん》本人も、恐らく周囲から疑われることは承知の上だったのだろう。

承知していたからこそ、その文言は書き加えられ、伝えられたのだ。

曰《いわ》く、

『この観測に過《あやま》ちは無い。観測機器はもちろんのこと、観測に携わった全ての人間の精神は正常である』

と。

※

「う、おえっぷ」

漆原《うるしはら》が転がり落ちるようにカプセルの中から飛び出してきたとき、セフィラ・イェソドの根、と呼ばれるものに注目していた全員が、びくりと体を震わせて漆原《うるしはら》を振り返った。

「はー……僕が乗り物酔いしやすいのって、多分極度の閉所恐怖症だからじゃないかな」

「あんな狭っ苦しい押し入れに引きこもってて何言ってやがんだお前は……てかびっくりさせるなよ」

「閉所恐怖症には暗所恐怖と狭所《きようしよ》恐怖と拘束恐怖の三つの側面があるんだよ。僕は自分の意志で出られない場所で気分が悪くなる拘束恐怖なの。多分」

それらしいことをのたまいながら、漆原《うるしはら》は全身をほぐすように関節を回す。

「あなたは……ここにこれがあることを知ってたの？」

恵美《えみ》の問いに、漆原《うるしはら》は顔を顰《しか》める。

「何度も言わせんな。そもそもこの場所のこと自体忘れてたよ。ただ遺産というか、『親が遺《のこ》したもの』があるのは覚えてた」

漆原《うるしはら》は、皆が見ている前で少しずつ、小さな葉や芽を芽吹かせる『イェソドの根』を見上げた。

「いや、それも正確じゃないか。僕は、遺産の受け取り方を教えられていなかったんだ。ほら、ドラマとかでよくあるんだろ。遺言書が無いと正当に遺産が受け取れないみたいなの」

「ルシフェル。今は真面目な話を……」

「僕がいつも不真面目みたいなこと言うのやめろよ。僕は真面目だ。遺言書、つまり僕に正確に情報が伝わっていなかったせいで、僕の人生の中でこの場所と遺産は重要だと認識することができなくなったのは事実だ」

恵美《えみ》の言葉を、漆原《うるしはら》はすっぱりとはねつける。

「古《いにしえ》の大魔王サタンは、天界を割って出た天使、サタナエル・ノイ。サタナエルは不老不死の研究を続けるイグノラに対抗するために、魔界の民に味方した。でもこの現状を見れば分かるよな。真奥《まおう》がサタナスアルクを本拠地にするまで魔界を統《す》べる奴《やつ》はついに現れなかった。サタナエルは負けたんだ」

ガブリエルやライラの口からはっきりそう聞いたわけではないが、種々の情報を突き合わせればそういうことになるのだろう。

「ここの周辺で壊れてるロボットは、天界が送り込んできた侵略兵器。大昔、僕らやマレブランケ族が『銀腕族《ぎんわん》』って言ってたあいつらもそう。でも、僕らがマレブランケを併合するときにさんざん苦しめられた銀腕族《ぎんわん》は、多分サタナエルの手駒だ」

「あれがか。でもそれなら大魔王サタンは魔界でずいぶんハデにドンパチやらかしてたんだな。ガブリエルから聞いた感じだと、そんな余裕どこにも無さそうだったのによ。そもそもなんで天使同士で戦争する必要があんだよ。エンテ・イスラの月にやってきて、星の風土病は気にする必要なくなったんだろ?」

「……真奥《まおう》はたまにびっくりするほど鈍いよね。よくカミーオにも叱られてたよな。人の気持ちをもうちょっと考えろって」

「な、なんだよいきなり」

「カイエルとシェキーナが、イグノラ達にどれだけ恐怖を植えつけたか分かる？　戦闘専門職のガブリエルはもちろん、サタナエルだってサリエルだって、一対一ではあいつらには全くかなわなかった。お前ら忘れてるみたいだけど、アラス・ラムスとアシエスの力が無かったら、エミリアだって真奥《まおう》だって、ガブリエルやサリエルには勝ててないんだぞ。そんなこいつらが、さんざんにやられたのが天使の母星のセフィラの子達だった。なぁ、真奥《まおう》さ」

漆原《うるしはら》は、苦い顔でイェソドの根を見上げている天祢《あまね》を指さした。

「アラス・ラムスもアシエスもいない状態で、天祢《あまね》さんや大家さんに勝てる？」

「いや、無理だろ」

真奥《まおう》は間髪いれずに否定し、

「その比較に使われるのはうら若き乙女としては納得がいかないわね。負けないけど」

どう扱ってほしいのか分からない天祢《あまね》の反応は無視して、漆原《うるしはら》は続ける。

「サタナエルは不老不死の研究が進めばエンテ・イスラのセフィラの怒りを買うと思って根を盗んだ。でも樹《き》が正常な状態でなければ何が起こるか分からないって恐怖に取りつかれた天使達は、サタナエルがセフィラを害したと判断して敵対した。だって次に何か起こったらもう逃げる方法は無いんだ。『生命倫理』なんて、社会や治安が高度に維持されてなきゃなんの価値も無い思い込みより、自分の命の危機を優先したんだよ。だって一度みんな死にかけてるんだから」

「ンだよそりゃあ……潔《いさぎよ》くねぇっつーか、見苦しいっつーか」

「同じこと、佐々木千穂《ささきちほ》に言える？」

「あ？」

『今』の天使の状況しか知らない真奥《まおう》の言葉を、漆原《うるしはら》は一蹴した。

「佐々木千穂《ささきちほ》に、お前や家族、笹塚《ささづか》の街を滅ぼす奴《やつ》が何度も現れるけど、その状況を受け入れろって言える？」

真奥《まおう》は渋い顔をし、恵美《えみ》もまた、息を呑《の》んだ。

漆原《うるしはら》が意図してその言葉を吐いたのかは分からない。

今の真奥《まおう》と恵美《えみ》なら、千穂《ちほ》に対してそんなことは、口が裂けても言えないし絶対に言わないと、二人は同時に考え、そして。

「普通、なんとかしようとするだろ。僕が言うことじゃないけどさ」

真奥《まおう》も恵美《えみ》も、今よりずっと何も知らず、今よりきっと心も体も強くなかったであろう千穂《ちほ》を、たった一人その状況に置いた過去を改めて自覚した。

あのとき、漆原《うるしはら》は確かに真奥《まおう》の制御下に入った。

だが裏切者《うらぎりもの》のオルバ一人をどうにかした程度で、千穂《ちほ》の安全が確保されたなどとどうして言えただろうか。

いや、実際に確保されていなかったからこそ、さほど間を置かずにサリエルが襲来した。そしてサリエルが現れるまで真奥《まおう》も恵美《えみ》も、千穂《ちほ》に対しほとんど放置に等しい静観を決め込み、何もしなかった。

「普通の人間はね、ビビるんだ。佐々木千穂《ささきちほ》は一人だったから、あいつにとっては辛《つら》かったかもしれないけど周囲に影響は出なかった。でもそれが集団だと『世論』ってものが生まれる。二度とあの恐怖を味わいたくないって意志の同調が、他の道を許さなくなる。他人のことなら、遠い世界のことならなんとでも言える」

漆原《うるしはら》は続ける。

「正反対の理由で、カイエルとシェキーナの再来を恐れたイグノラとサタナエルは決着を急いだ。魔界の悪魔達もサタナエルや、サタナエルに同調した天使達の力を得て戦ったけど、結果は敗北だった。そして敗北が決定的になったとき、『遺言書』が失われた」

漆原《うるしはら》はぐるりと周囲のカプセルを見回す。

キナンナのみ、漆原《うるしはら》と同じようにのそのそとカプセルから這《は》い出《で》た後、起きているのか寝ているのか、四《よ》つん這《ば》いの姿勢のまま目を閉じて微動だにしない。

「なぁ、エミリア。大魔王サタンの遺産は、なんのために僕に遺《のこ》されたと思う?」

「え?」

「遺産がなんのために遺《のこ》されたか。こんなデカい魔槍《まそう》なんか持ってられないし、ノートゥングだって別にそこまで優秀な剣ってわけじゃない。偽金《ぎきん》の魔道なんか勉強したって魔界じゃマジでなんの役にも立たないし、キナンナの喉のアレなんてそれこそなんなんだよって感じだろ」

「……それは、まぁ……あなた達悪魔のその、魔界での財産の感覚はあまり分からないけど。って、なんで私に聞くのよ」

「お前がこの中じゃ、多分一番分かるからだよ」

漆原《うるしはら》はアラス・ラムスを指さした。

「もしさ、今真奥《まおう》がアラス・ラムスを引き取って一人で育てるって言い出したらどうする？」

「はぁ？　あり得ないわ」

「即答かよ」

心からの「はぁ？」に真奥《まおう》は傷ついた顔になるが、養育費の件が頭をもたげ、突っ込みにはキレがなかった。

「真奥《まおう》に金がたっぷりあって、アラス・ラムスが真奥《まおう》と二人で暮らしたいって言ったら？」

「そんなことあり得ないわよ」

「仮定の話してんだからそこ否定するなよ」

「仮定だろうと不愉快だわ。だってどう考えたって魔王がアラス・ラムスと二人で暮らせるわけないじゃない。融合できないんだし、面倒だって見られないし、そもそも魔王がアパートで布団《ふとん》与えてなかったって聞いたとき私……」

「同じこと、多分イグノラも思ったんだよね。それでさ真奥《まおう》。エミリアの感想は置いておいて、アラス・ラムスと二人暮らししてるとき、自分の身に万が一のことがあったらどうする？」

真奥《まおう》は漆原《うるしはら》とアラス・ラムス、最後に恵美《えみ》を見てから振り返った。

聳《そび》え立《た》つイェソドの根のテラリウムを見上げて、真奥《まおう》は言った。

「もし俺がアラス・ラムスと二人暮らししてて、俺にもしものことがあったら……そんなの決まってるじゃねぇか」

真奥《まおう》は思わず、恵美《えみ》の肩に手を置いた。

恵美《えみ》は、その手を振り払うことはしなかった。

「母親《恵美》のところに行かせる。決まってんだろ」

「つまり、そういうことだよ」

決してそれが合図、というわけではなかっただろう。

だが、真奥《まおう》にも恵美《えみ》にも、そして漆原《うるしはら》にも、その一言がきっかけであるような気がしてならなかった。

「剣も槍《やり》も魔道もジェムも、全てはこの『根』って遺産の下に辿《たど》り着くための遺言書に過ぎなかった。サタナエルは万が一自分が負けたとき、信じた悪魔四人に託したこの『鍵』を使って、僕をここに導き、僕を『母親のところ』に帰そうとしたんだ。でも、僕はその遺言書を受け取るよりも前に、サタナスアルクから離された。サタナエルから遺産の鍵を受け取った悪魔達は僕を探し出すことができず、キナンナ以外は全員、死んだ。カミーオ。お前の親父《おやじ》もな」

「ぴぃよ……我が父祖が……」

揺れが、少しずつ大きくなる。

「……でも、なんだよ、この揺れは。まさかここが、この地下施設もサタナスアルクみたいに浮かび上がって、宇宙船になるだなんて言わねぇだろうな」

「そんなまどろっこしい話じゃない。多分だけど、すぐに収まると思うよ」

同じ声。

だが答えたのは漆原《うるしはら》ではなくウッシハラ。

「根が移動を始めたんだ。大魔王サタンによって分かたれたものを一つに戻すために」

「分かたれたものを一つに……って、おい」

真奥《まおう》はガブリエルを見た。

それは確認であった。

かつて練馬《ねりま》でガブリエルから聞いた過去の話の中で、二つに分かたれたものと言えば、一つしかない。

エンテ・イスラの『月』だ。

「子供に親の罪は関係ないってとこかな。でも手遅れだっての。いったいどんだけ僕が放任主義で育ったと思ってるんだか」

神と大魔王の『夫婦喧嘩《げんか》』の末に分かたれた月が今、再び近づこうとしているのだ。

「月を、丸ごと……？」

「……ねぇ真奥《まおう》君。急ぎで鎌月《かまづき》ちゃんかエメラダちゃんに連絡取った方がいいと思うよ。確か今、中央大陸とかゆーとこにいるんでしょ？」

「あ、そういやそうっすね。あいつらにも何があったか知らせておかねぇと後が怖い」

真奥《まおう》は慌てて携帯電話を取り出すと、文面を推敲《すいこう》しはじめる。

「しかしあれだな、急に展望が開けたけど、これって一気にやることが増えるってことだよな。えーと、あいつらに連絡したらまず何すりゃいいんだ？　そういえば芦屋《あしや》がエフサハーンに行ってるからあいつに連絡して、他の頂点会議《サミット》のメンバーには連絡取ってもらってそれから……」

「ねぇ、ちょっと待って魔王」

浮き足立った様子で今後の予定を考えはじめる真奥《まおう》に、恵美《えみ》が突然待ったをかけた。

「これってつまり、本当に決着をつけるまでの最後の道筋が整ったってことよね。だったら今のうちに、やっておくべきことがあるんじゃないかしら」

恵美《えみ》の真剣な声色に、真奥《まおう》は思わず携帯電話を握っていた手を下ろす。

「さっきルシフェルに言われて気づいたこと、今からでも、きちんとしなきゃいけないと思うの。……だって」

恵美《えみ》は唇を引き結んだ。

「この戦いが終わった後、私達の中の誰かが命を落としてるかもしれないわ。そうしたら、機会は永遠に失われちゃう」

真奥《まおう》も恵美《えみ》が何を言わんとしているのか察し、漆原《うるしはら》を振り返った。

「確かにそうだ。てことは、漆原《うるしはら》はもちろん、芦屋《あしや》と鈴乃《すずの》も予定合わせなきゃってことだな」

突然名を呼ばれた漆原《うるしはら》は困惑した様子で真奥《まおう》を見返してきた。

「何？　なんの話？」

「お前がさっき俺達に言ったんだろうが」

「え？」

「だが、今はとにかく魔界全体の動揺を鎮《しず》めるのが先だ。一旦魔王城に帰って、魔界の状態と天界の状態を確認する。こんな大がかりなことやらかしたんだ。すぐにでも天界が攻め込んでこねぇとも限らねぇ。色々決めるのは、色々観察した後だ。いいな」

「ええ、分かったわ」

恵美《えみ》もそこは素直に了承し、真奥《まおう》は一度携帯電話をポケットにしまう。

「漆原《うるしはら》。カミーオ。一旦魔王城に帰るぞ」

真奥《まおう》は大きな決意と共に言った。

「そんで俺と恵美《えみ》と漆原《うるしはら》は、最終決戦前につけなきゃならねぇケジメ、つけてくる。芦屋《あしや》と鈴乃《すずの》にも、すぐに連絡だ」

※

「『この観測に過《あやま》ちは無い。観測機器はもちろんのこと、観測に携わった全ての人間の精神は正常である』……か」

中央大陸。旧イスラ・ケントゥルムの廃墟《はいきょ》に設《しつら》えられた幕営で、鎌月鈴乃《かまづきすずの》は教会騎士団の伝令が伝えた総本山からの伝達に苦笑していた。

「どうしたんですか～？」

「ああいや。普段偉ぶっている連中が慌てふためいている姿を見るのは、なかなか気分がいいものだと思ってな」

幕営の天幕の中でふんぞり返る鈴乃《すずの》は、伝令の羊皮紙を何度か見直した。

「この封蠟《ふうろう》は、教会の最高機密を示す封蠟《ふうろう》だ。法術で封印されていて、教区司教未満の階位の者は開けないようになっているんだ」

「そんな法術があるんですか～？　初めて知りました～」

「普通の赤い封蠟《ふうろう》に見えるがな、蠟《ろう》の製造過程でちょっとした秘儀が仕込まれている。製法は大神官と一部の枢機卿《すうききょう》、あとはこの伝令の送り主の天文総監《てんもんそうかん》しか知らない」

「天文総監《てんもんそうかん》から送られてきたんですか～？」

「ああ。早速……いや、ようやく、と言うべきかな。天文総監《てんもんそうかん》が観測したようだ。ということは、そう遠くない内に世界中の天文観測所が同じことに気づくだろう」

かけていた執務机の椅子から立ち上がると、鈴乃《すずの》はエメラダを誘って幕営の外に出る。

中央大陸の空は青く、魔王城が飛び去ってからまだ数日、雲一つない晴天が続いている。

たった数日しか経《た》っていないが、中央大陸に集った多くの騎士達の間では、魔王軍を駆逐した勇者エミリアと聖征軍、そして五大陸連合騎士団を祝福する神の恩寵《おんちょう》であると大袈裟《おおげさ》に言われている。

鈴乃《すずの》はそれを聞くたびに、笑い出すのをこらえるのに苦労していた。

見上げた空は昼を少し過ぎた頃。

昼の大気を通して、空にはうっすらと赤い月と蒼い月が見えている。

「最初は魔王城をさらに魔界から打ち上げる以外には無いものと思っていたが、思いがけない方法を見つけたようだ。読むか？」

鈴乃《すずの》は言いながら、伝令の書面をエメラダに手渡す。

エメラダは少しだけ眉根を寄せながらそれを見て、

「は？」

何度も目を瞬《またた》かせた。

「え？　……は？　え？」

エメラダは空と鈴乃《すずの》を交互に見ながら、思わず書面を叩《たた》いた。

想像を絶することが書かれていることは分かる。

だが、天文について専門外である彼女にとって、これが起こることでどんな影響が出るのか一瞬では考えが纏《まと》まらず、つい鈴乃《すずの》に尋ねてしまった。

イスラ・ケントゥルム天文総監《てんもんそうかん》からの伝令は、以下のようなものだった。

『天の赤き月が、蒼《あお》の月に追いつこうとしている。その速度は尋常ではなく、ごく短期間で両者が接触する可能性も否定できない』

「……魔王達は〜、魔界を丸ごと動かした〜ってことですか〜？」

「どうやらそういうことのようだ」

「そんなことして何も起こらないはずないですよね〜……？」

珍しく、エメラダが自信なさげに尋ねる。

すると鈴乃《すずの》も、困ったように微笑《ほほえ》んだ。

「いや、実は私もこうとなかなか言えないんだ。ただ、単純に世の中の人々にかなりの不安が巻き起こるだろうし、あとは……これは日本の本やテレビなどで聞きかじった程度のことだから、あまり真剣には取らないでほしいんだが……下手すると、世界の海岸線の形が変わるかもしれないな」

「え？　海岸線？　……あ」

　エメラダははっとなって空の月を見た。

　鈴乃《すずの》は冷や汗をかきながら、エメラダから顔を逸《そ》らしている。

「待ってください！　それってまさか、潮汐力《ちょうせきりょく》が変化するってことなんじゃ……」

「まぁ、うん、多分そういうことに……」

「なぁにをバカなこと言ってるんですかぁっ!!　あれだけの巨大質量がこの短期間にそんな距離を動いたら、潮の満ち引きが変わるだけじゃ済まないかもしれませんよ!?」

「んー、まぁ、でも、元は一つの月だったわけだから」

「……ベルさん……ネリマでガブリエルからこの世界の真実を聞いてから、私がただぼんやりとニホンで過ごしていたとお思いなんですか？」

「いや、そんなことは。熱心に食べ歩きをしていたじゃないか」

「ふんっ」

「いっ!?」

　鈴乃《すずの》はつい昨冬のエメラダの過ごし方を思い出してそれがそのまま口をついて出てしまい、しかもそれに対するエメラダの返答は、思いがけず強い脳天への手刀だった。

「た、叩《たた》くことはないだろう！」

「えいっ！、えいっ！」

「い、痛っ！　ちょ！　ほ、本気でやるなっ！」

「脇が甘いくせして人の食生活にケチつける悪い子は誰ですか～」

その後しばし、攻撃し続けるエメラダと必死に抵抗する鈴乃《すずの》のキャットファイトが繰り広げられる。

「はあっ！　はあっ！」

「ふふふふふ～……」

人界最強クラスの戦士二人の無益な争いが続く間、騎士団も教会関係者も、何が起こってるかも分からず何に巻き込まれるかも分からなかったので、誰もが二人を遠巻きに眺め、声をかけてこなかった。

たっぷり三分はチョップを乱打してから、エメラダは額に張りつく前髪を払いながら同じく息が上がっている鈴乃《すずの》に尋ねた。

「はぁ、はぁ、ベルさんは～……ロッシュゲンカイって言葉をご存知ですか～？」

「な、なんの話だ……日本語か？　ろしゅ……ロッシュ限界？」

「ニホンというよりチキュウの言葉です～。簡単に言えば～主従関係にある大きな星と小さな星があまりに近づきすぎると～、潮汐力《ちょうせき》の影響で小さい方の星が形を保っていられず砕けてしまう～、その限界距離のことです～」

「そ、それがどうした」

「元が一つだったんだから～という言い訳は成り立ちません～。今ああして二つの天体として存在する以上、接近しすぎればお互いの引力で砕けてしまうかもしれませんし～仮になんらかの力で一つになったとして～、そのあとエンテ・イスラとのロッシュ限界より外に無ければ合体即崩壊して～、エンテ・イスラの自然環境も壊滅してしまいます～」

「そ、そういうものなのか？　エメラダ殿、一体いつの間にそのような学術的な知識を……」

「食べ歩きの間にですよ～」

「……すまなかった」

鈴乃《すずの》は素直に前言を謝罪した。

「でもまぁそのロッシュ限界とやらも計算に入っていて大丈夫なようになってる、と信じるほかないだろう。ここからじゃどうにもならないことだ」

「それはそうですけど～でもベルさん～。私達は～、いえ～エミリア達は～本当に神を討てるのでしょうか～」

「突然どうしたんだ」

「星を一つ割ったり戻したり～……アラス・ラムスちゃんの力がどれほど強かろうと～、エンテ・イスラに～人類が現れるよりもずっと以前からそんなとんでもないことをやらかす力を持っている連中を～凌駕《りょうが》できるとは思えません～」

「珍しく弱気じゃないか」

「今回の私は～現場では戦えませんから～。待ってるのは性に合わないんですよ～」

「ああ。その気持ちはなんとなく分かる。私も昔から現場で仕事をしてきたからな。このところ性に合わないデスクワークばかりで本当に辟易《へきえき》する」

「……でも～不安そうではないですね～」

「仲間を信じているからな。ふふっ」

吐いてしまってから、余りにも自分らしくない言葉に自分で吹き出してしまった。

「トリハダものなんでやめていただけますか～」

エメラダも、真剣に顔を顰《しか》めている。

「悪かった悪かった。でもな、他に言いようが無いのも確かなんだ。あとはそうだな、実は私は、もし戦いが起こったとしても、案外簡単に決着がついてしまうのではないかと思ってる。もちろん我々の勝利で、だ」

「随分自信たっぷりですねぇ～理由をお聞きしても～?」

鈴乃《すずの》はエメラダの手の中にある伝令書を指さした。

「第一の材料はそれだ。普通に考えれば、そんなことが起こるもっと前に敵の攻撃が始まっていなければおかしい」

「……ああ～」

さすがにエメラダも、鈴乃《すずの》の言わんとしていることをすぐに理解した。

「確かに我々は、頂点会議《サミット》の前後、細心の注意を払って活動してきた。だがそれはそれとして、魔界が天界に向けて星ごと動き出すまでなんの攻撃も無いというのはどう考えてもおかしいだろう」

「そうですね〜」

「もっと言えば現実には赤い月が動き出してもう数日たっているんだ。それなのにこちらにも魔界にも今のところ、攻撃の手が加えられたという情報は無い。このことから私は、天界にはもう実働勢力は全くと言っていいほど残っていないのだと考えた」

「それは少々楽観的すぎでは〜？」

「迎え撃っても撃破できるという自信の現れだとでも？」

「……ああ〜そうですね〜。あり得ないですね〜」

ごくごく単純な問題で、世の中に数多《あまた》ある戦争の理屈の中で、掛け値なしに最も愚かな行為は、敵を懐《ふところ》に招き入れての本土決戦だ。

本土決戦は追い詰められた側の悪あがき以上のものには決してならない。

有利な側はわざわざ敵を自陣に引き入れて、自国の国土をわずかでも傷つけさせるようなことはしないし、する意味が無い。

勝てる方法があるのなら、自分に被害の及ばない場所で戦う方が良いに決まっているのだ。

今回の場合も、赤い月が動きはじめるまで一切攻撃らしい攻撃が行われなかったということは、逆に言えば既に天界側は長距離の攻撃手段、或《ある》いは継戦能力そのものを失っているということになる。

「超長距離攻撃手段……も無いですね〜。そんなことができるなら〜……」

「そう。そんなことができるなら、ロベルティオ様を殺す必要など無かった。大神官達の聖夢だって必要ない。わざわざ回りくどい奇跡を起こして聖征なんぞやらせる必要ないんだ。直接的な『神の裁き』が無い以上、天界に超長距離攻撃手段は無い」

さらに言えば、ガブリエルがこれまで何度も言っていたように、天界の実働部隊はもとから少ない。

実際にカマエル以降、鈴乃《すずの》達の前には一人も新しい天使の敵は現れていない。

「でも、だとしたら」

エメラダは伝令書を鈴乃《すずの》に返すと、結局顰《しか》めた顔を戻すことはせず、不安げな顔で、昼尚《なお》蒼い月を見上げたのだった。

「そんなになってまで〜、あそこにいる人々は何をしているというんでしょう〜」

「……」

これまで鈴乃《すずの》が出会ってきた天使達は、どれほど超常的な力を持とうと、どれほど性格が破綻していようと、人格や性格や行動原理といった部分においては『人間』の範疇《はんちゅう》に収まるものの考え方をしていた。

あのカマエルですら、サタンという名に対する異常な攻撃的反応を含め、決して人間を逸脱していない。

だからこそ普通に考えれば、今の鈴乃《すずの》達が天界に対して負ける要素など微塵《みじん》も無いはずだ。

真奥《まおう》とアシエスの融合状態は、天使三人を相手にして尚《なお》圧倒してみせた。

謎の宇宙服に関しても、真奥《まおう》やカミーオが魔力を失った状態で戦力が恵美《えみ》だけという状況で不意を突かれただけで、アシエス単体で圧倒できた。

そして今、たとえ魔力の使い手全員が戦闘不能に陥ったとしても、恵美《えみ》とアラス・ラムス、アシエス、ライラ、漆原《うるしはら》の四人が戦力として機能する。

更に今、大黒天祢《おおぐろあまね》が魔界に滞在している。

エンテ・イスラ人類に対しどのような事情でも不介入を貫く地球のセフィラも、アラス・ラムスとアシエスに関しては例外であることはこれまでの経験からも明らかだ。

鈴乃《すずの》達の観測範囲で、もはや戦闘行動が可能だと断定できる敵戦力は、イグノラ、カマエル、ラグエルの三人と、人間を徴発して編成された天兵連隊だけのはずだ。

謎の宇宙服についても、もはや未《いま》だに姿を見せていない新たな敵と考えるよりは、ライラが抱いた『中身がイグノラである』という印象からも、いよいよ手駒を失ったイグノラが自ら出張ってきたと考える方が自然だ。

そして、油断を突かれはしたものの、その宇宙服すら既に退けた経験がある。

「不安は、無い……はずだ」

だから鈴乃《すずの》は、努めて考えないようにしていた。

天使達も人間だ。

だから、ことここに至って尚《なお》、抵抗の兆《きざ》しも降伏の兆《きざ》しも無いのだとしたら、イグノラが取るであろう手段は二つしかない。

「いや……そうだとしても、とっくの昔に何かが起こっていなければおかしい」

鈴乃《すずの》はその考えを、必死で打ち消した。

イグノラも人間だ。

イグノラにはどれほど追い詰められても果たさねばならない目的がある。

それはエンテ・イスラや地球の一般的な生命倫理に於《お》いてもセフィロトの樹《き》の眷属《けんぞく》達の考えに於《お》いても許されるものではないが、対話によって解決できない問題ではないはずだ。

なぜなら今、エンテ・イスラは彼らの故郷が襲われた災厄とは無関係なのだから。

だから鈴乃《すずの》は。

「顔が強張ってますよ～？」

「最近うどんを食べていなくてな。禁断症状が出ているだけだ」

天界の、自暴自棄の末の自爆、という可能性を、頭の中から必死で打ち消したのだった。

「おぅっ⁉」

一抹の不安を心の底から追い出したその瞬間、大神官法衣の下に潜ませていた携帯電話がマナーモードでバイブレーションし、声がひっくり返ってしまった。

慌てて天幕に入って隅にしゃがみ込み携帯電話を開くと、真奥《まおう》からの電話の着信だった。

少しだけにんまりとしながら着信キーを押す。

『もしもし、いきなり悪いな。今大丈夫か』

すると予想だにしなかった低く沈んだ声が飛び出し、鈴乃《すずの》のささやかな笑顔は一瞬で真剣なものになる。

「問題ない。どうした。何かあったのか。もしや天界からの侵攻か？」

考えられる最悪の事態を先回りして問いかける。

『いや、そういうことじゃないんだ。ないんだが……俺達にとっては、それと同じくらい重大な、解決しておくべき問題が持ち上がった』

「そうか……」

魔界にいるメンバーに何かしらの被害が出たというわけではないことにほっとするが、それでも天界の侵攻と同等の事態と言われると、単純に安心することはできない。

『こっちで起こったことの大体は、前に恵美《えみ》がメールで送ったって聞いたが』

「ああ。エンテ・イスラ側でも赤い月と蒼い月の接近が観測されはじめている。それと、これはまだこの目で見ていないから信じられないのだが、ルシフェルにうり二つのセフィラが現れたというのは本当なのか？」

『ああ。マジでうり二つだし、アラス・ラムス達と違って自分の名前を持ってないみたいだったからな。ウツシハラって名前つけた』

「……いやぁ……まぁ、うむ、そうか」

笑うべきか突っ込むべきかまるで分からず、返事があいまいになる。

『で、だ。そいつの出所がちーちゃんの家だってことは？』

「書かれていた。欠片《かけら》から現れた、と」

『そのちーちゃんのことなんだ。いや、ちーちゃん家《ち》の、って言った方が正しいな』

「何？　……ま、まさか千穂《ちほ》殿に、佐々木《ささき》家に何かあったのか⁉」

千穂《ちほ》や佐々木《ささき》家に何かの危難が舞い込んだのだとしたら、確かに真奥《まおう》達にとって天界侵攻よりも重大な事件だ。

「誰か、佐々木《ささき》家に、いや、笹塚《ささづか》の守りに入れるものは……ああそうか、天祢《あまね》殿がそちらにいるから……そうだ、サリエル様に連絡を入れれば……くそっ‼」

どうしてこの可能性を考えなかったのか。

「敵はエンテ・イスラではなく、地球に、日本に、笹塚《ささづか》に攻撃を仕掛けていたんだな⁉　志波《しば》殿達でもどうにもならなかったのか⁉　ああ、こんなことを言っている場合ではない。私とエメラダ殿だけでも今すぐ……！」

『いやそうじゃない。そうじゃないんだ……』

焦《あせ》る鈴乃《すずの》に対して、真奥《まおう》は冷静だった。

いっそ、冷徹と言ってもいい。

そこにあるのは、ただただ悔悟の思いだった。

『ある意味もう、今からじゃどうにもならないことなんだ』

「な……ん……だと」

『俺達に今からできるのは……だけだ』

「魔王、魔王!? しっかりしろ。よく聞こえなかった。何を、何をすると言ったんだ? 私ができることならなんでもする! だから諦めるな! 私はお前の力になれるなら……」

『……悪いな』

「何を……今更……」

真奥《まおう》がこれほどに消沈するほど絶望的な事態が起こった。

それだけで、鈴乃《すずの》の心胆が震え冷える。

つい数分前まで泰然としていた己を悔いる。

「魔王……」

『これから、後始末をしなきゃならねぇ。魔界《こっち》は恵美《えみ》と漆原《うるしはら》が都合合わせて笹塚《ささづか》に行く。俺はこれから東に芦屋《あしや》を呼びに行くが、お前もなるべく早めに笹塚《ささづか》に戻れるか』

「ああ……ああ、分かった。とにかく落ち着いて……ああいや、私も動揺しているが、一体何が起こったのか詳しく教えてくれ、そうでないと準備のしようが無い」

『そう、だな。うん。じゃあ鈴乃《すずの》、落ち着いて聞いてくれ、実は……』

真奥《まおう》がぽつりぽつりと元気の無い様子で言う言葉を必死に聞き取ろうとした鈴乃《すずの》の耳に、

「…………はぁ？」

先ほどとは全く違う意味で予想だにしない言葉が次々と飛び込んできた。

「………はぁ………ああいや、うん、確かにそうだが……魔王お前あの言い方は……」

話が進むほど、打って変わって、鈴乃《すずの》の様子が投げやり一歩手前なものになってゆく。

「うん……うん……ああ、分かった分かった。それで？　大丈夫だ分かってる大事なことだというのは承知した。ああ、そういうときのための……いや、こういうときのためではなかったが、ちゃんと持ってる。きちんとしたものだな。ああ、それから？　あとは良いのか。ああ。ああ、それじゃあ連絡待ってるぞ。はい。はーい」

鈴乃《すずの》は最終的にはそのまま天幕の床に尻を落として、完全に拍子抜けして電話を切った。

「………まったく」

そして鈴乃《すずの》は閉じた電話を睨《にら》むと吐き捨てた。

「脅《おど》かすなっ！」

「何がですか～？」

「うおわあっ⁉」

視界の外から唐突にエメラダの顔が入ってきて、鈴乃《すずの》は違う意味で驚き飛び上がる
「エ、エ、エ、エメ」

「何やら深刻そうなお話をしていたので～、外も人払いをしておきましたよ～」

「あ、ああ、すまない。確かに迂闊《うかつ》だった。気遣い感謝する」

「いいんですけど～それより魔王達に何か問題でも～？」

「ああ、問題というか、確かに問題だが別に大問題ではなくて、深刻なんだがその深刻の意味合いが違うというか」

「訳が分からないんですけど～大変なことではないのですか～？　だって～」

エメラダは、口をニヤつかせながら三白眼で睨《にら》むという大変に器用な顔で言った。

「『お前の力になれるなら……』とか必死な顔で情熱的なことを仰《おつしや》っていたものですから～」

「んばっ‼」

鈴乃《すずの》は放り投げようとしていた携帯電話をその場に取り落とした。

「あのですね～。私少し前から～人間関係の不思議さにちょっとやられ気味でして～」

「う、うん？」

「まさかとは思うんですが～……あなたまで魔王に～、なんてことは～」

「ないないないないないないないないない‼　何をバカなことを！」

「いい加減にしてくださいね～」

口も笑わなくなった。

咄嗟《とっさ》についた嘘《うそ》を見透かされたのかどうか、全く判断できなかった。

「それで～？　チホさんに何があったんですか～。近々笹塚《ささづか》にお帰りに～？」

「あ、ああ！　魔王から次に連絡が入り次第、一旦笹塚《ささづか》に帰らなければならなくなった」

「それって全部終わってからじゃダメなんです～？　今色々と時間が惜しいときでは～……」

「今でないと確かにダメな問題だ。神討ちで万一我々の中の誰か一人でも命を落とすことになれば、それこそ取り返しがつかないことになる」

「あら～そこは意外と条件が真面目～」

「真面目なんだ。この上なく真面目なんだ。真面目なんだが……うむ」

鈴乃《すずの》は膝に顔をうずめて深々と溜《た》め息《いき》をついた。

「まぁ……確かに今しか無いことではあるな、うん」

※

日食や月食、流星群のような天体ショーは気象条件や地理条件によって、見られたり見られなかったりするものだ。

だがその天体ショーを見ることができない地域は、およそ人が住む地域に限っていえば無いと言っていいだろう。

そして今この瞬間も、東大陸を統《す》べるエフサハーン帝国の皇城、蒼天蓋《ソウテンガイ》の屋根瓦に腰かけて空を眺める真奥《まおう》と芦屋《あしや》の目にも、その天体ショーは映っているはずだ。

あまりに巨大すぎて人の目にはその差が分からないが、芦屋《あしや》曰《いわ》く、エフサハーンの天文方《てんもんがた》と呼ばれる暦占集団の間でも、既に月の位置が変わっていることが騒ぎになっているという。

「なぁ、実際のところどうなると思う？」

「何がでしょう」

「魔界が赤。天界が青じゃん」

芦屋《あしや》は真奥《まおう》が指さす空の片側を見上げ、夜空にひときわ強く赤く光る星と、青く光る星を大きく指で丸く囲んだ。

「赤と青が合わさって紫になる、という単純な話にはならないと思いますよ。もしかしたら夜空の紫色が強くなるかもしれませんが、人間の目にそれが分かるかどうか……いずれにせよ、色の変化は今と変わらない誤差の範囲だと思います」

「ええ？　なんかつまんないな」

「あくまで予想です。大気の状況次第で青にも赤にも見えなくなってしまうのかもしれませんし、そもそもロッシュ限界というものがあります。月を動かす仕組みを作ったのが古《いにしえ》の天使だったとしても、そもそも奴《やつ》らが母星を救えなかったことを考えれば、ロッシュ限界を無効にするような技術は持っていないと考えるべきでしょう。多分、月は一つにはなりません」

「ならないのか？　ていうかなんだよ、ロッシュ限界って」

「一定以上の質量を持った星同士が一定の距離に近づくと、重力や引力などの影響で片方が砕けてしまう限界距離のことです」

「なんだよその恐ろしい話は……」

「そういう研究があることを、図書館で読みました。ですから恐らく、赤と蒼の月は接近していますが、一体化はしません。してしまってはそれこそ世界の破滅です」

「はー……じゃあまぁ、紫色の巨大な月が生まれるってことだけは無いわけだ」

真奥《まおう》は夜空を振り仰ぐ。

「ですがどちらも見え方は変わるでしょうね。潮汐力《ちょうせき》への影響を軽減するために、公転軌道の最大距離と最小距離も変わるでしょう。その場合、今とはかなり見た目の大きさは変わると思います。スーパームーンとかストロベリームーンとか、耳にしたことはございませんか？」

「たまにテレビでやってんな。でもあれって家出るときは覚えてるんだけど、仕事上がりだともうすっぽり頭から抜けてんだよな。大体思い出すの深夜だから、そのためだけに外出ようって気分でも無くなってんだよ」

真奥《まおう》は肩を竦《すく》めると、ポケットから二つ折りの携帯電話を取り出し、カレンダーを見る。

「ギリギリ、間に合うか?」

「確実なことは申し上げられませんが、二つの月が合体しないと仮定して、距離がそれ以上近づかなくなる確信が得られるまでは予定を延長するべきかと」

芦屋《あしや》も同じようにポケットからスリムフォンを取り出して頷《うなず》いた。

「やっぱお前がそれ使ってんの慣れねぇわ」

「私は大分慣れてきましたよ」

芦屋《あしや》が慣れた様子でフリックすると、スケジュール帖《ちょう》アプリを起動する。

「アラス・ラムスがヴィラ・ローザにやってきたのが昨年の七月。東京のお盆の最中です。その当日までの神討ち達成が理想でしたが、アシエスとイルオーン以外、皆大人ですからね」

真奥《まおう》の『愛娘《まなむすめ》』であるアラス・ラムスへのプレゼントとして本格的に始まったのが、神討ちの戦いだったのだ。

そしてアラス・ラムスの誕生日を、真奥《まおう》達は神討ちの戦いの期限と切っていたのだが……。

「概算ですが、天界への侵攻開始は最低でも一か月半後にしなければ、魔王城の打ち上げと天界への着地の両方に危険が伴います」

既に六月も中旬。

単純に一か月半待つのなら、突撃決行は七月末頃ということになる。

「そんなにあったら、向こうから仕掛けてこねぇか?」

「事ここに至っては、その可能性は低いでしょう。こちらがここまで動いているのに、向こうからは聖征発動直前に大神官共を誑《たぶら》かして以降、動きがありません。当初は工作活動でもしているのかと思いましたが、頂点会議《サミット》の面々からは一切報告が上がってきていないのです。これはガブリエルの話から想定した状況以上に、敵の人的資源は不足しているのだと判断します」

「まぁ、確かに……」

「そしてどんなに敵の索敵能力が低くても、魔王城が魔界に向けて撃ち上がったことくらいは把握しているはずです。それなのになんの動きも見せない。今あるすべての情報を突き合わせて、あらゆる角度から検証を試みましたが、今のこちら側に対し一切行動せず動かない戦略的利点が、敵にあるとは思えません。つまり、我々を迎え撃つ以外、もう敵に取り得る手段が無いと結論づけることができます」

真奥《まおう》は芦屋《あしや》の言うことに納得した上で、敢《あ》えて反論を試みた。

「俺達がまとめて攻め込んだところを一網打尽にできるくらいの力で待ち構えてるってことはないか？　実は他のセフィラの子達をいい具合になんやかんやして、めちゃくちゃ戦力を揃《そろ》えてるとか、あとは天界でしか使えない武器があるとか」

「絶対に無いとは言いきれませんが、無視していい確率でしょう。これまでの傾向を分析すると、天界が何かエンテ・イスラに手を出すとき、人間世界への直接攻撃より、間接的に混乱させることの方が優先度が高いように思えます。それが逆に追い詰められたからといって、これまで一度も見せなかったような強行手段に出るとはなかなか考え辛《づら》いです」

古くはオルバに恵美《えみ》を亡《な》き者にさせようとしたところから始まり、恵美《えみ》の聖剣を奪おうとしたり、アラス・ラムスやイェソドの欠片《かけら》を奪おうとしたり、芦屋《あしや》と恵美《えみ》に人間軍対魔王軍を再現させようとしたり、大神官達の夢枕に立ち聖征を発動させたり……。

「うん、しょっぱいな」

「でしょう?」

これまで多くのシーンに於《お》いて天界はエンテ・イスラ人類に混乱をもたらしてきた。

特にエフサハーンでの陰謀に関しては、魔界とエフサハーンが被《こうむ》った被害は甚大《じんだい》だった。

だが、多くの犠牲は踊らされた者同士の戦いの中で発生したものだった。

真奥《まおう》達の目に入る範囲で天界勢力が直接的に手を下し、その犠牲になったと思われるのは、六人の大神官の実質的な筆頭だったロベルティオ・イグノ・バレンティアだけだ。

それすら確たる証拠があるわけではない。

「そんなことよりも」

突然芦屋《あしや》が、敵愾心《てきがいしん》に燃えた目で話題を変えた。

「この状況で魔王様に養育費など請求してくるエミリアの方がよほど恐ろしい存在です」

「お前の言うことも十分しょっぱいぞ」

「敵が起こしたトラブルは敵を倒せばそれで解消されます。金に絡《から》んだトラブルは金を用立てねばどうにもなりません」

「何言ってもあの養育費を踏み倒せないことには変わりないからな」

「なんと無残な現実か」

芦屋《あしや》は苦鳴を絞り出した。

「その無残な現実とは別に、清算しなきゃいけない過去の罪について話し合いたいんだが」

「……むぅ」

芦屋《あしや》は一転、困ったように肩を落とした。

「困りましたね。これは……敵が起こしたトラブルでも、金に絡《から》んだトラブルでもない。いえ、最初は金だったのかもしれませんがこれは……なんでしょうね」

「力でも金でもない……なんて言うのかな、心？　信頼？　そういう類のトラブルだろ。でだ。この際だから俺、ここできちんともう一つの罪の清算をしておこうと思うんだ」

「もう一つの罪……ああ」

「今回皆で笹塚《ささづか》に帰るのは確かに全員にそれぞれ理由がある。だけどこれに関しては、俺とお前だけの問題だ」

真奥《まおう》は、蒼い月を見上げる。

「俺達は金を稼ぐのがどれだけ大変か、身に染《し》みて知った。もしこれで万が一戦いで死ぬようなことになってみろよ」

「縁起でもないことを仰《おつしや》らないでください」

「あり得る可能性の一つだろ。俺、金を盗んだことを謝罪しないまま死にたくねぇ」

「人間如《ごと》きにいささかも罪の意識など覚える必要はありません……」

芦屋《あしや》のセリフは、芝居がかっていた。

「……と、一年前の私なら申し上げたでしょう」

「今の俺は罪悪感の塊だよ。まして相手が相手だ。それを解消したいってのは、ある意味罪を雪《そそ》ぐというより詫《わ》びることで満足したいだけなんだが、それでも心残りは心残りでな」

「それでも人として、何も言わずにいるよりはよほど誠実です」

「そうだな。人として」

悪魔二人が、そんなことで笑い合った。

「お前のＯＫが出ると、自信になるわ」

「光栄です」

「だから恵美《えみ》の要求も人として当然のことだって思ってやれ。何せアラス・ラムスの養育費だからな」

「エミリアからの要求でなかったら、私だってここまで意固地にはなりません！　エミリアだから腹立たしいのです！」

「そういうとこ含めて、お互い随分と人間になっちまったな」

「それこそ縁起でもないことを！」

「なぁ、お前結局鈴木梨香《すずきりか》とのこと、どうするつもりなんだ？」

「は!? 何を仰《おっしゃ》るのですか突然!?」

「お。珍しいな。お前がそこまで狼狽《うろた》えるの」

「狼狽《うろた》えもします。全く予想外の話題ですから！」

「参考にさせてくれよ」

「魔王様が参考になされるようなことは何もございません！ そもそも私は、きちんと拒否したつもりでいたのです！ それなのに鈴木《すずき》さんが！」

「あんま大きな声出すなって。正蒼巾《せいそうきん》の連中に睨《にら》まれる」

何せ東大陸全土を統《す》べる皇城である。

何代も前の皇帝が建設させ、国事行為としての皇城瓦《かわら》葺《ぶ》き以外の時を除き、蒼天蓋《ソウテンガイ》の屋根に土足で上がる者は存在しない。

そんなところで良い齢《とし》した悪魔が二人、一体なんの話をしているのだろう。

「鈴木《すずき》さんが都合良く解釈しただけです。私に彼女とどうこうなるつもりはございません」

「だよな。まぁそうだよな」

「魔王様はどうなのですか」

「……俺なぁ」

「それこそ死んでも死にきれないのではないのですか？」

「いや、そりゃそうなんだけど」

「罪の清算と同じくらい、力でも金でも解決できない話では。それこそ心の問題でしょう」

「お前に言われたかない」

「先に吹っ掛けてきたのは魔王様でしょう」

それはそうなので、真奥《まおう》は自分の藪蛇《やぶへび》を後悔する。

いや、実際のところ、そうなるように仕向けただけなのかもしれない。

確かに芦屋《あしや》の言う通り、答えを出さねば、誠意と信義に悖《もと》る。

既に月は動き出し、決着の時は間近に迫り、もはや猶予は無い。

「でも今度の件に纏《まと》めてってのはそれはそれで誠意に欠けないか？」

「逃げ腰も大概になさいませ」

ぴしゃりとやり返されて、真奥《まおう》も立場が無い。

「はぁ……なぁ芦屋《あしや》」

「はい？」

「たかだか人間の女一人にいいように振り回される俺達が世界を征服しようなんて、本当にバカなこと考えたものだよな」

「絶対の支配者が家族や友人、恩人には頭が上がらないというのは歴史を紐解《ひもと》いてもよくあることです。それとこれとは別ですよ」

「別だと考えられない今の俺は、もうダメなのかもな」

「しっかりなさってください！　社会人でしょう！」

「あ～気が重い」

「魔王様！　魔王として我らを率いた頃の矜持《きょうじ》を思い出してください」

「なんで俺あんな振る舞いできてたんだろうなぁ。環境って恐ろしいなぁ」

「カミーオ殿が聞いたら泣きますよ」

どんどん小さくなって顔を覆ってしまった真奥《まおう》に、芦屋《あしや》は微笑《ほほえ》んでその背に手を当てた。

「大丈夫です。まぁ、佐々木《ささき》さんご本人の件以外では、真奥貞夫《まおうさだお》という人間は、十分に社会的信用を得ています。多くの理解者がいます。きっと……皆さん分かってくださいますよ」

「……ああ」

真奥《まおう》は手のひらの中で息を吐く。

「今確信した。魔王軍って、やっぱお前がいなかったら、もっと前に壊滅してたわ」

「恐れ多いことでございます」

恵美《えみ》や鈴乃《すずの》、そして千穂《ちほ》。

真奥《まおう》と芦屋《あしや》以外の誰もが常々思い口にしていたことを、真奥《まおう》はこのとき初めて心から理解した。

「全部、決着つけなきゃな」

「はい」

「このことに比べりゃ、天界との戦争なんかついでだついで」

「もとよりついででしょう。我々の目的は、アラス・ラムスへの誕生日プレゼントを用意することです」

「ていうか最初はクリスマスプレゼントって話だったもんな」

「そういえばそうでしたね。あれからもう半年。時の経《た》つのは早いものです」

「ンなこと言ったら本当、お前ら鉄蠍《てつかつ》族と戦ったあんときがつい昨日みたいだよ」

全ては過去の思い出だ。

「私はしばらく、イア・クォータスとエフサハーンを往復しなければなりません。五大陸連合騎士団と八巾《はっきん》の中央大陸東部復興会議に参加する予定ですので、そのあとベルと合流して予定を調整できるよう手配しましょう。魔王様はもうお帰りになりますか？」

「ああ。明日バイトなんだ。ここから直接帰る」

「でしたら魔王様。一つ頼み事をしてもよろしいでしょうか」

立ち上がった真奥《まおう》を、芦屋《あしや》は真剣な目で見上げた。

「早いうちに私と魔王様のスーツ一式とYシャツをクリーニングに出してきてください。それと、漆原《うるしはら》にも正装を用立てておいていただけると助かります」

普段ならYシャツを自宅で洗濯してアイロンがけをしていた芦屋《あしや》。

真奥《まおう》の正社員登用研修のときですらほとんど洗濯屋を利用させてくれなかった芦屋《あしや》が、ことここに至って洗濯屋を使うことを即断した。

それほどの事態だということだ。

「よし、そんじゃ全員揃《そろ》う日が分かったら、改めて申し込みをしよう」

「ええ。敵の動きはこの際気にせずにカミーオ殿達に監視をお任せし……我々の日本の生活の清算の日、決戦の日を決めましょう」

真奥《まおう》と芦屋《あしや》はあの日のことを思い出していた。

二人きりで夜の東京に放り出されたあの日のことを。

そして、そんな二人を保護した人物のことを。

「なんとしても天界に攻め込む前に……佐々木《ささき》家に、ちーちゃんをこんなとんでもないことに巻き込み続けたことと……それと、俺とお前が日本に落ちた直後にちーちゃんの親父《おやじ》さんから一万円を盗んだことを、お詫《わ》びに行くぞ!!」

◇◇◇

朝の七時半。

開店時間からものの数分で、最初のお客がドアを開きベルを鳴らした。

ベルの音に真奥《まおう》と佳織《かおり》が顔を上げると、そこには馴染《なじ》みの客が立っていた。

たまたま入り口近くの窓を拭いていた佳織《かおり》が一足早く、来訪者を迎える。

「いらっしゃいませ、おはようございます。今日は一番乗りですよ」

「やぁ東海林《しょうじ》君おはよう。それは良かった。メンバーズカードを……おや？」

最初の客は、レジカウンターに立つ真奥《まおう》の姿を見て軽く眉を上げた。

「ようお得意さん。今日は店長が午後からでな。午前中だけ俺が代理だ」

レジカウンター内にかがみ込んで発注書をめくっていた真奥《まおう》は立ち上がって、ゆったりした
ポロシャツとチノパンを履いたサリエルに、軽く手を上げた。

「そういうことか。今日も世話になるぞ」

「ああ。暑いだろ。早く入れよ」

真奥《まおう》はそう言うと、

「弓月《ゆづき》ちゃんも、おはよう。暑かったろ」

サリエルが右手に抱えている、小さな女の子にも笑顔を向けた。

「……あい」

真奥《まおう》に弓月《ゆづき》と呼ばれた二歳の女の子は小さく頷《うなず》く。

「しばらく見ない間に大きくなったなぁ」

「そうか？　二か月くらい前にもこの店で顔を合わせたときから変わらんと思うが」

「親の目から見ればそうだろうが、他人の目からすりゃよその家の子なんか一か月も見なけりゃめちゃくちゃ成長してるように見えるもんだ。そんで今日のモーニング、どうする？」

「いただこう。弓月《ゆづき》にはお子様うどんを頼む。最近麺類しか食べなくてな」

「了解。それじゃ上で待っててくれ」

真奥《まおう》はそう言うと、店の奥の階段を顎でしゃくった。

「ショージー。木崎《きさき》さん、いつもので打っといて」

「はーい。それじゃあ木崎《きさき》さんこちら伝票です。弓月《ゆづき》ちゃん、お姉ちゃんも後で上がるからねー」

佳織《かおり》はそう言うと、管理用のタブレットに本日一番乗りのお客様である『木崎三月《きさきみつき》』の名を入力した。

一階には大人向けのカフェスペース。

二階には乳幼児連れ親子向けの安全にとことんまで配慮した時間制カフェスペース。

『おやこかふぇ・イエソト』のこの日の最初のお客様だった。

真奥《まおう》がトレーにモーニングを載せて店の二階に上がると、木崎三月《きさきみつき》ことサリエルが部屋の隅の座布団《ざぶとん》席でぐったりしていて、赤ん坊の弓月《ゆづき》はパステルカラーと柔らかいタッチのベビープレイマットを広げた一角で、お気に入りのブロック遊びをしていた。

「疲れてんのか。クマ浮いてんぞ」

「昨夜、少しな。夜泣きが酷《ひど》くて」

「大天使様も泣く子にゃ勝てないってか。アイスコーヒーちょっと強めに淹《い》れておいた」

「すまない。おーい弓月《ゆづき》、ご飯だぞ。一緒に食べよう」

サリエルが呼ぶと、弓月《ゆづき》は素直にとことことやってきて、サリエルの隣の座布団《ざぶとん》にちょこんと座る。

「子供椅子使わないのか」

「嫌がるんだ。最近家でもずっとこうやって膝立ちで食べてる」

「疲れそうだな。弓月《ゆづき》ちゃん、飲み物は何にする？　ジュースは控えてんだよな？」

「麦茶で頼む。ほら、弓月《ゆづき》、いただきますは」

「……たます」

蚊の鳴くような声にサリエルは肩を竦《すく》めるが、弓月《ゆづき》は構わず食べはじめる。

「んじゃごゆっくり」

弓月《ゆづき》がプチトマトから取り掛かるのを見てから真奥《まおう》が一階に下りようとすると、ちょうど佳《か》織《おり》が上がってきた。

「下、あいつ来たんで上がってきました　あー！　弓月《ゆづき》ちゃん頑張って食べてますねー。えらいねー！」

「トマトとうどんだけさ。最近それしか食べないのが悩みの種だ」

答えたのはサリエルだった。

「あーそうだ、聞いてくださいよ木崎《きさき》さん」

「なんだどうしたんだ」

「おいおいショージー、仕事中だぞ」

「これが愚痴らずにいられますかって。木崎《きさき》さん知ってますよね。佐々木千穂《ささきちほ》のこと」

その名が出た瞬間、真奥《まおう》は全身をびくりと震わせ、サリエルはそれを見逃さなかった。

「もちろんだ。彼女がどうした？　少し前に海外に短期留学に行ったと聞いたが」

「そうなんです！　三ヶ月イギリスにホームステイしてて、今日帰ってくるんですよ。それなのにうちの社長ったら、空港に迎えにも行かずに別の予定入れたらしいんですよ」

「ほう？　それはけしからん話だな」

「でしょでしょ！」

サリエルは佳織《かおり》の調子に合わせて真奥《まおう》を見上げる。

「妻が仕事を上がる時間には、僕は必ず車で迎えに行っているというのに」

「素敵！　社長も見習ってくださいよね！」

「いやいや、僕が専業主夫をできているのも、妻の仕事あってのことだよ。褒めてもらうようなことじゃない」

「おいショージー。そこまでだ。仕事に戻れ。ドリンクバーサーバーのチェックしてこい！　お客様もバイトをサボらせないでくださいよ」

「はぁい」

悪乗り気味の佳織《かおり》を追い払うと、真奥《まおう》はサリエルに尋ねた。

「しかし毎日迎えとかマジかよ。確か今、ＣＳ部の部長になったんだろ？　遅くなることもあるんじゃねぇのか？　弓月《ゆづき》ちゃんどうしてんだよ」

「部長になった話をお前にした覚えは無いが……流石《さすが》に夜十時を回るときは諦めるが、普通に上がれる日は、車の中で寝落ちしてもいいよう歯を磨いてから迎えに行ってる。そうしないと結局こっちが辛《つら》いんだ。寝る前に母親の顔を見ないと、夜泣きが三倍増しになる」

そう言いながら、サリエルはちらっと二階のスタッフ用キッチンで仕事をしている佳織《かおり》に聞こえないように言った。

「僕は今、心底エミリアを尊敬している。よくあの頃、たった一人であの赤子を……」

「分かってる。もうそのことはさんざんいろんな奴《やつ》から説教食らった」

真奥《まおう》はぴしゃりとサリエルの言葉を遮る。

「しかし語学留学か。巷《ちまた》でよく聞く話ではあるが、実際に行ったという人間の話はあまり聞かないな」

「夏休みの間、大学の手配で海外の提携大学に行くんだとさ」

「なるほどな。ただ僕は佐々木千穂《ささきちほ》の留学の話は、妻からの又聞きでしかないんだが、三ヶ月ではなく一ヶ月だと聞いているんだが」

「ロンドンだってよ」

「それは貴重な経験だ。で、残り二ヶ月はどこに行っていたんだ？」

「お前、分かってて聞いてるんだろ」

真奥《まおう》は佳織《かおり》を警戒しながら顔を顰《しか》めた。

「俺も詳しいことは教えてもらえてねぇんだよ。聞いてもはぐらかされてな」

「完全に信頼を失った、というわけか。そういえば佐々木千穂《ささきちほ》は今年大学三年か。帰ってくれば就活の最前線に飛び込むわけだ。それなのに帰ってくることすら知らされずあまつさえ別の予定を優先するとは……これは完全に見捨てられるのも時間の問題かな」

「何も知らねぇで勝手なこと言うなっての」

「ん？　でも待て。確か東海林《しょうじ》君は、佐々木千穂《ささきちほ》と高校の同級生じゃなかったか？　就活はまだなのか？」

「浪人しちゃったんですー！　すいませーん！　まだ二年なんで稼がせてもらってまーす！」

「おっと、これは失礼」

いつの間にか傍《そば》を通りかかった佳織《かおり》がさほど悔しそうでもなくそう言い捨てていく。

「社長。トイレットペーパーの予備ないんですけど、どうしましょう」

「マジか。じゃあ通りの向こうのドラッグストアで買ってきてくれ。小口のお金使って」

「はーい。いつものでいいですね。ささっと行って買ってきます」

偶発的な買い物の際に使う小口現金の入った財布を受け取った佳織《かおり》は、軽い足取りで店を出てゆく。

その後ろ姿が夏の日差しの中に消えた頃、サリエルは小さく嘆息した。

「三年。いや、最初の頃までカウントすればもう五年近くか。僕の人生の中では瞬《まばた》きするかのような一瞬の出来事のはずが、随分と濃厚な時間を過ごしている気がするよ」

「全く同感だ。最初は、こんなことになるなんて想像もしていなかったし、それこそお前が本当に木崎《きさき》さんと結婚しちまうなんてことは、想像の埒外《らちがい》もいいとこだ。笹幡《ささはた》商店街が丸ごとひっくり返る大事件だったよ」

大天使サリエルと、真奥《まおう》の元上司で恩人でもある木崎真弓《きさきまゆみ》が電撃入籍したのは三年前のことだった。

サリエルの正体や元々の木崎《きさき》と『猿江三月《さるえみつき》』の関係性を知っている人間がその知らせを受けたとき、誰もが『つまらない冗談』と聞き流した。

だがそれが真実であると理解すると、関係各位、天地がひっくり返った中で自分がハンマー投げのハンマーとして放り投げられたかのような衝撃を受けた。

何せあの木崎《きさき》と、あのサリエル＝猿江三月《さるえみつき》だ。

二人を知っている人間ならば、その二言で全て説明がつくくらいあり得ない組み合わせだった。

だが今現在、二人の間には木崎弓月《きさきゆづき》という愛娘《まなむすめ》がおり、サリエルは本人の弁通りセンタッキーフライドチキンを辞めて家庭に入った。

そして木崎真弓《きさきまゆみ》は、今もジャパン・マグロナルド・ホールディングスの社員として順調に出世し、辣腕を振るっている。

ちなみに何故《なぜ》サリエルと結婚したのかという質問に対して木崎真弓《きさきまゆみ》はいつも、

『私の人生にとって宇宙一都合が良い相手だったから』

と答えている。

「ふふふ。僕だって実は、未《いま》だに夢の中にいるんじゃないかと思うことがあるよ。夜、妻と娘の顔を見てから眠るとき、夢から覚めませんようにと願っている。神など、どこにもいないというのに」

何度思い、何度口にし、何度共有したか分からない『こんなことになるなんて』という想《おも》い。

言葉にしなければ幻になってしまうのではないかと錯覚するほどに、それまでの人生から何もかもが変わった、今。

「確かにな……特に俺は、お前よりも圧倒的に時間の貴重さが跳ね上がってるからな。日本で今生きる時間は、何物にも代え難《がた》いくらい大切だ」

「でも、今日佐々木千穂《ささきちほ》が帰ってくるという連絡はもらえなかった、と」

「そろそろお客様でも言っていいことと悪いことがあるぞ」

真奥《まおう》は吐き捨て、サリエルは面白そうに笑いながらモーニングセットのメインであるマフィンサンドを齧《かじ》った。

「決着を渋った報いだな。僕が今感じている幸せを、今すぐにでも分けてやりたいよ」

「結構だ。間に合ってる」

「それで、今日は佐々木千穂《ささきちほ》に勝る、どんな先約があったんだ？」

「しつけぇな。これを言うと、またショージーが騒ぎそうで嫌なんだよ」

真奥《まおう》はやけ気味に答える。

「仕事の予定だ。しかもその仕事に合わせて大蔵大臣が娘と一緒に帰ってくるんだよ。途中寄り道する上に荷物が多いっていうから、東京駅まで迎えに行くって約束しちまったんだ」

「大蔵大臣とは、また随分と古めかしい表現を。今時の若い人間には通じないだろう」

サリエルは、該当する人物を思い浮かべ、苦笑した。

「比喩表現だとしても、『女房役《にょうぼう》』くらい言えば良いものを」

「うるせうるせ」

真奥《まおう》も、突っ込みを軽く受け流した。

「これは一人の友人として忠告させてもらうが、月の無い夜の一人歩きには気をつけろ。お前が刺されてこの店が無くなったら、木崎《きさき》家最大の危機だ。憩いの場が消滅してしまう」

「誰が友人だ。出勤するにはどこに行くにもスクーターだから心配無用だ。それじゃあ俺は下の仕事しなきゃいけねぇから、ゆっくりしてってくれ」

そのタイミングでちょうど佳織《かおり》が薬局の袋を持って上がってきたので、真奥《まおう》は入れ替わりに階下に下りた。

「ったく。月の無い夜とか、思い出させせんじゃねぇっての」

そのぼやきを聞いたのは、既に制服に着替え、一階カフェスペースに入っていた新たなお客様から注文を取り終えたこの店のもう一人のアルバイト、江村義弥《こうむらよしや》だった。

「おはようございます社長。今何か言いました？」

三年前。

『神討ちの戦い』と、仲間内だけで呼んでいたあの戦いの末期のことを。

今のこの瞬間に繋《つな》がる決定的な出来事があった、あの夏のことを。

真奥《まおう》は既に用意されていた豆を手動ミルにかけながら、ぼんやりと思い出す。

「おう、おはよう義弥《よしや》。いや、何も」

軽くごまかしてから、真奥《まおう》はランチタイムに向けた準備を始めようとして、

「社長、カウンター三番のお客様、本日のスペシャルコーヒー、お願いします」

いつの間にか入ったらしい新規の注文に対応する。

ミルのハンドルを回しながら、真奥《まおう》はつい左手の甲で背中をさすった。

「疲れが溜《た》まると、古傷が痛む気がする」

ひとしきりさすってから、自分以外誰もいない厨房《ちゅうぼう》と、客席でカトラリー類を磨いている義弥《よしや》の姿を見て、真奥《まおう》は歯を食いしばって小さく気合を入れた。

「朝からこんなんじゃ、このあとが思いやられる。気合入れねぇと」

真奥《まおう》はボヤきながら、ミルハンドルを回す速度を調整する。

馴染《なじ》みの問屋から下ろしてもらったグァテマラ産のコクの強い豆は、粗く挽《ひ》くと薫香《くんこう》の立ちが良い……気がするのだ。

「お待たせいたしました。本日のスペシャルコーヒー……あれ？」

上々に仕上がったコーヒーのカップを真奥《まおう》自らカウンターに持っていくと、そこには、

「やあ、運がいいな。今日のモーニング担当は君か」

先ほどまで話題にのぼっていた人物が、以前と変わらぬ鋭い眼光を湛《たた》え腰かけていた。

「びっくりさせないでくださいよ！　おい義弥《よしや》！」

真奥《まおう》は驚いて義弥《よしや》を振り返ると、彼は申し訳なさそうに片手を上げた。

「江村《こうむら》君には黙っていてくれと言ったんだ。変に緊張させても悪いからな」

「こっちの方が断然ビビりますよ。旦那と娘さん、上にいますよ?」

「知ってる。だから来た」

木崎真弓《きさきまゆみ》は、出産を期に羨望《せんぼう》の的でもあった長い髪をばっさりショートに切った。それでも傍らに置かれた肩が抜けそうなほどパンパンに膨れ上がったショルダーバッグは相変わらずだ。

「どうしたんですか、こんな時間に来るの、珍しいですね。今日は出勤遅いんですか?」

「いや、早朝に大きな仕事がいきなりバラされてな。突然だったんで他の仕事に充当することもできなくて、面倒だから部内を休みにして即帰ってきた」

らしくないことを言いながら、木崎《きさき》はコーヒーを一口含んだ。

「美味《うま》いな。グァテマラの陰干しか」

「お願いですからうちで効きコーヒーするのやめてくれませんか」

「同業他社の敵情視察だ」

「マグロナルドさん相手じゃ、うちなんか吹けば飛んじまいます」

木崎《きさき》は悪戯《いたずら》っぽく笑って、店の中を見回した。

「ふふふ。来るたびに何か穴を見つけてやろうかと思うんだが、来るたびに気になった部分が良くなってるから面白くない」

「いい店はお客さんと一緒に育てていくもんですから」

「言うようになったものだ」

木崎《きさき》は楽しそうに真奥《まおう》を睨《にら》んだ。

「君が私の独立を待たないばかりか、先を越してくれたものだから、会社の辞めどきを誤ってまた出世してしまった。どうしてくれる」

「俺の元部下から聞きました。部長昇進、おめでとうございます」

「けしからんな。私の古巣に、社内の人事情報を外部に軽々しく漏らす輩《やから》がいるとは」

「叱らないでやってください。上、声かけてきましょうか？」

「さっき入ったばかりだろう？　弓月《ゆづき》がご飯を食べ終えたのを見計らって行く。私が傍《そば》にいると、甘えたりふざけたりして食べることに集中できなくてな。その辺の塩梅《あんばい》は、悔しいが私より三月《みつき》の方がずっと上手なんだ」

天地開闢《てんちかいびやく》以来最も世界に衝撃を与えたであろう木崎《きさき》とサリエルの結婚について、大勢の人間が早晩離婚に至ると無責任に予測していた。

だが木崎《きさき》の幼馴染《おさななじ》みである水嶋由姫《みずしまゆき》と田中姫子《たなかひめこ》が、真奥《まおう》も出席した慎《つつ》ましいが華やかな結婚披露パーティーの場で、サリエルが人の道を外れない限り二人は上手《うま》くやっていくだろうと予想していた。

そして実際に二人の予想通り、木崎《きさき》とサリエルの家庭環境は極めて円満である。

「ところで、君のところはどうなんだ」

「順調に育って、生意気になってきてますよ」

「そうか」

遠慮なく水を向けてきた木崎《きさき》は、真奥《まおう》の反応に口《くち》の端《は》を上げる。

「そういえば今日、ちーちゃんが『留学』から帰ってくるそうだが、迎えには行くのか」

「……木崎《きさき》さん」

「ん」

「魔王軍《うち》の人事情報を漏らしてる俺の元部下が木崎《きさき》さんの下についたら、泣くまでガンガンにしごいてやってください……なんであいつも知ってるんだ……」

「今度グループ研修で来ることになってる。楽しみにしているよ」

木崎《きさき》はそう微笑《ほほえ》むと、コーヒーをゆっくりと飲み干し、席を立った。

「さて、折角休みになったんだ。家族水入らずで過ごすとしよう。……真奥《まおう》社長。私の伝票、上と纏《まと》めておいてください」

かつての上司であったお客様にそう呼ばれた真奥《まおう》は、慇懃《いんぎん》に頭を下げた。

「かしこまりました」

やがて二階に上がられたお客様の、

「ゆーづーきー！　お母さん会社お休みしてきちゃった！　ご飯食べ終わった？　そしたらお父さんと三人でどこか遊びに行こうー！」

という黄色い声が聞こえてきて、真奥《まおう》と義弥《よしや》は顔を見合わせて苦笑する。

そしてそこに、

「おはようございまーす」

真奥《まおう》と入れ替わりで午後にやってくるはずの『おやこかふぇ・イエソト』永福町《えいふくちょう》本店の店長が現れた。

「あ、店長、おはようございます。早かったっすね」

義弥《よしや》が時計を見上げ、真奥《まおう》も少し驚いて店長に声をかけた。

「確かに随分早いな。アキちゃん。お袋さんの様子、大丈夫だったのかよ」

「うん、代わってもらってごめんねー社長！　結局大したことなくってさー」

かつてマグロナルド幡谷駅前店《はたがやえきまえ》で肩を並べて働いた真奥《まおう》の同僚であり、今は真奥《まおう》の部下としてイエソトの店長を務める大木明子《おおきあきこ》は、普段と変わらぬ様子で元気良く出勤してきた。

真奥《まおう》がヘルプで朝から店に出ていたのは、明子《あきこ》の母親が体調を崩して入院し、手術をするのに付き添うためだと聞いていたのだが……。

「いや最初は入院って聞いて慌てたんだけど、結局タダの盲腸だったのよ。本人めちゃくちゃ元気で、勤め先に迷惑かけるなって叩《たた》き出《だ》されたくらい」

「いやいや盲腸とか案外バカにしたらダメって聞くぜ？」

「でも昨夜のうちにさくっと手術済んじゃって、二、三日で退院ＯＫって医者が言ってるから。今日社長、午後から大事な商談でしょ。この暑さだし、帰って着替えたいんじゃないかなって思って早めに来ちゃった」

「そうか。まぁお袋さんの入院が長引かねぇなら何よりだ。でももし来られねぇなんてことがあったらヤベェと思って、今朝早くに応援頼んじまったんだよな。持ち帰りのアイスコーヒーのボトル、足りて無さそうだったし」

「え？　マジで？　私ちゃんと発注してなかった？」

「帳簿システムの方には何も」

「うわ……ご、ごめんなさい。やったつもりだったんだけど……危なかった。今日もこの暑さだもんね。絶対出るよね」

「いいって。お袋さんのこと心配だったんだろ。次は気をづけてくれりゃいい。あと」

真奥《まおう》は苦笑して言った。

「届け物してくれるカワっちに、店長の財布から奢《おご》ってやってくれ」

「うわー……絶対またなんか言われるよー！」

「店長、お客さん入ってるんですから、あんまみっともないことで騒がないで早く着替えてきてください」

「うう、ヨシ君に言われちゃおしまいだ……」

「あと、二階に木崎《きさき》さんいらっしゃってますよ。ご家族で」

「ひぇっ」

明子《あきこ》はひきつったように喉を鳴らしてから、きしむような音で真奥《まおう》を見た。

「しゃ、社長……私、頑張って働きますから、発注ミスの件、木崎《きさき》さんにはご内密に」

「なんで木崎《きさき》さんがうちの人事権握ってるみたいな話になんだよ。いいからさっさと着替えて来いって」

「はぁい」

明子《あきこ》は二階から漏れ出る木崎《きさき》のオーラを避けるように、そそくさとスタッフルームへと駆け込んだ。

明子《あきこ》のところどころ抜けている性格はこの三年、あまり進歩していない。

株式会社まおう組とおやこかふぇ・イエソトの業態を決定するに当たり、真奥《まおう》は外部のオブザーバーとして、かつての同僚だった川田武文《かわたたけふみ》の知恵を借りていた。

真奥《まおう》は、木崎《きさき》が独立を画策して苦心していたように、飽和状態のレッドオーシャンであるカフェ業界に切り込む上で人を引きつける業態とは何かを悩みぬいた。

悩みぬいた末に、乳幼児を連れた親子があらゆる客層の中で最も優先度が高い店、という結論を導き出したのが、地域経営を専門に学んでいた川田《かわた》だった。

川田《かわた》自身は大学卒業後、実家の割烹《かっぽう》を継ぐ修行に入ったが、ご両親はまだまだ元気なため、将来的に家業を発展させるためのモデルケースとして、まおう組の立ち上げに有償で協力してくれた。

オブザーバーの関係は今も続いていて、今日のようなことがあったときには抜けた穴を埋めるための雑用を買って出てもらうことがある。

一方の明子《あきこ》は、マグロナルド在籍当時から就職について心配を吐露していたが、実際に就職活動に入ったところ、本人の危惧していた通り、悉《ことごと》くお祈りメールで蹴散らされ、絶望の淵《ふち》に叩《たた》き落とされた。

大学入学の際にも油断の結果浪人した明子《あきこ》は両親からかなり締め上げられたらしく、真奥《まおう》がまおう組を立ち上げると知って泣きの涙で入社を願い出てきたのだ。

結果、木崎《きさき》に鍛えられた現場精神は信頼に値するという判断と、とある『鶴の一声』で入社が決まり今に至る、
とはいえ、明子《あきこ》が店長を務めるこの店を木崎《きさき》家が利用し続けていることからも、彼女が店長業務をこなしきっていることは間違いない。

「そしたら悪いが俺は抜けさせてもらうかな。義弥《よしや》、後のことよろしく頼む」

「うっす。お疲れ様です社長。あ、あと」

帰り支度を始めようとする真奥《まおう》に、義弥《よしや》は忌憚《きたん》のない明るい声で言った。

「佐々木《ささき》によろしく伝えてください！　確か今日、イギリスから帰ってくるんすよね」

「……お前もかよ」

どいつもこいつも、頼むから余計なことを言わずに仕事に集中してほしいものだと、真奥《まおう》は

強く思った。

※

鼻呼吸で熱風が吹き込んでくるかのような真昼の日光の中、真奥《まおう》は甲州街道《こうしゅうかいどう》沿いをパタパタと軽いエンジン音を響かせて走っていた。

もう少しスピードを出せば身を切る風で涼しくなりそうなものだが、マグロナルド・デリバリー時代からの倣《なら》いでどうしても制限時速30キロ以上を出せないでいる。

巷間《こうかん》で言う制限速度が、必ずしも法と合致していないのは確かだ。

だが真奥《まおう》はこの鮪鳩号《まぐろばとごう》を手に入れて以降、出勤退勤の道中では絶対に時速30キロ以上は出すまいと固く心に誓っていた。

株式会社まおう組は文句のつけようがない中小零細企業だが、当世にありがちな社員に対する文言や数字のごまかしを一切していない。

真奥《まおう》はまおう組運営にあたり、五分後に労基署の監査が入っても一切やましいものが出てこない状態を維持することを信条としている。

ただ残念ながら、その結果ビジネス的な流動性が低くなっていることも確かであり、そのため億が一にも社長である真奥《まおう》の身に傷病であったりペナルティが課せられるようなことがあってはならない。

そして将来、そういった健全な組織形態を維持したまま成長していくには、最初の最初で経営者たる自分が人の見ていない場所から、模範となる行動を心掛けねばならないと強く考えていた。

幸い甲州街道《こうしゅうかいどう》の道幅は広く、道沿いに商店や雑居ビルが多く、路肩に停車して作業している車も多いため、時速30キロでも左車線を走っている分には案外煽《あお》られたりしない。

「やれやれ。魔王が聞いて呆《あき》れるぜ」

パーキングメーターも無い路肩に、荷下ろし表示を怠ったトラックが駐車しているのを見ながら、現実問題として世の中は案外適当に回っていることを認識する。

だが、それでもどんなタイミングで適当さが失われるか分からない以上、万が一に備えるのは経営者の勤めなのだと真奥《まおう》は毎日自分に言い聞かせていた。

ぼやきながら笹塚駅前《ささづかえきまえ》交差点を右折し、笹塚駅《ささづかえき》の高架下を潜《くぐ》り抜《ぬ》け、菩薩《ぼさつ》通り商店街を横目に真奥《まおう》は自宅アパートの影を遠くに見る。

ヴィラ・ローザ笹塚《ささづか》も、随分変わった。

まず全室にエアコンが完備されたし、二階の部屋では、驚くべきことに裏庭に面した窓が広げられ、小さいながらベランダが増設された。

流石《さすが》に浴室は増設されなかったが、真奥《まおう》がこのアパートに住みはじめた頃に比べれば、生活環境は圧倒的に改善されている。

今となっては、男三人が一部屋でエアコンも無しにどうやって夏を過ごしていたのか思い出せない。

それだけ環境が変わったにも関わらず、家賃は四万五千円の据え置きだ。

「まぁ、恵美《えみ》のあのマンションが未《いま》だに五万円なんだから、なんか釈然としねぇけど」

エンジンを切って、駐輪場に鮪《まぐろ》鳩《ばと》号《ごう》を押し込むと、蒸れるヘルメットを脱いで淡くため息をついた。

「ひー。銭湯寄ってから出かけてぇな」

ぼやくが、以前は昼早い時間からオープンしていた笹《ささ》ノ湯《ゆ》が、経営者の高齢化に伴い、オープン時間が午後三時からに変更されてしまった。

このあとの約束を考えると、そんな時間まで悠長に待って風呂《ふろ》を浴びるわけにはいかない。

「一応着替えていくからそれで勘弁してくれ」

虚空《こくう》に言い訳を放ちながらヘルメットを抱えて階段を上がってゆく。

「お」

そして上がりきって共用廊下のドアを開けたときだった。

廊下の隅に、朝出勤する際には無かったものが置いてあった。

プラスチックトレーの上に、汚れた皿と茶碗《ちゃわん》。

明らかに何かを食べ終わった跡である。

「……いやまぁ、食ったのはいいけどよ。これ昨日のやつだし食べかすとかちょっと残ってるし……この暑さにこんなとこ放《ほ》っといたら虫わくぞ、ったく」

真奥《まおう》はぶつくさ言いながらもトレーを持ち上げ、二〇一号室に帰る。

出がけにエアコンを入予約しておいたので、部屋の中は空気の甘露としか言いようが無いほどに涼しかった。

汗が引くのを感じながら冷蔵庫を開けた真奥《まおう》はさっと中に目を通す。

「玉ねぎとソーセージが残ってっから、ナポリタンっぽいものにしておくか」

真奥《まおう》は体が冷やされてダルくならないうちに手早く動き、まずは汚れた皿をシンクに置いてから、朝食のときの汚れ物を纏《まと》めて洗って水切りかごへ。

そのあと、冷蔵庫に保存しておいた時短用ゆでパスタを一玉取り出すと、野菜の端切《はぎ》れとミニソーセージを輪切りにしたものと一緒にケチャップと焦がし醬油《しょうゆ》で炒《いた》めて皿に開ける。

野菜の端切《はぎ》れで思ったより嵩《かさ》増しされ、ちょっとした大盛皿になった。

換気扇を回しながら少し粗熱を取る間、真奥《まおう》は汗ばんだ服を下着から交換し、洗濯かごに放り込む。

それからミドルサイズのトートバッグに財布と汗拭きシート、除菌手拭きシート、ティッシュとハンカチを入れ、ナポリタンの皿にラップをかけてトレーに載せ、二〇二号室の前に置く。

「おい、今日俺遅くなるかもしれねぇから、メシ置いとくぞ。冷蔵庫に入れたからって油断せずにちゃんと順番に食えよ。それじゃあな」

返事が無いことは分かっている。

真奥《まおう》は嘆息してトレーを廊下に置くと、去り際に二〇一号室の施錠《せじょう》を確認し、共用廊下のドアを開け閉めする。

そのままドアの覗《のぞ》き窓から中を覗《のぞ》いていると。

「よしよし」

二〇二号室のドアが開いて中から不健康そうな細腕が出てきて、ナポリタンのトレーをさっと引っ込め、荒々しくドアを閉めた。

「ったく世話の焼ける。とっとと当番交代してえなぁ」

面倒くさそうな顔をしつつ、その実満更でもなさそうな顔をしながら、真奥《まおう》は階段を下りて今度は徒歩で笹塚駅《ささづかえき》の方角に歩き出す。

時計を見ると、十一時を少し回っている。

「やべぇな。またのんびりしすぎたかもしれねぇ。確か十二時二十分とか言ってたっけ」

真奥《まおう》はスリムフォンのメッセージをもう一度確認すると、酷暑に負けまいと、少しだけ早足になったのだった。

魔王、過去の罪を償う

それは魔界の赤い月が動きはじめて、ちょうど一ヶ月後の、七月も中旬のことだった。

既にかなり厳しくなっていた夏の暑さによるものではない汗を額に浮かべた真剣な面持ちの真奥《まおう》は、ほのかに暖かい機械と対面していた。

暖かい機械から吐き出された通帳に刻まれた冷たい数字を見て、真奥《まおう》はしばしＡＴＭの前で瞑目《めいもく》する。

仮にも社会人を自称する男の通帳に刻まれている数字としては、決して豊かとは言えない桁数はしかし、これまでの行いの結果と思えば悔やむことはできないし、許されないし、またその必要も無い。

「本当に、大丈夫なんだな」

「はい。念を入れてチェックしました。戦いを終えるまでは、魔王様はお金の心配をする必要は一切ございません」

「本当に本当だな」

通帳を穴が開くほど睨《にら》みながら念を入れる真奥《まおう》と芦屋《あしや》。

「本当に本当です。基本的に、今の魔王城の全ての公共料金は魔王様のクレジットカードを経由して引き落とされているのです！　水道、ガス、電気、携帯電話、インターネット料金等全てです！　ですからクレジットカードの引き落とし日さえ過ぎてしまえば、魔王様の銀行口座に手出しをする不埒《ふらち》な引き落としは現れません！」

「いや、引き落としはこっちが金使った結果なんだから不埒《ふらち》ってのはスジ違いだろ」

「む、それもそうですね。考えてみればこの二、三ヶ月、漆原《うるしはら》はほぼエンテ・イスラにいたのでネットの買い物をしていないはずですね。あれのせいでつい、カードの買い物による引き落としは不埒《ふらち》という考えが染《し》みついてしまって……」

「苦労かけたな……そしてこれからますます苦労をかける……」

「仰《おっしゃ》らないでください魔王様！　これは……魔王軍を率いた我らの咎《とが》……いえ、業とも言うべきもの……だがやはり……やはり断腸の思いです。事ここに至って……どうしても裏切られたという思いがぬぐえないっ!!」

「ちょっと」

街中ではた迷惑に慟哭《どうこく》する二人の横で、呆《あき》れ顔《がお》の恵美《えみ》が腰に手を当てていた。

「今、聞き捨てならないセリフが聞こえたんですけど」

「なにおぅっ!?」

「誰が、誰を裏切ったっていうの？」

芦屋《あしや》は天に向かって高々と拳を突き上げた後、びしりと恵美《えみ》を指さした。

「エミリア！　貴様魔王軍の窮乏状態を分かっていながら、こんなタイミングで魔王様に養育費を請求するなど、裏切り以外の何物でもあるまい！」

「聞きたいんですけどねアルシエル！　一体！　いつ！　私が！　魔王軍の懐《ふところ》事情を忖度《そんたく》し

てあげなきゃいけなくなったの⁉　魔王城の台所番なら、子供一人育てるのにどれだけお金がかかるか分からないはずないわよね！」

「い、今になってそんなことを言い出すのか！　天下の往来で子供と金を天秤《てんびん》にかけるその発言！　さもしいと思わんのか恥を知れ！」

「お金は疑い無く家族の愛を構成する一側面よ！　むしろあなたの主が最低限の扶養義務すら果たしていないのを今まで言わないでいてあげたことにお礼が無いのが不思議なくらいよ！」

「あーなんか懐《なつ》かしいなこのステレオ」

真奥《まおう》が、恵美《えみ》と芦屋《あしや》の言い争いを肩を竦《すく》めながら聞いている横で、

「確かに懐《なつ》かしい気はするが、はたから見ると相当恥ずかしいぞこの言い争いは……」

鈴乃《すずの》が額を押さえて顔を赤らめているその横で、漆原《うるしはら》があまり関心が無さそうに言った。

「まー今のうちに、多少恥かいてでも出せるものは出しきっちゃったほうがいいんじゃない。エミリアも芦屋《あしや》もああは言うけど、少なくともこのあとの予定では、僕ら五人は等しく仲間で、同じ立場でなきゃいけないんだから」

「む……まぁそれはそうだが……どうしたんだルシフェル。最近お前の口から、まともな発言しか聞いていないぞ」

「僕は昔からまともなことしか言ってないつもりだよ。お前らが聞いてなかっただけ」

「世間の物事は何を言うかより、誰が言うかが重要だ、そろそろ気づいた方がいい」

「これだから人間のってのは馬鹿なんだ。物事の本質を摑《つか》む努力を怠ってるとしか思えない」

ルシフェルの放言に、鈴乃《すずの》はさらに呆《あき》れ顔《がお》を深くした。

「で？　誰が言うかが重要ってことなら、誰が最初に代表して口を開くのさ」

「そりゃ俺だ。俺が口火を切らなきゃ始まらねぇ」

真奥《まおう》は、今この場にいる誰よりも深刻な顔で頷《うなず》いた。

「これから俺達を待ち受ける戦いは、全員生きて帰れる保証はどこにも無い戦いだ。だからこそ、果たしきっていない義理があっちゃならねぇ」

真奥《まおう》の言葉に、言い争いをしていた恵美《えみ》と芦屋《あしや》も口を閉じて神妙に頷《うなず》く。

「神討ちの戦い……いよいよここまで来た。エンテ・イスラと地球……それだけじゃねぇ、アラス・ラムス達セフィラの子の未来と、これから生まれるであろう新たなセフィラが宿る宇宙のどこかの星のために、俺達は今日、過去の罪を清算しに行くんだ」

「……ええ、そうね」

「はい……」

「まーそーだね」

「うむ」

恵美《えみ》と、芦屋《あしや》と、漆原《うるしはら》と、鈴乃《すずの》。

四人の男女が真奥《まおう》の言葉に真剣な顔で頷《うなず》いた。

「魔王軍も人間もねぇ。エンテ・イスラに生きる命として、この過去を清算しなくちゃ先には進めねぇ。だから頼む、恵美《えみ》。これが済むとしばらくカツカツになるから、養育費の件は戦いが終わって余裕が出てからにしてくれると」

「くどいわよ。何度も話したでしょ」

エミリアは、遊佐恵美《ゆさえみ》は、苦笑しながら言った。

「私も物事の優先順位は分かってるわよ。だから……先陣は、任せたわよ」

「……すまねぇ」

「それと一応確認するんだけど、先方は私達の用向きを、きちんと分かってくれてるのよね？」

「当たり前だろ。ちーちゃんとお袋さんには、あらかじめ全部伝えてある。その上で『全員』揃《そろ》うのが今日だったんだ。丁度いいだろ。俺達が本格的にちーちゃんを意識して巻き込んだのが、ちょうど今頃の季節だった」

全員、という言葉に、全員の顔が、一段階引き締まる。

「それじゃあ、行くぜ」

真奥《まおう》は携帯電話を取り出し、画面に表示してあった番号をコールする。

ワンコールで出た相手に準備が整ったことを告げると、相手もすぐに応の返事をくれたようで、通話はわずか十数秒で終わった。

真奥《まおう》は新たに決心を固めるように大きく深呼吸をすると、集まった四人に告げる。

「向こうも、準備万端だそうだ」

空気が、一段階重くなった。

だが、誰も何も言わなかった。

夏の陽気もたけなわの七月の笹塚駅前交差点《ささづかえきまえこうさてん》から、五つの影が意を決したように、百号通《ひやくごう》り商店街の方向へと歩き出したのだった。

※

漆原《うるしはら》以外の誰もが通い慣れた道だった。

町は平和で、時折遠くから子供の笑い声が聞こえる。

日本中どこでも見られるような、日曜日のお昼の風景。

だが、五人の姿はその明るい日曜に相応《ふさわ》しくなく、重苦しいものだった。

やがて目的地に到着すると、真奥《まおう》が代表して、インターフォンを押す。

『わっ⁉　えっ？　す、すぐ出ます！』

聞き慣れた声が驚きを以《もつ》て迎えてくれた。

こちらが答える間も無く通話は切れて、すぐにパタパタと足音が聞こえ、玄関が開いた。

「え、えっと……」

彼らを出迎えた佐々木千穂《ささきちほ》は、若干の戸惑いを隠せなかった。

「少し早かったかな」

真奥《まおう》が腕の時計に目を落とすと、針は約束の時間のぴったり五分前を差していた。

「そ、それはいいんですけど……驚きました。漆原《うるしはら》さんまで、その、スーツ……」

「似合わないのは百も承知だけど、今回は仕方ないだろ」

仏頂面《ぶっちょうづら》で返事をするルシフェル、漆原《うるしはら》は真新しいスーツの肩を窮屈そうに回す。

「最低限の礼儀というものです」

芦屋《あしや》は、緊張の面持ちで締め慣れないネクタイの結び目に手を当てる。

「エンテ・イスラの正装じゃ、驚かせてしまうでしょう？」

フォーマルなブラックスーツに身を包む恵美《えみ》が全員に目配せし、

「だから、ご理解をいただきにくいであろうことを承知で、日本の正装で罷《まか》り越した」

藤色の絽《ろ》の訪問着に身を包む鈴乃《すずの》が小さく目礼する。

「ちー……いや、佐々木《ささき》さん。ご両親は、ご在宅？」

最後に真奥《まおう》が、真奥貞夫《まおうさだお》と名乗っていた、異世界エンテ・イスラの悪魔の王、サタンが、佐々木千穂《ささきちほ》の目を真っ直ぐ見て尋ねた。

千穂《ちほ》もまた、その視線を真剣に受け止め、姿勢を糺《ただ》して頷《うなず》く。

「はい、真奥《まおう》さん。先ほどから二人とも、皆さんが来るのを待っていました。どうぞ、入ってください」

「それじゃあ、お邪魔させてもらいます。みんな、行こう」

「失礼します」

恵美《えみ》が代表して真奥《まおう》の合図を受け取ると、五人はしずしずと佐々木《ささき》家の玄関をくぐる。

真奥《まおう》と恵美《えみ》と鈴乃《すずの》は、佐々木《ささき》家に入るのは初めてではない。

見慣れた玄関と廊下のすぐ脇の扉の向こうはリビングルームだ。

「どうぞ」

千穂《ちほ》が開いたその扉の向こうには、

「あらーいらっしゃい真奥《まおう》さん！　みなさんも……なんだか、随分と仰々しいわね」

真奥《まおう》達もよく知る千穂《ちほ》の母、佐々木里穂《ささきりほ》と、

「……いらっしゃい」

厳《いか》めしい顔に大いに戸惑いを浮かべた壮年の男性が待っていた。

佐々木千一《ささきせんいち》。

千穂《ちほ》の父で、警察官だ。

今日、この場に必要な『全員』の中で、最も重要な人物である。

ゆったりとしたポロシャツを纏《まと》い、いかにも休日のお父さんという装《よそお》いの千一《せんいち》は、真奥《まおう》達の

姿を見て表情に動揺を浮かべた。

「お邪魔いたします。この度はお忙しい中、時間を取っていただき、本当にありがとうございます」

「あ、ああ」

真奥《まおう》の口上に、歯切れの悪い返答をする千一《せんいち》。

「まぁとにかく入って……」

と戸惑いながら真奥《まおう》達に促す千一《せんいち》。

全員がリビングの中に入ったのを確認してから、真奥《まおう》は千一《せんいち》の前に膝と手をついた。

「真奥《まおう》さん⁉」

真奥《まおう》だけではない。

後に続く芦屋《あしや》、漆原《うるしはら》、恵美《えみ》、鈴乃《すずの》も一様に真奥《まおう》に倣《なら》い、千一《せんいち》と里穂《りほ》に向かって膝をつき、頭を垂れた。

「本当に、申し訳ありませんでした」

「真奥《まおう》さん……」

「千穂《ちほ》さんと奥様からお聞き及びかと存じます。我々は……千穂《ちほ》さんに、決して許されないことをいたしました。ご両親の我々への信頼を、裏切り続けてきました」

「あ？　……ああ、その……あー」

真奥《まおう》に続いて、恵美《えみ》が口を開く。

「千穂《ちほ》さん自身の気持ちを大切にしたいという言い訳をしながら、私達はご両親にするべき説明を後回しにして、ずっと嘘《うそ》をつき続けてきました。どれほどお詫《わ》びしても、許されることではないと思っています」

「んん？　いや、その」

「遊佐《ゆさ》さん……」

「誓って我ら、お嬢さんを積極的に危険な目に遭わせようとしたことはございません。ですが結果的に力及ばず、それどころか我々がお嬢さんの力に救われる場面が多くありました」

「本当にその、こればっかりはお詫《わ》びしたところで許されることじゃありませんけど」

スーツの芦屋《あしや》がお詫《わ》びの言葉を述べているのはさほど違和感が無いが、漆原《うるしはら》までしっかりと敬語を使いながら言葉を引き継いでいることは、驚嘆に値する出来事だった。

「千穂《ちほ》殿自身に、ご両親を欺こうとする意志は一切ございませんでした。全ては我々の甘えが、千穂《ちほ》殿に過剰な負担と、嘘《うそ》を強いた由《よし》にございます。勝手なお願いとは存じますがどうか、私どもに罪の清算の機会を賜りたいと存じます」

最後に鈴乃《すずの》が、静かに、だが力強く願い出た。

「芦屋《あしや》さん……漆原《うるしはら》さん……鈴乃《すずの》さん……」

「あー……んー……」

千一《せんいち》は戸惑っている。

当然だろう。

だから真奥《まおう》は顔を上げて、詫《わ》びるべき人物の顔と改めて向かい合おうとしたときだった。

「千穂《ちほ》。一体これはどういうことだ？　一体何が始まってるんだ？」

怒りではなく、純粋な困惑の声が、真奥《まおう》の頭上から降ってきた。

「あの……？」

そこで初めて目が合う。

かつて二度対面したその顔は、やはり困惑していた。

「その……俺は今日、真奥《まおう》さんが来るとしか聞いていないんだ」

「え？　あの、千穂《ちほ》さんと奥様からは……」

「何も聞いていない。妙ににやにやしているし、それにその、真奥《まおう》さんがスーツ姿だったから……てっきりその」

千一《せんいち》は、本気で困惑した顔で娘と、土下座している真奥《まおう》を交互に見た。

「もしや娘との交際の申し込みでもしに来たのかと身構えていたんだが……」

「こうさ、え、ええ⁉」

そしてこれにはさすがに真奥《まおう》も困ってしまった。

「だがそれならこんなに他の人達が来るのはおかしいし、どうも顔つきがそんな様子じゃないし……おい母さん、千穂《ちほ》。これは一体どういうおふざけなんだ？」

話を振られた里穂《りほ》は、戸惑う全員をむしろ楽しむように眺め回した後、少しだけ申し訳なさそうに真奥《まおう》に手刀を切った。

「ごめんなさいね、真奥《まおう》さん」

「いえ、あのでも……今日のこと」

「もちろん理解してるわよ。でも色々考えたんだけどね。どうせあらかじめ何言ったって混乱するだけだって思って、何も言ってないの」

水を向けられた千穂《ちほ》も、少しだけ照れくさそうにする。

「ごめん、お父さん」

「だから何がだ」

「うん、私もね、まさか真奥《まおう》さん達がここまで思いつめてるとは思わなかったんだ……うんまあ、本来ならそうだよね。私も短い間に色々マヒしちゃってて」

とらえどころのない妻と娘の言葉に、千一《せんいち》は困惑を深くしたようだった。

「一応言っておくとね、真奥《まおう》さん。私はもういいの。あれから何度も千穂《ちほ》と話をしたし、分からないことは何度も聞いて、納得もしたわ。あなた達は確かに隠し事はしてたかもしれないけど、それでも千穂《ちほ》のことを第一に考えてくれてたことは分かってるつもりよ」

「は、はい……ありがとうございます」

里穂《りほ》の真意は未《いま》だ不明ではあったが、そう言ってもらえたことにとりあえず、真奥《まおう》は少しだけほっとする。

すると里穂《りほ》は、何かを思いついたように恵美《えみ》を見た。

「ところで遊佐《ゆさ》さん。姿が見えないけど、今日はアラス・ラムスちゃんはいるの？」

「アラス・ラムスですか？　そ、その、いるにはいますけど、まだ赤ん坊でお詫《わ》びの場にはお邪魔かと思って……それで」

「『中』ってやつ？」

「ええ……」

「じゃあ今この場で、うちの人に紹介してあげてもらえる？　多分それが話を始めるのに一番手っ取り早いわ」

「よろしいんですか？」

「一番分かりやすいんじゃないかしら？　かくいう私も、話に聞いただけだから、実際どんな感じなのか見てみたいの」

「はい、それじゃあ失礼します……うん、アラス・ラムス、いい子でいるのよ？」

恵美《えみ》は立ち上がると、体の前に手をかざす。

そして次の瞬間、軽い音と共に、カメラのフラッシュよりずっと弱い紫色の光が一瞬弾《はじ》ける。

「ちーねーちゃ！　こにちゃ！」

「んんっ⁉」

「へー！　そんな感じなのね！」

何も無い空間から突然出現した赤ん坊を見て、千一《せんいち》は度肝を抜かれた顔をし、里穂《りほ》は小さく拍手をした。

「い、今のは⁉　い、一体どういう⁉」

「ねぇ、真奥《まおう》さんにもそんな感じの子がいるって聞いたわよ？」

「えっ⁉　いやあいつこそお詫《わ》びの場に相応《ふさわ》しくなくて！　実は今も昼寝してて！」

「いいからいいから！　見せて見せて」

「ええ……？　でも……」

「真奥《まおう》さん、見せてあげてください」

渋る真奥《まおう》を後押ししたのは千穂《ちほ》だった。

「アシエスちゃんの身長なら、手品とかそういう疑いを狭む余地も無くなりますから」

「……じゃ、じゃあ、その……おいアシエス……ダメだこれ簡単には起きなさそうだ……」

真奥《まおう》は少しだけ後ろに下がると、千一《せんいち》と自分の間の床の上に、

「むギャッ‼」

一人の少女を出現させ、

「おおおおっ⁉」

戸惑っていた千一《せんいち》も、さすがに今度は大声を上げた。

「いったァ……！　何すんだよマオウ！　あんまヒドいことすると顔から色々出すゾ!!」

「悪いアシエス！　今ここではやめてくれ！　ちょっとそういう場じゃないんだ！　給料入ったらなんでも好きなもの奢《おご》るから今はこらえてくれ!!　ここちーちゃんの家なんだ！」

「よーし言ったナ！　ッテ、チホの家？　そりゃ大人しくしなきゃだネさすがニ」

「な、な、な……」

「アレ？　このおじさン、チホと同じ匂いするケド、もしかしてチホのオトーサン？」

「ああそうだ。てか昨日言ったろ。今日ちーちゃん家にお詫《わ》びに伺うって」

「聞いたけどこっちにオハチが回ってくるって聞いてなかったシ……ア、でもこういうときはアイサツしなきゃダメなんだよネ！　チホのオトーサン初めましテ！　アシエスだヨ！」

「は、はあ」

「あなたがアシエスちゃんね。私、千穂《ちほ》の母でーす」

「チホのオカーサン!?　ナニコレ？　なんのパーティー始まるン？　ってかチホん家《ち》で私やネーサマ出すようなことしてイイノ？　今言っても手遅れっぽいけド」

「……あの、だからこいつはお詫《わ》びの場には相応《ふさわ》しくなくて……」

「い、い、今、一体この子はどこから……！」

狼狽《うろた》える千一《せんいち》と、無遠慮にきょろきょろと佐々木《ささき》家を見回すイェソド姉妹。

ここからどうやって話を展開してゆくべきなのか真奥《まおう》が困っていると、

「さ、そろそろ来る頃かしらね」

里穂《りほ》がやおらそう言って、家の外にスクーターが停《と》まる音がして、インターフォンが鳴る。

『大変お待たせいたしました。マグロナルドデリバリーでございます』

「ちょっ！」

そして聞こえてきたのは真奥《まおう》と恵美《えみ》と千穂《ちほ》にはとても馴染《なじ》みのある声。

「あの、お、お久しぶりです岩城《いわき》店長……」

異世界からの来訪者と佐々木千穂《ささきちほ》を間接的に結びつけたマグロナルド幡谷駅前《はたがやえきまえ》店から、現店長、岩城琴美《いわきことみ》自らデリバリーにやってきたのだ。

「やっぱり佐々木《ささき》さんのお宅だったのね。電話番号見てもしかしてと思ったんだけど……これは何事？」

大きな保温バッグを二つも担《かつ》いで玄関先に現れた岩城《いわき》は、千穂《ちほ》が開け放った扉から見えるリビングの様子に、眼鏡の奥の目を丸くする。

明らかに異様な雰囲気の中、彼女の店の従業員でもある真奥《まおう》と恵美《えみ》が正装で手と膝を突いていれば、岩城《いわき》の立場なら驚かない方がおかしい。

そして何かを察したように息を吞《の》む。

「も、もしかして佐々木《ささき》さん取り込み中？　もしかして、エンテ・イスラ絡《がら》み？　もしかしてお父様にはまだ、お話しされてなかったってこと?」

岩城《いわき》は、真奥《まおう》や恵美《えみ》達と知り合って日は浅いが、彼らの真実を知っており、知ったタイミングは千穂《ちほ》の母も同じだった。

「そんな感じです。なんというか、今色々と行き違ってることはあるんですけど……」

真奥《まおう》達がこれまで佐々木《ささき》家に嘘《うそ》をつき続けてきたことについてお詫《わ》びをしたいらしいことを千穂《ちほ》が母に伝えたとき、里穂《りほ》の反応は、千穂《ちほ》が想定していたものとは違い、あまり大きな感慨を抱いていないようだった。

理由を尋ねると、曰《いわ》く確かに身の上については嘘《うそ》をつかれていたかもしれないし、自分の知らないところで千穂《ちほ》が危険な目に遭っていた、ということも憂慮すべきではあっただが。

「千穂《ちほ》あなた、真奥《まおう》さんや遊佐《ゆさ》さんに、エンテ・イスラの色々に強制されて付き合ってたの?」

この日の前日、里穂《りほ》は真剣な眼差《まなざ》しで、娘に問うた。

もちろん千穂《ちほ》は全力で否定した。

本当の意味で意志に反して危険な出来事に巻き込まれたのは、新宿《しんじゅく》地下道の崩落事故と、漆原《うるしはら》とオルバ・メイヤーの暴挙のときだけだ。

そのことすら今の千穂《ちほ》にはかけがえのない大切な思い出だし、それ以外の全てのケースで、千穂《ちほ》は自分の意志で、真奥《まおう》達の傍《そば》にいようとした。

むしろ真奥《まおう》達が自分を遠ざけようとするのを、あの手この手の詭弁《きべん》を弄して強引に割り込んでいったことさえある。

勢い込んで千穂《ちほ》がそう告げると、里穂《りほ》は娘を落ち着かせるように微笑《ほほえ》んだ。

「真奥《まおう》さんと芦屋《あしや》さんと漆原《うるしはら》さんが銚子《ちょうし》に出稼ぎに行ったことがあったでしょ。あのとき、あなたが行きたそうにしていたの、私は止めたわよね」

「うん……」

「でも思い直して、遊佐《ゆさ》さんと鎌月《かまづき》さんにお願いしたときね、実は初めは、遊佐《ゆさ》さんからは断られたのよ」

「え？」

「遊佐《ゆさ》さんも、あなたが行きたそうにしていたのは分かってたみたい。そんなに強い言葉じゃなかったけど、真奥《まおう》さんはお仕事で行くんだし、高校生の女の子に長期の外泊はさせられない。何かあっても自分達じゃ責任は負いきれないから、あなたが銚子《ちょうし》に行くのは賛成できない。そんなようなことを仰《おっしゃ》ってたわ。でも、今思い出すとおかしくて」

「どういうこと？」

「だって、ものすごく普通じゃない？　それって」

あのとき真奥《まおう》達の仕事についていきたいと思うのは、千穂《ちほ》の我儘《わがまま》以外の何物でもなかった。

さらに言えば、そんな娘の希望を後押ししてやろうという里穂《りほ》の考えも、真奥《まおう》や恵美《えみ》がごく普通の社会人であると仮定するなら、迷惑でしかない。

そして里穂《りほ》にとって恵美《えみ》の反応は、日本で生きる大人にとって、ごくごく常識的な社会人の反応だったのだ。

「あのときのことがあったからね、全部知った後も、真奥《まおう》さんや遊佐《ゆさ》さんがあなたを巻き込んだんじゃなくて、あなたが自分の意思で巻き込まれに行ったんだなって分かったの。あなたはものの分からないバカじゃない。だったらあなたが危険な目に遭ったのだとしても、巻き込まれたって親が怒るのは筋違いでしょ」

「……そういう、もの？」

「まぁこれであなたが一生治らない大ケガしたとか、死んじゃったとかいうなら話は別よ。ただ、それで怒るのはなんというか、怒りのベクトルが違うのよね」

里穂《りほ》自身、よく分かっていないかのように言葉を探している。

「まぁとにかく、真奥《まおう》さん達がお詫《わ》びしたいっていうならそれはそれで向こうには必要なことなんだろうから、来てもらったら？」

「う、うん……」

折につけ、真奥《まおう》達と接する機会があった里穂《りほ》だから、こんなものなのだろうかと、このときの千穂《ちほ》は無理やりに納得はした。

だがいざ当日になって父が、エンテ・イスラの話どころか真奥《まおう》達が謝罪のために来たことすら分かっていないらしいことに、さすがに千穂《ちほ》も困惑した。

だがアラス・ラムスやアシエスが現れた流れを見るに。母の判断は正しかったのだと思えてくる。

「何か事情が分かる部外者の大人の声が必要なら言ってね。それと……アシエスちゃんがいるみたいだから、追加のご注文は、いつでも承りますから」

岩城《いわき》が帰り際《ぎわ》にそう言いおいてくれたものの、こんな状態で娘の元バイト先の店長に来られても、父も困るだろう。

「足りる、かな。足りないよね……」

そして千穂《ちほ》は受け取った商品明細を見ながら、未《いま》だに異常な暴食癖が収まりきっていないアシエスが現れたことで、注文の品は真奥《まおう》達の口には一切入らないだろうと思ったのだった。

「…………………………俺はどうすればいいんだ」

※

真奥《まおう》達五人がかわるがわる、これまで真奥《まおう》達と千穂《ちほ》との間に何が起こったかを語り終えた後、佐々木千一《ささきせんいち》の口から転がり出たのは、そんな当惑の言葉だった。

「思ったこと言えばいいんじゃない？」

それに対して、妻の返事はそっけない。

「思ったこととってお前」

そのそっけなさに、見捨てられた子犬のように情けない顔になる。

そして千一《せんいち》は、対面のソファに座った真奥《まおう》と芦屋《あしや》と漆原《うるしはら》。その後ろに立つ恵美《えみ》と鈴乃《すずの》、そしてこの空間の重い空気を全く気にせず、届いたマグロナルドデリバリーをひたすらむさぼっている少女と赤ん坊を遠慮がちに見回すと、自分の座る足元に目を落とした。

「とにかく、うん、とにかく……まぁ、君達の話は分かった……よ。うん」

これは言葉通りの意味ではなく、思考を整理するための独り言だ。

真奥《まおう》達もそれを分かっているから、身じろぎせずに次の言葉を待つ。

「母さんが俺に何も言わなかった理由は、理解した。聞くだけじゃ信じなかっただろうっててのもあるが、母さんと違って俺は千穂《ちほ》の友達にはほとんど会ったことが無いからな。謝罪に来るなんて先入観を持ってたら身構えるだろうからな。うん」

そして大きなため息をついた後、ようやく真奥《まおう》の顔を見た。

「以前君に会ったときに、次に会うときは多少なりともショックな出来事になるだろうと思って覚悟はしていたんだが……こういうことではなかったんだよなぁ」

「え？」

回りくどい言葉の意図が分からず真奥《まおう》は首を傾《かし》げた。

真奥《まおう》が千一《せんいち》と前回会ったのは、昨年の夏。

長野県駒ケ根《こまがね》市にある千一《せんいち》の実家の農作業を、真奥《まおう》達が手伝ったときのことだった。

銚子《ちょうし》の出稼ぎが予定より早く終わってしまい、暇を持て余していた真奥《まおう》達を、里穂《りほ》がスカウトしたのだが、そのお礼を述べるために真奥《まおう》が代表して千一《せんいち》に挨拶をしたことがあった。

そのときは小一時間ほどお茶をしただけで終わり、真奥《まおう》の記憶では、千一《せんいち》が身構えるようなことは起こっていないはずだった。

千一《せんいち》は真奥《まおう》と、そして娘の千穂《ちほ》を見てから、また深くため息をついた。

「まぁその、納得できたわけではないが、大意として真奥《まおう》さん達が何をどう申し訳ないと思っているのかは分かった。それで……なんだ、その、かみうちのなんとか？」

「神討ちの戦い、です。俺達がそう呼んでいるだけですが」

「それはもう、最終的な相手との戦争を残すのみになってるということだが、そこに千穂《ちほ》は参加したりはしないんだね？」

「もちろんです。そんなところに連れていくことは絶対にしませんし、できません」

「君達のワープ用のゲートとやらで、こちらに戦火が及ぶということは」

「ありません。その兆候がわずかでも見えれば、もともと地球に存在するセフィラの子達が全力で防ぎます。恐らく、エンテ・イスラと地球の行き来を完全に分断する形で」

「なるほど。あと、これは重要なことなんだが」

「はい」

千一《せんいち》は、大きく息を吸い、なぜか少し額に汗を浮かべながら言った。

「……真奥《まおう》さんと千穂《ちほ》は、今現在は付き合ってるとかそういうことはないんだね？」

「は……え？」

千穂《ちほ》や里穂《りほ》、そして今はここにいない恵美《えみ》の友人、鈴木梨香《すずきりか》と違い、言葉だけでエンテ・イスラにまつわる事柄を説明されている千一《せんいち》に対し、どんな疑問にも真摯に答えようとしていた真奥《まおう》は、意表を突かれて尋ね返してしまった。

「付き合っているのかい？」

「お、お父さん！」

そしてさすがにこれは千穂《ちほ》も大声を出し顔を赤らめる。

「んっと……すいません、それは、どういう意味でしょう……？」

「どういうって、そのままの意味だよ」

千一《せんいち》は少し早口になって言った。

「君と千穂《ちほ》は恋人付き合いをしているのかどうかと聞いているんだ！」

「えっ⁉　いえ⁉　その、してま……してませんよ⁉」

真奥《まおう》の脳裏に一瞬だけ、千穂《ちほ》が議長を務めた頂点会議《サミット》のあとの出来事がよぎるが、千一《せんいち》の疑問とは繋《つな》がりそうで繋《つな》がらないことなので、今は一旦置いておいた。

その一瞬の逡巡《しゅんじゅん》をどう取ったのかは分からないが、千一《せんいち》はしばし疑《うたぐ》るように真奥《まおう》の目を睨《にら》んで、すぐに視線を離した。

「なら、いい」

「は、はぁ……」

「娘と恋人同士だというなら言いたいことは色々あったが、そうでないのなら言うことは無い。後で千穂《ちほ》と個人的に話す。謝罪もしてもらわなくていい」

「い、いえでも……！」

「どうしてもというのなら、これについての話だけで結構だ」

真奥《まおう》を制するように比較的強い語気でそう言った千一《せんいち》が手に取ったのは、真奥《まおう》が事情を話しはじめた最初にテーブルの上に置いた茶封筒だった。

「全く記憶は無いが、確かに大分前に、帰りに頼まれた買い物をしようと思ったら、財布の中身が記憶と違っていたことがあった……気がするからな」

中身は、ピンの一万円札。

真奥《まおう》と芦屋《あしや》が日本に来た直後。

夜中の原宿《はらじゅく》を徘徊《はいかい》していた二人を保護し、警察署に連れていったのが佐々木千一《ささきせんいち》だった。

そして真奥《まおう》はわずかに残った魔力を用い、彼から当座の活動資金である一万円を窃盗したのである。

真奥《まおう》と芦屋《あしや》が犯してしまった、人の世で裁かれる罪だ。

これは今日この場に来るまで、真奥《まおう》と芦屋《あしや》以外は誰も知らなかったことで、漆原《うるしはら》も少し驚いていた。

だがそのことを知って尚《なお》、千一《せんいち》の表情に浮かぶのは混乱と当惑だけであり、怒りや失望の類の感情は見受けられなかった。

「繁華街が管内にあるとね、街中で酔い潰れてたり訳の分からない言葉でがなってたりする上、パスポート不携帯、本名不明の外国人を保護することなんて珍しくもないんだ。正確に何月何日か分かっても、俺が君達を保護した記録が見つかるかどうか分からないし、そもそも俺に盗《と》られたという実感も無かったからね。古い本に挟んで忘れていたへそくりを偶然また見つけた、くらいに思っておけば腹も立たない」

「……ありがとうございます」

「そして素性について嘘《うそ》をつかれていた、ということに関しては、妻と娘が何も言わないのならそれこそ俺からは特に言うことは無い。俺も妻も相手の素性を詮索して子供に友達を選ばせるような方針は取っていない。職業柄、家族が反社と付き合いがあると困るとは常々言ってきたが、君達の場合そういう常識に収まる話でもない」

「ハンシャ？」

聞き慣れない言葉に、横からアシエスが疑問を挟む。

「反社会的な人、ということだよ。普通に暮らしている人の脅威になる、悪い奴《やつ》ってことさ」

「エー、でもそれならマオウ達って一番ダメじゃないノ？　反社会どころか反人間だヨ？」

余計なことを言わないでほしいと思いつつ、事実なので真奥《まおう》達は一切反論できない。

千一《せんいち》は忌憚《きたん》の無い物言いのアシエスに好感を持ったようで、彼女の疑問に真摯に回答する。

「そこなんだがね。真奥《まおう》さん達が引っかかってるのも、そのあたりが関係しているんだと思う。でももうこれは常識を超え過ぎていて、日常の物差しで測れない部分はどうしようもないからどうでもいいという思いがあるんだ」

「えーそんなんじゃダメだよオトーさんなんだからラ！　チホのためにもガツンと言ってやんないト‼」

「おいアシエス……」

「ぱぱ！　ちーねーちゃにわるいことしたらめっよ！」

話が分からないのにアラス・ラムスまでアシエスに便乗してしたり顔で真奥《まおう》を叱ってみせ、真奥《まおう》と千一《せんいち》の間の空気を引《ひ》っ掻《か》き回してしまう。

「……なぁ、二人ともちょっと黙って……」

一応謝罪の場であり、千一《せんいち》の話もまだ終わっていない中で場を茶化すようなことを言わないでほしいのだが、思いがけず千一《せんいち》の顔に、今日初めての笑顔が浮かんだ。

「アラス・ラムスちゃん？」

「あい！」

「ぱぱのことは好きかい？」

「わかんなーい」

「っ」

即答で好きだと言ってくれるかと思っていた真奥《まおう》は、思いがけない返答に動揺し、千一《せんいち》はそれを見逃さなかった。

「君はどうして俺が怒ったりしないのか不思議に思ったんじゃないのかい？　だとしたら今のアラス・ラムスちゃんが一つの答えだ」

なぞかけのような言葉に一瞬だけ真奥《まおう》は戸惑う。

「娘が父親のことを無条件に好きだなんて言ってくれるのは、せいぜいが四、五歳くらいまでさ。だがそうじゃなきゃいけないし、最近になってようやくそれで良かったと思えるようになった」

「あら本当に？」

「茶化すな」

千一《せんいち》は、妻の茶々に渋い顔をした。

真奥《まおう》は、十七年間、人の子の親をやってきた男の言葉を反芻《はんすう》する。

アラス・ラムスは常に真奥《まおう》や恵美《えみ》の思いに沿って行動しているわけではない。

恵美《えみ》の家で同居生活する中で、真奥《まおう》と暮らしていたときよりかなり悪戯《いたずら》っぽい反応をすることが分かった。

悪戯《いたずら》と呼べない程度の悪戯《いたずら》をして恵美《えみ》を困らせたり小言を言われたりもしていた。

恵美《えみ》に連れられてアパートに遊びにきていたときには見ることのできなかった様々な顔を見せた。

「娘が自分の意志で選び、学び、多くの経験をした。それには君達の力と存在が不可欠だった。ならば親として、君達から詫《わ》びられることなど一つも無い」

「……おとうさ……」

「定番で恐縮だが、まだ君にお父さんと呼ばれたくはないな」

「あ、は、はい。失礼しました。で、でも俺達が悪魔で、エンテ・イスラの大勢の人を……」

「警官なんかやってるとね、世の中に正義もヒーローもいないって割と早いうちに思い知るんだよ。まして遠い世界の戦争について、良《よ》し悪《あ》しを断じられるほど偉い人間じゃない。こんな考えは、無責任だと思うかい?」

「……俺には、なんとも」

「これで君達全員がどちらかの陣営に染まっているのなら、どちらかの立場を気の毒だと思って敵側に怒りも覚えただろう。でも、魔王の真奥《まおう》さんと勇者の遊佐《ゆさ》さんが一緒に暮らして子供育てているって聞かされたら、そんな気持ちも失《う》せる。たとえて言うなら、関ヶ原の戦いの東軍と西軍を現代日本の倫理観で裁こうとするくらい不毛な話だよ」

千一《せんいち》はアシエスからポテトをもらっているアラス・ラムスの横顔を見て、彼女の方へ手のひらを差し出した。

「俺が今後、君達に望むことは一つだけだ。これからも千穂《ちほ》の良い友達でいてくれ」

『娘』という存在を通して放たれたその言葉の意味を、真奥《まおう》はもちろん、恵美《えみ》も芦屋《あしや》も漆原《うるしはら》も鈴乃《すずの》も、深く理解する。

アラス・ラムスが大勢の者達に愛されているように、佐々木千穂《ささきちほ》もまた、大勢の者に愛されている。

彼女を愛する者を悲しませるようなことだけはしてくれるなという思いを、ごく当たり前の文言に乗せて、彼は告げた。

異世界の魔王にではなく、娘の友人に向けて。

「……はい。分かりました」

だからこそ返事もまた、通り一遍の言葉となった。

※

白い月が、比較的穏やかな夏の光の中、ぽっかりと青空に浮かんでいる。

時間は午後二時。

佐々木《ささき》家を辞した足で、真奥《まおう》は、自転車を押す千穂《ちほ》と恵美《えみ》とアラス・ラムス、そしてアシエスと共に笹塚《ささづか》の町を歩いていた。

芦屋《あしや》と漆原《うるしはら》と鈴乃《すずの》は、佐々木《ささき》家のリビングからゲートを開き、それぞれエフサハーン、魔界、そして中央大陸へと戻っていった。

千一《せんいち》の前でダメ押しの異世界存在証明だったが、最終的には千一《せんいち》も日本の常識を超えた事態を受け入れてくれていたように思う。

真奥《まおう》と恵美《えみ》とアラス・ラムスとアシエスが玄関から出て、深々とお辞儀をしてから佐々木《ささき》家を辞した。

予備校に行くという千穂《ちほ》と一緒に歩く道は、神討ちの戦いなど無いかのように、普通の話しかしなかった。

主にアシエスの体調と、アラス・ラムスの好き嫌いの話。

話が盛り上がった頃には笹塚駅《ささづかえき》に着いて、明日からまた昨日と変わらぬ日々が続くかのように、解散となった。

「マオウはこのあと仕事でショ。イルオーンとおやつ食べる約束してっから、ミキティんち帰るネ。そんじゃねネーサマ！」

アシエスはそう言うと、アラス・ラムスのほっぺたをぷにぷにといじってから走り去る。

「私は今日はエンテ・イスラにも魔界にも用事が無いから、一旦家に帰るわ。アラス・ラムスの着替えとか洗濯するつもりなの」

「私はこのあと予備校なんですけど、真奥《まおう》さんは一旦着替えに帰ります？」

「いや、帰ってもやることねぇからこのまま行く。たまには固い服で仕事すんのも悪くない」

もう十何日か後には、恐らく天界に総攻撃を仕掛けなければならないというのに。

いや、敢えてそうしようとしていたのかもしれない。

だから恵美《えみ》も千穂《ちほ》も当然のように、いつも通りの想像から言葉を発した。

「着替えた方がいいんじゃない？　油跳ねでもしたらアルシエルが怒るんじゃないの？」

「ですよね。それにその革靴じゃ、キッチンに入ったら滑りそう」

「確かにまぁ……それは、そうなんだが」

真奥《まおう》の反応は、二人が考えていたことくらいは分かった上でのことだったようだ。

「いや、でも、折角スーツだし……」

それでも尚《なお》、何やらスーツ姿で出勤することに拘《こだわ》っているらしい。

「着替えに帰ってたら、間に合わなそうなんですか？」

「いや、そういうんでもないんだが」

千穂《ちほ》の問いにも煮えきらない。

いつも通りの解散をしようとしていただけに、この煮えきらない態度はとにかく違和感があった。

そもそも真奥《まおう》は人前で服装を気取るようなタイプではない。

真奥《まおう》は衣料品について、その場その場で最悪でなければ問題ないと考えるタイプだ。

それこそ今日の謝罪の場や、以前の正社員登用研修のときのように、本人が必要であると感じているときでもなければ……。

「！」

恵美《えみ》はそこまで考えて、気づいた。

そもそも今日このタイミングで五人が集まって佐々木《ささき》家にお詫《わ》びに行った最大の理由は、神討ちの後に全員の無事が保証されていないからであり、裏を返せばそれは、全員が集まれるときに戦いに向けた後顧の憂いを断ちきるという意味合いが強い。

そして今真奥《まおう》は、彼が考えられる限りフォーマルな姿で、万が一の心残りを解消しようとしているのだ。

「はぁ……」

嫌になる。

こんなにも、簡単に分かってしまうことが。

この、単純で、不器用な男のことが。

「ぐだぐだ言ってないでさっさと帰って着替えなさいよ」

「は？」

「遊佐《ゆさ》さん？」

これもまた、いつも通りの恵美《えみ》の声色だった。

「ねぇアラス・ラムス」

「なぁに、まま」

「ぱぱのスーツ姿、どう？　似合ってる？」

「あ？　おい恵美《えみ》」

「きらい」

「アラス・ラムスっ!?」

過去アラス・ラムスから放たれた言葉の中で、最も厳しく重い言葉が飛び出し真奥《まおう》はもちろん千穂《ちほ》も目を丸くしてしまう。

「へんなにおいする」

「あ、アラス・ラムスちゃん⁉」

「ぱぱはポテトのにおいがいい」

「え⁉　へ、変な臭いって、そ、そんな、今日に備えてちゃんとクリーニング屋に出したのに……！　汗だって、汗拭きシート、良いの買ったんだぞ⁉」

「休みの日のあなたの手からポテトの匂いをかぎ取る子よ。防虫剤か、洗剤の匂いが気に入らないんじゃないかしら」

「ええ……」

一気に情けない顔になった真奥《まおう》がおかしくて、恵美《えみ》はつい笑ってしまう。

「似合わないって言われてるのよ。さっさと着替えてきなさい。いつも通りのユニシロ一式の方があなたらしいしそれに」

そして、アラス・ラムスの言葉に動揺する真奥《まおう》にどうフォローを入れて良いか悩んでいるいつもの千穂《ちほ》の横顔を見て、その笑いは、心からの慈《いつく》しみに変わった。

「きっとその方が、きちんと伝わるわ」

「……んあ！　え、恵美《えみ》お前……！」

「それじゃあ、私は帰るわね。ああそうだ魔王、最近ずっとエンテ・イスラにいるから忘れてたけど、私の家にあるあなたの色々な荷物、もしヴィラ・ローザ笹塚《ささづか》に戻るなら、取りに来るなりなんなりしてね」

真奥《まおう》はぽかんとしたまま固まっており、千穂《ちほ》は二人が何を言っているのか分からないままきょときょとと二人の間で視線を往復させていた。

恵美《えみ》はその千穂《ちほ》には答えずに、軽く手を上げて、

「それじゃ、またね。千穂《ちほ》ちゃん、今日はありがと」

「は、はい……」

「ぱぱ！　ちーねーちゃ！　ばいばい！　おべんきょがんばってね！」

恵美《えみ》と、恵美《えみ》の肩越しに手を振るアラス・ラムスの姿がすぐに改札の奥に消えて見えなくなってから、

「あの、真奥《まおう》さん？」

「……ちーちゃん、悪い、十分だけ待っててもらえるか？　やっぱ俺、着替えてくるわ」

「は、はい。それくらいは大丈夫ですけど……」

「すぐ戻る！」

呆然《ぼうぜん》とする千穂《ちほ》の目の前で革靴の踵《かかと》を甲高く鳴らしながら真奥《まおう》は走りはじめる。

駅からアパートまであのペースで走ったら大汗かいてしまうのではないかと心配になった千《ち》穂《ほ》が待つことしばし。

「悪い、待たせた！」

見慣れたユニシロのシャツとパンツと靴の見慣れた真奥貞夫《まおうさだお》が、見慣れた自転車デュラハン弐號《にごう》に乗って再び戻ってきた。

ぴったり、十分後のことだった。

※

それぞれに自転車を押しながら、真奥《まおう》と千穂《ちほ》は笹塚駅《ささづかえき》から歩いて幡ヶ谷《はたがや》方面へと向かう。

真奥《まおう》は仕事に、千穂《ちほ》は予備校に。

同じ道を歩いていても、目的地がすぐ近くにあっても、それでも行き先はそれぞれ違う。

別れ際《わかれぎわ》、恵美《えみ》の様子がいつもと違っていたこと。

真奥《まおう》の態度にも違和感があったことから、千穂《ちほ》は妙に緊張しながら、しばらく無言で歩みを続けた。

「なぁ」

「は、はい？」

「さっきのデリバリー、岩城《いわき》店長来てたよな」

「あ、はい。何か色々察されちゃいました」

「あー……そっか。まぁ木崎《きさき》さんと違って後で変に突っ込んでくることは無いだろうから、そこは安心だけど」

「そ、そうですね」

少しだけ、沈黙。

明らかにいつもと空気が違うため、この会話のジャブにもいちいち緊張感が漂う。

「そういえば全然関係ない話だけど、ちーちゃんって自転車持ってたんだ」

「持ってますよ。引っ張り出したの久しぶりですけどね」

「どうしていきなり乗るようになったんだ？」

もちろん乗っていても不思議は無いのだが、単純に今まで見たことが無かったし、予備校とバイト先で全然距離が変わらないのに何故《なぜ》突然乗るようになったのか、疑問だったのだ。

「リヴィクォッコさんから聞いてませんか？　この前、予備校帰りにナンパされたんです」

「は⁉　ナンパ⁉」

真奥《まおう》は衝撃を受け、目を見開いた。

「はい。ちょっと強引な感じだったんですけど、リヴィクォッコさんが追い払ってくれて」

「ま、マジか」

「でもいつもいつもリヴィクォッコさんをアテにするわけにいかないじゃないですか。だから行き帰りは自転車使うことにしたんです」

「そうなのか……予備校ってマグロナルドからそんな離れてないんだろ？　今までのバイトでどうして自転車使わなかったんだ？」

「それをこのタイミングで聞くんですか」

「え？」

ごくごく普通の疑問だと思ったのだが、なぜか千穂《ちほ》は少し機嫌を損ねたように眉根を寄せた。

「予備校は気にすること何もありませんから」

「気にするって何を」

千穂《ちほ》は、真っ直ぐ真奥《まおう》の顔を指さした。

いや、指が二本出ている。

真奥《まおう》の、目。

「自転車に乗ると、前髪ばさばさになっちゃうじゃないですか」

それがどうした、と返すほど、さすがに真奥《まおう》も鈍くはなかった。

自転車に乗ると、強い向かい風で髪型が乱れる。

どうせ更衣室に入れば、髪を纏《まと》めて色気もへったくれも無い格好にならねばならないのだ。

それでも、仕事に入る前の、ほんの一分。いや、数秒。

「私がどんなに頑張ってきたか、そろそろ分かってくれても良くないですか？」

もちろん、店の混雑状況によっては真奥《まおう》と落ち着いて顔を合わせる時間が一秒すら無いことだって珍しくなかった。

むしろ、千穂《ちほ》の努力が実を結んだことの方が少ないだろう。

だがそれでも、

「真奥《まおう》さんに見てもらえるかなーって思って、頑張って前髪可愛《かわい》くしようとしてたんですよ」

「……悪かったよ」

「ちなみにアパートに行くときは、揺れるかごに入れておかずとかぐちゃぐちゃになるの嫌だったのと、帰りは必ず誰かが送ってくれてたんで、必要なかったんです」

もう千穂《ちほ》は、真奥《まおう》と同じ場所にはいない。

アルバイト先という意味でも、戦場という意味でも、
真奥《まおう》がぐずぐずしている間に、離れてしまった。

「ねぇ真奥《まおう》さん」

「ん」

歩みが進めば、目的地も近くなってしまう。

千穂《ちほ》は、仕掛けた。

「どうして私の記憶、残しておいてくれたんですか？」

「ああ……」

真奥《まおう》は、ともすれば生返事と取られかねないような気の抜けた返事をしたが、そうでないこ

とは、立ち止まった足と、真奥《まおう》の視線から明らかだった。

比較的大きな交差点から見える、真奥《まおう》と千穂《ちほ》の歩く道と左側に並行している甲州街道《こうしゅうかいどう》と、その上を走る首都高速道路。

「俺、ちーちゃんに、魔界で魔王軍立ち上げたときの話って、したことあったっけ」

「いえ、真奥《まおう》さんからは聞いたこと無いです」

「てことは、芦屋《あしや》か漆原《うるしはら》から？」

「芦屋《あしや》さんから少しだけ」

「マジか。あいつ何か変なこと言ってなかったか？」

真奥《まおう》は、まるで母親が友人に古いアルバムを披露することを嫌がる高校生のように顔を顰《しか》めた。

「そんなに変なことは無かったと思いますよ。私が聞いたのは芦屋《あしや》さん達が仲間になったところまでで、マレブランケの人達はまだお話には出てきませんでした」

「あーその辺か。じゃあ俺の最初の仲間が、漆原《うるしはら》だったってこと聞いたか」

「カミーオさんと、パハロなんとかって人達じゃないんですか？」

「あいつらはなんていうか、仲間ってのとはまたちょっと違うんだよ」

どう違うのかは敢えて聞かなかったが、千穂《ちほ》が知る真奥《まおう》の過去の話が正しいのだとしたら、真奥《まおう》がカミーオに抱いている感情は、恐らく家族に対するそれだと考えて間違いないだろう。

「改まって話したこと無かったかもしれねぇけどさ、俺の一族って、もう俺以外みんな死んでるんだ。俺一人がライラに助けられてジジイに引き取られて、それから体がでかくなって魔王になって同族を探してみたけど、全く同じって奴《やつ》はもういなかったんだ」

「全く同じって？」

「ほら、同じマレブランケでも、リヴィクォッコとチリアットじゃ大分違うだろ？　あんな感じ。黒羊《こくよう》族っていうんだけどさ、似たような奴《やつ》がいるって聞いて見てみても、毛並みとか角の形とか、まぁそういうのが大分違ったんだ」

「そう、だったんですか」

「そんでさ、まず漆原《うるしはら》とアドラメレクを口八丁で丸め込んで、しばらくしてから芦屋《あしや》達の鉄《てっ》蠍《かつ》族を従えて、その間色々あったんだけど、基本的には全部俺の意志で相手を選んできた」

その辺りは、大体千穂《ちほ》が聞いたことと一致していた。

「マラコーダ達マレブランケとも結構激しくやり合って、そのあとも小部族を平定したりしながら、最終的にエンテ・イスラに突っ込んでって恵美《えみ》達に負けるわけだけど」

「はい」

「日本に来てからのことはちーちゃんも大体知ってるだろうけど、紆余《うよ》曲折《きょくせつ》あってマグロナルドに勤めることになって、ちーちゃんがバイトに応募してきたわけじゃん」

かなり間を端折《はしょ》ったが、恐らく真奥《まおう》にとって重要なのはその二点だったのだろう。

「ちーちゃんの研修さ、基本は俺が専属でやったろ。俺さ、実は初めてだったんだよ。研修持つの」

「そうだったんですか？」

当時真奥《まおう》からそれを聞いたことは無かったし、千穂《ちほ》の周りにも、真奥《まおう》に何かを教わったと言っていたクルーは何人かいたはずだ。

「一人でってことさ。マンツーマン。マエさんと一緒にとか、たまたまシフト重なった後輩とかに教えたことは何度もあったけど、マンツーマンは初めてだったの。ちーちゃんが面接終わって帰ってすぐにさ、木崎《きさき》さんが俺に『さっきの子、君に任す』って言ってくれて」

それは千穂《ちほ》にとって少し嬉《うれ》しい話だった。

木崎《きさき》との面接では受け答えに大失敗したという印象ばかりが残っていて、自分でも詳しいやりとりを覚えていない。

だが、少なくとも木崎《きさき》は面接の時点で合格をくれていたのだと思うと、遠い過去のことながら、少しだけ誇らしさが湧き上がってくる。

「でさ、嬉《うれ》しかったんだよ。木崎《きさき》さんから初めて新人任されたってのがさ。俺、昔から木崎《きさき》さんに対する尊敬はガチだったたし、人ひとり育てられないで正社員になんかなれるわけねぇって思ってたし……だからさ」

真奥《まおう》は千穂《ちほ》を見ると、愛《いと》おしそうに笑った。

『きょふこ、あ、き、今日からこちらで働かせていただくことになりました！　佐々木千穂《ささきちほ》と言います！　よろしくお願いします！』

「この子を絶対一人前のクルーにしてやるってめっちゃ気合入れた」

「んー」

ここで少し、千穂《ちほ》は違和感を覚えた。

「それってつまり、木崎《きさき》さんにもっと認められたかった、ってことですか？」

「まぁ、そんときはそういうことだった、かな、多分」

真奥《まおう》自身、特段そのときの自分の心情を記憶していたわけではないのだろう。

だが、敢えて思い起こして明文化するなら、そういうことだという話だ。

「俺の生きてきた中で、上の立場の誰かに信じられて人を託されるってのが、初めての経験だったんだ」

「なんだか私、子供か赤ちゃんみたいな扱いだったんですね」

「その分大事にしたつもりだぜ」

「つもり、ですか？」

「いじめるなよ」

真奥《まおう》は降参するように両手を上げた。

「だからな、俺にとってちーちゃんは、初めて大切に思った人間だったんだ」

千穂《ちほ》は、答えを分かっていて、聞いた。

「それは、私が喜んでいい話ですか？」

「俺には判断できない。何せ俺は悪魔だからな。こう見えて」

「ですね。こう見えて」

千穂《ちほ》はその回答をとりあえず流した。はっきり言えば、今更だ。

「色々言ってきたけどさ、要するに大事にしたい相手から、忘れられたくなかった。忘れさせた後、翌日からまた何食わぬ顔で接するってことが、想像できなかった。色々な偶然が重なってそう思えた」

「この際だから聞きますけど、その偶然って？」

「恵美《えみ》がいたこと」

「やっぱりですか」

「ああ。俺の勝手でさんざん怖い思いさせておいて、俺が忘れられたくないからって放っておいていいのかってのも無くはなかった。でもさ、そうしたら、俺がやったことを覚えてる人間が恵美《えみ》一人になっちまう」

真奥《まおう》は顔を顰《しか》めていた。心の底から。

「それだけは嫌だったんだ……で、さ」

真奥《まおう》は、千穂《ちほ》を真っ直ぐ見た。

「大事にしたい人に忘れられたくないってのは『好き』って気持ちに、含まれるのかな」

「……え」

不意打ちであった。

心の中で、話が始まった時点でどうせ今回もなんやかんやで締め切りの更新手続きが入るのだろうと勝手に決めつけていたのだ。

千穂《ちほ》は、つかの間呼吸を忘れる。

「色々考えたんだ。俺は悪魔だけど、感覚とか精神性がそんなに人間と違わないってことがこの一年二年で分かった。ただ、異性を好きになるっていう感覚は、これぱっかりは本当に知らないし、それをそうだって教えてくれる親とか友達もいねぇし、そもそも悪魔にそんな機能が生物学的に備わってるのかどうか疑問だし……でも」

真奥《まおう》は千穂《ちほ》から目を離さない。

千穂《ちほ》は、後追いで強まってきた動悸《どうき》で、言葉を失っている。

「実はさ、最近俺ちょっと体調崩してさ、そんときまぁ……変な巡り合わせで、サリエルに看病してもらったんだ」

「え！　体調崩した⁉　え⁉　サリエルさんが看病⁉　ええ⁉」

衝撃に衝撃を重ねられて、千穂《ちほ》自身の想定より大きな声が出てしまった。

「でさ、他にいねぇからつい聞いちまったんだよ。『好き』って気持ちがどういうものなのか。

あいつずっと木崎《きさき》さんに熱上げてるだろ。でもこのまま自然に生きてりゃ、絶対に木崎《きさき》さんの方が先に寿命が来る。ライラやノルドだってそうだ。絶対に相手を過去に置き去りにしてしまうのに、どうしてそんな気持ちになれるのかって」

※

「つまりあれだろ。お前は結局、佐々木千穂《ささきちほ》がお前に対してどのような気持ちでいるのかこの期に及んで分からん、と」

「分からないわけじゃない。ただ……この有様《ありさま》だろ」

頂点会議《サミット》後の千穂《ちほ》のキス。

これまで真奥《まおう》が返事を渋ってきた分だけ貯《た》め込まれたエネルギーが爆発したかのように、千《ち》穂《ほ》の真っ直ぐな気持ちは真奥《まおう》の悪魔としての性質を蹂躙《じゅうりん》した。

これまで栄養失調以外では体調不良とは無縁だった真奥《まおう》の健康はあっけなく崩壊し、なんなら魔力が漏出しそうになるほどに体の制御が利《き》かなくなってしまっていた。

その話を聞かされたサリエルが妬みで看病用のおじやに生の白ネギを丸一本ぶち込んでも気づかず食べるくらいには重症だった。

「ちーちゃんは大事にしたい。でも俺はこんな熱量に応えられるほどちーちゃんのこと思ってるかって言われたら……」

「中学生か」

「は？」

「いや、違うな。今のお前のその思考は、四十五十の中年の発想だ。その気が無いでもないくせに、枯れた風を気取って相手に自分が相応《ふさわ》しくないなどとのたまうタイプのな」

「……頭ぼんやりしてるけど、悪口言われてるってことは分かるぞ」

「まぁ、あんなおじやを素直に食べる奴《やつ》に何を言っても無駄かもしれんがな」

サリエルはシンクで水に浸《つ》かっている鍋を振り返りながら嘆息した。

「前にも貴様の配下に言ったのだがな、相手の真実の心の内なんて知りようが無いんだ。世の中両想《りょうおも》いだというカップルは多いがそれを傍目《はため》からどう定量的に証明できる」

「……難しい言葉使うな。頭いてぇんだよ」

「佐々木千穂《ささきちほ》の心の百と、貴様の心の百は違う。相手からもらったものと同じだけ返す義務なんか無いし、同じだけ返すことなんかそもそもできない」

「ちーちゃんの百と、俺の百は、違う……」

「こう言えば分かるか？　僕は、木崎《きさき》店長から僕への愛の詩を返してほしいと思ったことなど一度も無い」

「ははっ……なるほどな。そんなこと要求したらそれこそ引くわ」

「木崎《きさき》店長は恋愛なぞより仕事第一の人間だ。僕はそれでいいと思う。だがもしふとした瞬間に疲労がピークに達したとき、帰る場所は僕であってほしいと、常に思っている」

サリエルと木崎《きさき》は恋人関係でもなんでもない。

サリエルの一方的な片想《かたおも》いだ。

最近の木崎《きさき》を見ていると知り合った当初ほど険悪な関係ではないものの、それでも木崎《きさき》からサリエルに対し恋愛感情があるかと問われれば、百人が百人、首を横に振るだろう。

本人もそのことを自覚した上でこの発言なのだから、もはやあっぱれと言うしかない。

「でだ、エミリアの父親は、ライラと顔を合わせる度、愛の詩など捧げるような男か？」

「……惚気《のろけ》はヒデェって聞くが、そういうことはしねぇだろうな」

「佐々木千穂《ささきちほ》は、仕事とプライベートを天秤《てんびん》にかけて、迷わず仕事を取るような人間か？」

「……ちーちゃんは、そういう性格じゃ、ないな」

千穂《ちほ》は木崎《きさき》が仕事にかけるような、絶対の最優先事項を持っていない。

真奥《まおう》の目からは、少なくともそう見えた。

「なんだ、つまり答えなんか無い、ってことか？」

「少なくとも愛の形、という意味ではな。結局のところ、お前が佐々木千穂《ささきちほ》にとってどういう存在でありたいか、だ。それは、お前にしか分からん。佐々木千穂《ささきちほ》にも分からん。だが僕やライラが人間に対してどうして愛するという気持ちを持てるのかと問われれば、結局のところ相手からどう思われたいかという、ただその一点に尽きる」

※

「悔しいことにあいつに相談したおかげで、気持ちの整理がついたってのは確かだ」

「それは確かに悔しいですね」

サリエルは敵だった。

端から見れば、どう考えてもサリエルに彼の望む未来は訪れそうにない。

だが、そういうところも含めてサリエルは常に望むところを隠さず詳《つまび》らかにすることができて、なんなら真奥《まおう》や千穂《ちほ》のおかげで、木崎《きさき》に対する隠し事も無くなった。

「幸せな野郎だよあいつは」

真奥《まおう》はそう言って笑う。

「怖い目に遭わされた身としてはちょっと納得いきませんけど」

千穂《ちほ》も微笑《ほほえ》む。

「でさ、ちーちゃん」

「はい」

「俺さ、ちーちゃんに忘れられたくないんだ」

「はいっ」

「あのときどうしてちーちゃんの記憶を消さなかったか。色々言ったけど、結局ちーちゃんに忘れられたくないってことに尽きるんだ。今はもっとだ。今のちーちゃんに俺のこと忘れられたら、俺の心に絶対に穴が開く」

「……はいっ……！」

「だから……ちーちゃんの気持ちに答えるために、あと少しだけ時間をくれ。ちーちゃんの気持ちに答えるために解決しなきゃいけないことが一つ増えてるんだ。神討ちの戦いには関係の無い、純粋に俺一人の……いや、俺とちーちゃんの間だけの問題で」

「……はいっ！」

千穂《ちほ》の瞳には、こらえきれない涙が溜《た》まっている。

それを必死に零《こぼ》さないように我慢するのも、そろそろ限界だった。

「それに……順番のこともあるだろ。ほら、ちーちゃん、言ってただろ」

「はい……はい……そうですね」

千穂《ちほ》は、鈴乃《すずの》が真奥《まおう》に『愛』を告白したことを知っている。

それは千穂《ちほ》の抱いている、恋から発展したそれとは違っていたが、真奥《まおう》はその想《おも》いに対しても返答を先送りにしていた。

そのことについて千穂《ちほ》は、どのような内容であれ、真奥《まおう》が最後に返事をする相手は自分であってくれと要求したのだ。

その要求は、これまで真奥《まおう》がしてきたことを思えば過大なものではない。

だからこそ真奥《まおう》も、その順番にこだわろうとしたのだ。

「……あー……なんか、ごめんな。構えたくせに、半端《はんぱ》なこと言って」

「いいんです。全然、私、でも今日は、なんだか、勉強、集中できないかもです……」

千穂《ちほ》は、こらえきれなくなった涙を拭《ぬぐ》って、その涙の奥から満面の笑みを浮かべた。

「まだ、終わったわけじゃないですもんね」

「ああ。もうちょっと色々解決してからの方が、先のこと、色々考えられる」

「……ありがとうございます」

「礼を言われることじゃない。むしろ、今まで待ってもらっててすまねぇ」

真奥《まおう》はそう言うと、らしくもなく赤くした顔を両手で隠すようにして叩《たた》いた。

「……っ」

「真奥《まおう》さん!?」

「……ああいや、なんか、その、すっげぇ恥ずかしいなこれ。ちーちゃんが全力で逃げたの、すげぇ分かる。俺ちょっと先に行くわ！　ちーちゃんも予備校頑張ってな！　それじゃ！」

言うが早いが、真奥《まおう》はデュラハン弐號《にごう》に跨《またが》り、もの凄《すご》い勢いで走り出してしまった。

唐突に走り去ってゆく真奥《まおう》の背中を、千穂《ちほ》は少し意表を突かれたように見送った。

「……もう」

千穂《ちほ》は真奥《まおう》の背中が見えなくなるまで待ってから、胸の奥から湧き上がるこらえきれない熱をなんとか閉じ込めようと必死に体を縮めた。

それでも尚《なお》、喜びと愛《いと》おしさが無限に溢《あふ》れてくるようだった。

だからこそ。

「でも真奥《まおう》さん……」

真昼の夏空に、花火を打ち上げるように想《おも》いを解き放ちたかった。

自分は、こんなにも真奥《まおう》が、魔王サタンの全てを知って尚《なお》好きなのだと。

誰彼構わず叫びたかった。

だからこそ……。

「はあ――……!!」

その想《おも》いは、夏の日差しの中、なお暑い吐息となって消える。

再び溢《あふ》れ出そうになる涙をこらえ、千穂《ちほ》は携帯電話を取り出し、もはや馴染《なじ》みすぎるほど馴《な》染《じ》んだ番号を呼び出した。

「もしもし」

タイミング的にぎりぎりだとは思ったが、漏れ聞こえてくる後ろの音を聞くとちょうど良かったようだ。

いや、もしかしたら、千穂《ちほ》がこのタイミングで電話をかけてくるのを分かっていたのかもしれないとすら思ってしまった。

後ろから漏れ聞こえてくる音は、どこかの駅のものだ。

恐らく、明大前駅《めいだいまええき》だ。

だから、相手はごく自然に、取れるタイミングだったから千穂《ちほ》からの電話を取った。

あの瞬間から今に至るまで、彼女に見えていた世界は、自然に推移していたのだ。

千穂《ちほ》には、分からなかった。

彼女には、分かっていた。

『おでんわ？　ちーねーちゃから？』

『ちょっとアラス・ラムス、電話持っていかないで』

電話口から、スリムフォンを取り合う母娘《おやこ》のやりとりが聞こえてしまう。

『もしもし千穂《ちほ》ちゃん？』

「……遊佐《ゆさ》さん」

恵美《えみ》の声は、どこまでも普段通りだった。

千穂《ちほ》が彼女と知り合って、友となってからずっと変わらぬ、遊佐恵美《ゆさえみ》だった。

『千穂《ちほ》ちゃん？　どうしたの？』

恵美《えみ》は、千穂《ちほ》の違和感に気づき、少し声のトーンを落とした。

心から、千穂《ちほ》のことを心配する声。

千穂《ちほ》は、絞り出すように尋ねた。

真奥《まおう》が去った道の先を、見ることができなかった。

「遊佐《ゆさ》さん……どうして……こうなるって、分かってたんですか？」

※

「魔王様、おはようございます。千穂《ちほ》閣下ん家に詫《わ》び入《い》れる話はうまくい……魔王様？」

昼休憩の最中だったのだろうか。

更衣室に隣接するスタッフルームで、リヴィクォッコがクルーキャップを外してパイプ椅子に座り、近所のコンビニで買ってきたであろうスナック菓子を齧《かじ》りながら、雑誌か何かを読んでいた。

「どうしたんすか？　顔色悪いっすよ？」

真奥《まおう》は荒い息を吐きながらスタッフルームに入り込むと、顔にエアコンの風を感じながら、ずるずるとその場にへたり込んでしまった。

「すげぇ汗かいてるじゃないですか。外そんな暑かったんすか？」

「……いや…………なんでも……ない……」

「魔王様？」

真奥《まおう》の様子がおかしい。

荒く吐く息は、ただの息切れではなくしわがれており、汗をかいているのに顔色が白っぽくなっている。

「う……ぷ、リヴィ……悪い、その、袋」

真奥《まおう》は、リヴィクォッコの返事を聞く前に彼の買ってきたコンビニの袋の中身を適当に放り出すと、その中に、

「う……ぉぉ……げぇ……」

「ま、魔王様っ⁉」

胃の内容物を戻してしまった。

「な、ど、どうしたってんですかい⁉　まさかしょ、食中毒とか……！」

「店の中で……滅多なこと言うな……そういうんじゃないんだ……悪いな、買い物袋……」

「いいんですそんなことは！　てか熱もあるじゃないすか！　一体どうしたってんですか！」

「騒ぐな。戻してちょっとラクになった。ちょっと無理すれば落ち着く。んぐ……はぁ」

顔色が白から青になった真奥《まおう》は、壁に手をついてふらふらと立ち上がる。

「本当に大丈夫すか。岩城《いわき》店長に言って今日は休ませてもらえば……」

「大丈夫だ。本当、多分……この前と違って接触が無かったから……」

腹の底に熱が戻ってきて、少しずつ復調してくることが分かる。

更衣室で息も絶え絶えに着替えながら、真奥《まおう》は首を横に振る。

「いや……逆なのか」

キスは接触を伴う強い愛情の表現だ。

それならば恐怖とは反対の感情に強く体が影響を受けたということで理解できる。

だが先ほど、真奥《まおう》はキスどころか手を繋《つな》ぐことすらしなかったはずだ。

それなのに、体の中で魔力が分解される感覚がすぐに襲ってきた。

これまで、千穂《ちほ》と身体的に接触したことなど幾度もあった。

手を繋《つな》いで新宿《しんじゅく》の街をデートしたこともあったし、抱き上げたこともあった。

それに、愛情を向けられるだけで肉体がこんな反応を示すなら、それ以前にもっと同じようなことがあってしかるべきだったはずだ。

千穂《ちほ》の感情が、これまで単に幼い子供のものだったから？

あるいは愛に至らぬ『恋』と呼べる盲目的なものだったから？

いや、それも違う。

鈴木梨香《すずきりか》から好意を告げられた芦屋《あしや》然《しか》り、鈴乃《すずの》に愛を告げられた自分然《しか》り。

大人である彼女達の想《おも》いは確信に満ちたものであった。

千穂《ちほ》だって、ライラの家で自分の手を握って階段を上がったとき、既に今と変わらぬ想《おも》いを抱いていたはずだ。

アドラメレキヌスの真槍《しんそう》を手に入れた山羊《やぎ》の囲いのジルガで倒れる彼女を抱き止めたときなど、それこそ魔王軍大元帥《だいげんすい》としての忠義まで示してみせたではないか。

では、何故《なぜ》今、このときだけ。

「ああ、これが」

真奥《まおう》はうめいた。

◇◇◇

「あっついなー日本!!」

開口一番、千穂《ちほ》はそう叫んでエアコンのリモコンを力強く押した。

見慣れた部屋の、見慣れたエアコンがすぐさま蒸された部屋の温度を感知して、悲鳴じみた唸《うな》り声を上げながら冷風を吹き出しはじめた。

それとほぼ同時に、部屋の扉が勢い良く開いた。

「千穂《ちほ》！　あんた帰ってたの!?」

母の里穂《りほ》が、なぜか孫の手を片手に構えながら立っていた。

「ああ、ただいまお母さん。何その孫の手」

「変な音がしたから驚いたのよ。心臓に悪いから帰るならリビングか玄関にしてくれない？」

「前にそれやって派手にカーペットにカレー零《こぼ》させたじゃない。やっぱ誰かにぶつかるかもしれない場所にゲートは開けないよ」

「もー……ならせめていつ帰ってくるってメールなりなんなりして。通じるやり方あるんでしょ。ゲートが開くときって結構周りに音とか振動が凄《すご》いんだから」

　ぶつくさと言いながら、里穂《りほ》は孫の手を軽く振った。

「それで？　一応聞くけど、どっちが良かったの？」

「うーん……やっぱり……エンテ・イスラ」

「ロンドン留学も安くなかったんですからね」

　答えを半ば予想しつつも、里穂《りほ》はがっくりと項垂《うなだ》れる。

「親としては確かに子供が安心できてやりがいのある仕事に就いてもらえればなんでもって思ってるところあるけど、だからってここまで異世界に傾かれるとねぇ」

　里穂《りほ》はそう言うと、改めて千穂《ちほ》の全身をさっと眺める。

「一体どこの国の生活を体験してきたんだか」

　トランクこそキャスター付きの普通のものだが、千穂《ちほ》は全身、虹のような色合いの、絹のように艶《つや》やかな糸で編まれた民族衣装に身を包んでいた。

「これね、デザインはウルス氏族のものだけど、糸はウェルランド氏族が作ったものなんだ」

「はいはい。あんた私が思ってるより周りに影響されやすいわよね。ロンドン行ったときも、なんだかんだ向こうのかわいいキャラの絵本とか買ってきてたもんね」

「感受性が高いって言ってよ」

「その感受性のおかげで娘が異世界に行っちゃうかもしれない親の気持ちも考えて」

里穂《りほ》は複雑な笑みを浮かべると、

「それでお腹《なか》は？」

「空いてる！」

千穂《ちほ》が幼い頃から、何百何千と繰り返してきたやり取りを交わした。

「良かった。先週からお父さん、ずっと京都にいるのよ。何か国際会議の警備応援なんですって。それで私一人だとご飯作ると余っちゃって」

「お母さんのご飯だったらなんでもいいよ」

「そう……助かるわ。なんなら全部食べてもらっていいわよ……って、その前に、あんたシャワー浴びてきなさい。大分埃《ほこり》っぽい臭いするわよ」

「えっ！　あ、そっか！　うんごめん！」

はっとなった千穂《ちほ》は顔を赤くして、トランクも放置してどたばたと風呂場《ふろば》へと向かう。

「その服は洗濯機に入れないでよ！　その虹色が色落ちしたら目も当てられないから！」

「はーい！」

「もう……」

家の中でどたばたしている姿は、子供の頃とまるで変わらない。

まるで変わらないが、娘はもう、大学三年生。

二十歳を過ぎた大人である。

里穂《りほ》はため息をつきながら、孫の手でかゆくもない背中を掻《か》いた。

「真奥《まおう》さんが日本で働いてるのに、なんで千穂《ちほ》がエンテ・イスラで働こうとしてるんだか……」


一日経って野菜と鶏肉《とりにく》にじっくり味が染《し》みたシチューを、昨晩炊いて若干水分が飛んだご飯で食べ進め、二度もお代わりをした千穂《ちほ》は、幸せいっぱいの顔で手を合わせた。

「ごちそーさまー！」

「食べたわねー」

「食べた」

千穂《ちほ》は途端に真面目腐って頷《うなず》く。

「正直エンテ・イスラで身を立てようと思ったら、最大のネックがこれ」

「ええ？」

「エンテ・イスラのご飯は美味《おい》しいし、向こうの感覚で言えばものすごく贅沢《ぜいたく》させてもらってるんだけど……やっぱり、飽きる」

「あらまぁ」

「ロンドンに行ったときに、ピカデリーサーカスに、ジャパンストアっていうお店があったの。日本で売ってるお菓子とかカップ麺とかが、そのまま売ってて」

ロンドンの中心街、ピカデリーサーカスの片隅にあるその店の存在を現地のホストファミリーに教えられたとき、初めのうちはその存在意義が千穂《ちほ》には分からなかった。

大学の先輩や周囲の大人から、海外滞在が一週間も続けば白米やみそ汁が恋しくなると耳にタコができるほど言われていたが、千穂《ちほ》自身は三週間のロンドン滞在があまりに忙しく面白く、和食を恋しがる暇が無かった。

イギリスの料理はマズい、というのもさんざん聞かされていたが、北半球の反対側にある国の食事がそうそう口に合わないのは普通だろうと思っていたし、行ってみると周りの人間が言うほどヒドいものでもなかった。

特にスープ、シチュー類はむしろ日本より美味《おい》しいものが多かったし、海外にありがちな、日本以外のアジア諸国資本で経営されているなんちゃって寿司《すし》店の多くが、しっかり日本製の醬油《しょうゆ》を使っていた。

そして醬油《しょうゆ》が美味《おい》しければどんなめちゃくちゃな寿司《すし》でも満足できるということが分かったりして、とにかく食で悩むことが無かった。

だが。

「リデムお婆《ばあ》ちゃんがね……アルバートさんに聞いたのか、私の食事を日本食に寄せようとしてくれるの。なんならちょっとそれっぽい和食の店まで作っちゃったりして。ただ、これがなんというか、絶妙にズレてて……」

「偉い人はやることが派手ねぇ。しかも贅沢《ぜいたく》言ってるわねぇあなたも」

店を作った、という言葉に、里穂《りほ》は仰天してしまう。

千穂《ちほ》のエンテ・イスラ留学は、話題に上がっているロンドン留学を終えてすぐ、大学の夏休み期間を利用して行われた。

留学先は、千穂《ちほ》が最も馴染《なじ》んでいる北大陸連合央都フィエンシー。通称『山羊《やぎ》の囲い』。

留学目的は、なんとインターンであった。

「で？　エンテ・イスラで何してきたの？」

「なんだろう。結局総合するとリデムお婆《ばあ》ちゃんの雑用しかやってないんだけど……無理に言うなら、政治家秘書とか、内閣官房とか、そんな感じのこと。北大陸の色んな人に会って、要望とか嘆願聞いてそれを纏《まと》めて、リデムお婆《ばあ》ちゃんのスケジュールとか作って、必要なときは私が間に入ってリデムお婆《ばあ》ちゃんとかウルス氏族の決定を通達する文書書いたり……」

「そ、そう」

「リデムお婆《ばあ》ちゃんが、エンテ・イスラの色んな場所を見回るなら、それが一番だって言うからついていっただけだよ?」

母が若干引いていることに気づいた千穂《ちほ》は慌ててそう付け加えるが、あまり効果は出なかったようだ。

「終わりの一週間は、エメラダさんとルーマックさんの案内でセントアイレを観光させてもらったんだよ。皇城とかすごく綺麗《きれい》だったの。写真もたくさん撮ったから、後で見せるね」

さらっと皇城と言っているが、現代の地球で皇居やバッキンガム宮殿の衛兵交代を眺めるのとはわけが違うのだ。

専制君主国家の皇城を見たなどと簡単に言う娘が、それが普通だと思っていることが末恐ろしかった。

「リデムお婆《ばあ》ちゃんがね、今度両親も連れてきなさいって言ってくれたんだ。だからもし良かったらお母さんも……」

「ま、まぁそのうち、ね。そ、それよりも千穂《ちほ》。今日はこのあと」

「……あ、そうだ! 今日このあとまた出かけるんだ」

「え! このあとってあなた帰ってきたばっかり……!」

「だって向こうから四十分だもん。イギリスから帰ってきたときと違って時差ボケも無いし、着替えたらもう出ないと。ご馳走様《ちそうさま》!」

「……はいはい。晩ご飯がいるかいらないかだけ連絡ちょうだいね」

「はーい！」

ばたばたと慌ただしく着替えを済ませ、手早く薄化粧をして出かけてしまった娘を見送りながら、里穂《りほ》は深々とソファに沈み、

「就職前からこれじゃもし結婚しちゃったら……何か習い事でも始めようかしら。はー」

気の抜けた顔で、そうボヤいたのだった。

千穂《ちほ》は、出がけに若干寂しげな顔をした母に少しだけ申し訳なさを覚えながら、今日ばかりは母よりも優先すべきことがあるので、後で埋め合わせすることを心に誓って早足で笹塚駅《ささづかえき》へと急ぐ。

「えっと、お昼過ぎには着くんだよね……何時だっけ、確か……」

千穂《ちほ》はスリムフォンで時刻表を見ながら、メッセージを確認した。

「よし、間に合う。東京駅に、十分前！」

見慣れた、それでいてこの三ヶ月の経験のおかげで新鮮に感じる都会の故郷の街並みを駆け抜けながら、千穂《ちほ》は百号《ひゃくごう》通り商店街を抜け、甲州街道《こうしゅうかいどう》を渡って笹塚駅《ささづかえき》へと辿《たど》り着く。

そしてちょうど改札前で、

「お」

「あ」

同じ時間に東京駅を目指していた真奥《まおう》と、ばったり顔を合わせたのだった。

「よ、お帰り。間に合うよな」

「うん。ただいま。スムーズに行けば十分前着」

真奥《まおう》と千穂《ちほ》は手を上げながら、軽い挨拶を交わした。

そして真奥《まおう》は財布を、千穂《ちほ》はスリムフォンを改札のタッチセンサーに押しつけ、

「今日『留学』から帰ってくるってなんでか皆知ってて、俺空港に迎えに行かないのかって、さんざん言われまくったぞ。多分リヴィクォッコが口滑らせやがったんだ」

「ああ……そっか……ごめんなさい。みんなには後で私から……」

「いやいい……。それやっても多分俺の評価が落ちるだけだから、それよりどうだったんだよ。先のこと、考える材料にはなったのか？」

「悩みどころだけど、色々先を見通すための材料にはなったかなーって」

「へえ？」

「とりあえず日本での就職活動はきちんとするつもりだけど、企業選定に当たって一つ、大きな条件を付けたいと思いました」

「どんな」

「夏の間は日本にいなくていい職場！」

「あー冗談に聞こえねぇのがやばいよな。今年の暑さ、間違いなく俺が日本に来て一番ひでぇもんな。ついに自主的に日焼け止め買っちまったもん」

「へぇ、日焼け止め……んー？」

ホームで新宿《しんじゅく》行きの列車を待って並ぶ二人。

千穂《ちほ》は少し真奥《まおう》の顔を覗《のぞ》き込《こ》んだ。

「ちゃんと日焼け止め、首まで塗ってる？」

「……いや」

「シャツの襟と、多分ヘルメットのバイザーのラインで、首が変な日焼けしてる」

「……あー。なんかほら、もったいなくて」

気まずそうに首元に触れる真奥《まおう》を見て、千穂《ちほ》はころころと笑った。

真奥《まおう》の指先が剃《そ》り残しのひげが一本だけ残っているのを見つけ、さらに気まずそうに顔を顰《しか》めるのをみてまたおかしくなってしまう。

「本当に」

そのとき丁度、新宿《しんじゅく》行きの列車がホームに滑り込んできて、千穂《ちほ》の呟《つぶや》きは低い停車音に掻《か》き消されたのだった。

「そういうとこは全然、変わってませんねー」

勇者、答えを導き方針を固める

佐々木《ささき》家にお詫《わ》びに行った日の昼に、出勤してから二時間ほどが経過した、午後四時頃。

「真奥《まおう》君、ちょっと」

体調不良を自覚しながらも、客入りが鈍いおかげでなんとかごまかしごまかしやっていた真《ま》奥《おう》のところに岩城《いわき》がリヴィクォッコを伴いやってきた。

マグロナルド幡谷駅前《はたがやえきまえ》店の二階のカフェエリアにはぱらぱらと客が入っていた。

「このあと、二階はリヴィ君に任せるわ」

「分かりました。でもあれ？　インカム電池ないのかな。何かデリバリーでも入りました？」

耳につけたインカムにはなんの連絡も入っていなかったので、聞き逃したかと思った真奥《まおう》だったが、

「ううん、そうじゃないの。とにかくちょっと来てもらえる？」

「は、はい。じゃ、リヴィクォッコ、あと任せた」

「……うす」

言葉少なに交替したリヴィクォッコは、足取りの危うい真奥《まおう》を心配そうに見送っていた。

そしてスタッフルームまで引っ張られた真奥《まおう》は、

「店長命令です。真奥《まおう》君、今日は早退してください」

「はい……え？」

「夜は、ピークの時間だけ川田《かわた》君が代わりに出てきてくれるから大丈夫。家に帰って、体調不

良、治してきて」

「あ、いや、店長俺……」

「店長命令です」

岩城《いわき》は珍しく、厳しく言い渡した。

「真奥《まおう》君。今、大事な時期でしょ。だから今日も、佐々木《ささき》さんのお宅に行ったんじゃないの？」

そういえば岩城《いわき》には、千穂《ちほ》の家で土下座する姿を見られていたのだった。

「少し経《た》てば良くなるからって言うから様子見てたけど、自覚ないみたいだけどどんどん顔色悪くなってるわ。単純に風邪ひいてるようにしか見えない人にこれ以上食べ物の近くにいさせるわけにはいきません」

「……はい、すいませんでした」

それを言われてしまうと、真奥《まおう》も反論できない。

「一人で帰れる？」

「はい、それくらいは……自転車で、すぐなんで」

言いながら真奥《まおう》はふらふらと更衣室に入ってゆくが、

「わっ⁉」

外で待っていた岩城《いわき》は、更衣室の中から何かが派手にぶつかる音がして飛び上がる。

「ちょっと大丈夫？」

「だ、大丈夫す」

慌てた様子の真奥《まおう》の声は、かなり低いところから聞こえてきた。

それからしばらくして、着替え終えた真奥《まおう》の顔色は、仕事の緊張感から解放されてしまったせいで逆に悪くなっているように見えた。

「少し休んでから帰ったら？」

「いえ……その、そんなはずはないんですけど、万が一風邪とかだったらうつしちゃ悪いんで……すいません、カワっちに、よろしく伝えてください。お先、失礼します」

「……うん、気をつけてね」

岩城《いわき》もそれ以上は何も言えず、覚束なくなった足取りで去ってゆく真奥《まおう》を見送ることしかできなかった。

夕闇の街にふらふらとまろび出てゆく真奥《まおう》を見送ってから、岩城《いわき》はリヴィクォッコのところへ戻る。

「実際どうなの。悪魔って、風邪ひくの？」

「いえ、俺ぁ聞いたことは無いっす。ただ、魔王様の場合人間生活長いですし……ただ、この前もそうだったんすけど、本当いきなり崩れて、いきなり治ったんすよね。熱とかも無くただただぐったりしてるって感じで」

「熱」

「うす。まぁ、熱ってのがまず俺は分からないんですけど、前も結局魔界に帰ったらさっと良くなったんで、今回もすぐ治ると思いますよ」

「それならいいんだけど」

岩城《いわき》は少し不安げに言った。

「もし単純な体調不良なら……悪魔も、風邪ひくのね。リヴィ君、うつされないでね」

「バカも風邪ひくみてぇなノリで言わないでくださいよ」

「そういう所、リヴィ君もだいぶ日本に馴染《なじ》んだわね」

つい最近真奥《まおう》とリヴィクォッコの正体を知った者としては含蓄に富んだ物言いをする岩城《いわき》。

「そういや魔王様もアルシエル様も、医者にかかったって話してなかったなぁ……この体、病気とかするのか？」

それを聞いて、リヴィクォッコはわずかな不安と共に、帰りにコンビニに寄ってマスクを買うことを決めたのだった。


ところがその悪魔の王が、マグロナルドの自転車置き場から、一歩も動けていなかった。

膝に力が入らず、デュラハン弐號の横にしゃがみ込んで立てなくなってしまったのだ。

左手がどうにもハンドルを掴《つか》めず、むなしく空を切る。

「まい……ったな、こりゃ」

吐き気も湧き上がってくるが、店の裏で戻してしまうことだけは絶対に避けねばならない。

だが、このままでは時間の問題だ。

「情けねぇ……気合入れろ、悪魔の、王が……」

一人の人間の女性の想《おも》いに応えようとしたら死にかけたなどと、情けないにも程がある。

「……本当に情けないわね。それでも魔王？」

その独り言を、拾った声があった。

「ほら、摑《つか》まって。しっかりしなさい。立てる？　自転車は今日は置いていきなさい」

「あ……ああ……」

誰かが真奥《まおう》の手を取り、肩を貸してくれた。

霞《かす》みかけていた視界が持ち上がり、すぐに柔らかいものの上に座らされる。

「すいません、すぐ近くなんですけど、とりあえず笹塚駅《ささづかえき》の方に……」

独特の匂いを感じ取り、どうやら自分が車に乗せられたらしいことに気づいた真奥《まおう》は、ほっと大きく息を吐き、そのまま、気絶も同然に深い眠りに落ちた。

※

目を開くと、世界は既に夜だった。

真奥《まおう》はあおむけに寝かされており、豆電球のオレンジ色の光も目に痛い。

「う……」

覚醒すると同時にこみ上げてくる息は生暖かく、未《いま》だ不調は続いていたが、店を出た直後の手もろくに動かせないというほどのだるさは抜けていた。

「今……何時……」

腕時計を見ようとしたが、外れていることに気づく。

「ん？　あれ……いや……俺いつの間に外した？　携帯……携帯は……」

朦朧《もうろう》とする頭で、枕元のいつもの場所にあるはずの携帯電話を探ろうとして体を捩《ね》じり、

「んっ……」

小さくうめく声がして、隣に誰かが横になっていることに気がづいた。

真奥《まおう》は、ようやく慣れてきた目を瞬《まばた》かせて、

「……んん⁉」

自分の横に寝ているのが恵美《えみ》であることに気づき、息を呑《の》み、息を呑《の》んだせいで乾いた喉が

咽《む》せてしまい、小さく咳込《せきこ》んでしまう。

「んん……」

恵美《えみ》は真奥《まおう》の咳《せき》の音に少しだけ顔を顰《しか》めたが、すぐに大きく息を吐くと、寝返りを打って反対側を向いてしまう。

「……な……ん」

真奥《まおう》は布団《ふとん》に寝かされていて、恵美《えみ》は座布団《ざぶとん》を枕に畳に直《じか》に寝ている。

朦朧《もうろう》とした頭で必死で考え、だるい首を必死で動かしながら周囲を確認するが、何度見てもヴィラ・ローザ笹塚《ささづか》の二〇一号室であり、隣に寝ているのは恵美《えみ》だ。

そこでようやく、枕元から少し離れたところで充電ケーブルに繋《つな》がれている携帯電話と、コンセントのある壁の上の時計が目に入った。

「あ……七時」

店を早退してからそんなに時間が経《た》っていない。

未《いま》だにこんな体調なら確かに早退命令を出した岩城《いわき》の判断は正しかったが、それはそれとしてこの状況に至った経緯が分からない。

店を出た後動けなくなっていたところを誰かに助けられたという記憶が、かすかにある。

恐らくそれが恵美《えみ》だったのだろうが、どうして恵美《えみ》があの場に居合わせたのかが分からないし、居合わせたとしても真奥《まおう》と枕を並べて眠っている理由はもっと分からなかった。

「……」

わずかな間ではあるが恵美《えみ》のマンションで寝食を共にしたため、今の恵美《えみ》が熟睡しているかしていないかくらいは分かる。

そして恵美《えみ》は熟睡していようがしていまいが、基本的に寝起きが非常に良かった。

一度それについてそれとなく聞いてみたことがあるのだが、そもそも農家に生まれた者の倣《なら》いとして朝には強いことと、魔王討伐の旅では野営をしたり治安の悪い地域で宿を取らざるをえなかったこともあるため寝起きが悪いと命の危機に直結すること。

何よりアラス・ラムスと暮らすようになってから、アラス・ラムスの夜泣きやら何やらに対応するために熟睡しても眠りの度合いが浅くなっていったのだという。

アラス・ラムスが絡《から》むととことん弱い上に下手に出がちな真奥《まおう》なので、恵美《えみ》が寝ているときには自然と音を立てることを憚《はばか》るようになってしまったのだが……。

「……便所行きたい」

昼寝から目覚めたようなものなので、急激に催してきたのだが、恵美《えみ》が熟睡できるタイミングが少ないことを知っているため、つい遠慮が先に立つ。

ヴィラ・ローザ笹塚《ささづか》のトイレは旧式も旧式なので、隣室で寝ている人間すら起こしてしまうのではないかと不安になるほどの轟音《ごうおん》を立てて水が流れる。

かといって、そのまま我慢してもう一寝入りするにはタンクの限界が近い。

行くべきか退くべきか、真奥《まおう》が孤独な戦いを始めたその瞬間、どこかからバイブレーションの音が鳴った。

「んっ……⁉」

真奥《まおう》は自分の携帯電話が鳴ったのかと慌てたが、バイブレーションのパターンが真奥《まおう》の携帯とは違う。

「んん……ふぁ……」

どうやら、恵美《えみ》のスリムフォンのバイブレーションのようだ。

恵美《えみ》は小さくあくびをしながら身を起こし、

「ああ、起きたの。どうなの、体調は」

ごく自然に真奥《まおう》を振り向きそう尋ねた。

「……ぁ……いや……」

それに対し真奥《まおう》の返事はあまりにか細く情けなく、恵美《えみ》の自然な振る舞いと比して明らかに不自然に緊張していることがありありと分かるものだった。

答えに窮する真奥《まおう》の前で恵美《えみ》は大きく伸びをしてから、眠そうな目をこすりながらごく自然に真奥《まおう》の額に手を伸ばしてきた。

「あ、なっ……」

恵美《えみ》の指先が前髪を搔《か》き分け、掌《てのひら》が額につけられる。

「やっぱり熱は無いのね。ていうかむしろ冷たいわね。血圧下がってるんじゃない？」

「あ……ああ……あの」

「何緊張してるのよ」

狼狽《うろた》えている真奥《まおう》の様子がおかしいのか、豆電球の灯《あか》りの下で恵美《えみ》は小さく微笑《ほほえ》んだ。

少し前なら、勇者である恵美《えみ》に危害を加えられるのが怖いからだとでも憎まれ口の一つでも叩《たた》けたのだが、状況から言って店を出た後へばっていた自分を助けてくれたのは恵美《えみ》であることは疑いなく、しかも体調不良のせいで単純に頭が働かない。

「電気、つけるわよ」

恵美《えみ》は立ち上がると、紐《ひも》を二度引いて灯《あか》りをつける。

「万が一あなたのそれが普通の風邪ならうつったりすると大変だから、アラス・ラムスは融合中よ。心配しないで」

「あ、ああ……うっぷ」

蛍光灯程度でも目に刺激が強く、思わず真奥《まおう》はえづく。

「明るいと辛《つら》い？」

「……いや、その、一個落としてもらえれば……」

「はいはい」

恵美《えみ》が一度紐《ひも》を引くと、大小二つの円形蛍光灯のうち大きい方が消える。

「……どうして……」

「千穂《ちほ》ちゃんから連絡もらったのよ。あなたの様子がおかしいってね」

真奥《まおう》の端的に過ぎる問いに、恵美《えみ》は間を置かず答えた。

「……そんなはずは……」

「別れたときにはギリギリ大丈夫だったんでしょ。でも千穂《ちほ》ちゃんにはやっぱり不自然に見えたみたいよ。肚《はら》を決めたあなたが、最後の最後で逃げるみたいに立ち去ったことが」

「いや、それは……」

「千穂《ちほ》ちゃんに、きちんと返事したんですって？」

「……いちいち確認すんな。お前、分かってたんじゃねぇのか」

笹塚駅《ささづかえき》で、真奥《まおう》のスーツ云々《うんぬん》を言ったのは恵美《えみ》だ。

「分かってたわけじゃないわ。ただ、他に思い当たることも無かっただけ」

佐々木《ささき》家へのお詫《わ》び以外にもう一つ、あの場面で真奥《まおう》が万が一に備え果たすべき、そして果たしうるけじめといえば、恵美《えみ》に思い当たることは一つしか無かっただけのことだ。

だがそれは的中し、見透かされた側の真奥《まおう》にしてみれば恵美《えみ》の言うことには説得力があったため、急遽《きゅうきょ》真奥《まおう》と千穂《ちほ》にとって自然体の姿に戻るべく慌てて着替えに戻ったのだ。

「これまでも何度か思ったことだけどあなた、形から入るの好きなタイプよね」

「……」

「別に悪いって言ってるわけじゃないの。大人になると形から入らないと、なかなか気持ちが乗らないってあるものね。私自身、そういう部分あるし」

「大人ぶんなよ。ちーちゃんと一つしか違わないくせに」

「過ごしてきた時間と文化の違いね」

恵美《えみ》は澄まして言うと、腰に手を当てて嘆息した。

「で、千穂《ちほ》ちゃんが言うにはね、決めるときはビシっと決めて格好つけたがってたあなたが、返事をくれた途端にみっともなく逃げたのは変だって」

「ちーちゃんがそんな悪意のある言い方……」

「しなかったわよ。でも、大意としてはそういうことよ。それと」

小さい蛍光灯でも、今の真奥《まおう》にとってはやや光が強く、恵美《えみ》の顔が逆光になって見え辛《づら》かった。

「あなたが告白の返事をすることを私が分かってたのが、ショックだったみたい」

「……あ？」

うまく回らない頭で必死に考えるが、真奥《まおう》にはそれが何故千穂《なぜちほ》にとってショックなのか分からなかった。

恵美《えみ》も、真奥《まおう》が分からないことは分かっていたのだろう。

「そのせいでね、あなたが返事をくれてすぐに逃げた後、嬉《うれ》しいよりも先に来ちゃったんですって。アラス・ラムスのことが」

「……悪い、まだちょっと、よく分からん。なんでそこにアラス・ラムスが出てくるんだ？」

「逆にここまで言って分からない方が感心するわ」

恵美《えみ》は、本気で呆《あき》れていた。

一度立ち上がった恵美《えみ》は真奥《まおう》の枕元に座り直すと、膝の上に頬杖《ほおづえ》をついて、真奥《まおう》の顔を覗《のぞ》き込《こ》む形になる。

「ちょっと腹が立ってくるわよ。あなたと、あと千穂《ちほ》ちゃんにもね」

「はぁ……？」

「あなたが千穂《ちほ》ちゃんを選んだら、アラス・ラムスから父親を取り上げることになるんじゃないかって、思ったんですって」

「……なんだって？」

「千穂《ちほ》ちゃん、たまに物凄《ものすご》くめんどくさいわよね。気を回しすぎというか、考えすぎの気の使いすぎで逆に失礼っていうか」

殊更に千穂《ちほ》のことを悪し様に言う恵美《えみ》に真奥《まおう》は驚くが、

「私の方があなたのことよく分かってるから、折角返事もらったも同然なのに自信なくしちゃったみたいよ。千穂《ちほ》ちゃんがあなたと一緒になったら、私とアラス・ラムスとあなたの家族を壊すことになるんじゃないか、ですって」

「……それは」

「大意として、ね。その流れでね、逃げ出したあなたがまだ何か隠してるんじゃないかって思ったんですって」

頭上の恵美《えみ》の微笑《ほほえ》みが怖い。

真奥《まおう》が返事をできないでいると恵美《えみ》は、笑顔のまま、平板に言いつのる。

「逃げた後にこんなことになってるってことは、あなたの体調不良には千穂《ちほ》ちゃんが関わってるわけよね？　で、千穂《ちほ》ちゃんに気を使わせたくないっていうのは分かるんだけど、私としては千穂《ちほ》ちゃんに変な誤解されっぱなしは困るのよ。で、あなたか千穂《ちほ》ちゃんかどっちの気持ちを優先したいかって言ったら当然千穂《ちほ》ちゃんなのよね、分かるでしょ？」

「お、おう……」

「あのね、もう何日もしないうちに、私とあなたで神討ちの先陣切らなきゃいけないって分かってる？　時期を考えて時期を。こうなっちゃうの自分で分かってたならどうしてもっと早めに対策取るとか、こうならないように返事の時期をズラすとか考えられないのかしら。どんなに嫌でも私とあなたは天界に攻め込む上では命を預けるパートナーなの。それなのにそのパートナーが訳分からない理由で体調不良になるの隠されてたこっちの気持ち分かる？　私達みんなで子供の命がかかってる戦いに行こうとしてるのよ分かってる？」

笑顔のままだ。恵美《えみ》はひたすら笑顔のままだ。

だからこそ、怖い。

「思えば魔王城打ち上げ前にはあなた体調崩してたわよね。黙秘は認めないわ。何が起こってそんなことになってるのか吐きなさい」

「……はい」

真奥《まおう》は恵美《えみ》の張りついた笑顔から必死に目を逸《そ》らしながらも観念するしかなかった。


「ふぅ～～～～～～ん…………」

真奥《まおう》は、頂点会議《サミット》直後から今日までの、千穂《ちほ》に絡《から》んでの体調不良についてを、体のダルさを押して必死に説明した。

千穂《ちほ》からキスされたこと。

千穂《ちほ》の想《おも》いに対し、真奥《まおう》も真剣に意識して想《おも》いを返そうとしたところ、これまでなかった体調不良が起こったこと、サリエルに看病されたことまで、包み隠さずに話した。

その結果が、気の無いこの反応である。

「お、お前なぁ……これでも恥を忍んで……」

「いやだって、単なる惚気《のろけ》にしか聞こえないんだもの。そんなこと平気で口に出すのもうちのお父さんだけお腹《なか》いっぱいなのよね」

真剣に呆《あき》れた様子の恵美《えみ》は、真奥《まおう》の色々な決心のあれこれをそれこそ一笑に付した。

「あなたさっき私のこと、千穂《ちほ》ちゃんと一つしか違わないとか子供扱いしてくれたわね？」

「……それがなんだよ」

「可愛《かわい》い子とキスしたり、告白の返事したくらいで舞い上がって寝込んじゃうようなお子様に、偉そうなこと言われたくないわね」

「………ぐぬぬ……」

言葉の上では完全に恵美《えみ》の言う通りなので一切反論できない。

「ま、いいわ。結局全部、あなたがきちんと、色々なこと包み隠さず千穂《ちほ》ちゃんに話して向き合えばいいわけでしょ」

「包み隠さずっつったって、今んとこ解決しようのない問題なんだぞ」

「解決するしないの問題じゃないの。きちんと向き合って話し合う態度が重要なのよ。……全く、なんで私がそんなことをいちいち言ってあげなきゃいけないんだか……」

「そういうもんなのか？」

「疑うなら結構よ。あなたと千穂《ちほ》ちゃんのことなんだから勝手にしなさい。どうせイグノラをやっつけた後でないと色々落ち着けないんだし、じっくりゆっくり煮詰まって、勝手にフラれたらいいじゃない」

「あのなぁ……」

「はー、色々心配して損したわ。千穂《ちほ》ちゃんもいい加減、こいつがこういうはっきりしない奴《やつ》だって分かりなさいよ」

「あのなぁ……うぐっ」

散々な言われように身を起こして文句を言おうとする真奥《まおう》だったが、まだ肩にも肘にも力が入らず、布団《ふとん》の上に潰れるように落ちてしまう。

恵美《えみ》はそんな真奥《まおう》を振り向きもせず、

「ところで何か食べたの？　冷蔵庫の中、体調悪いときに食べられそうなもの、入ってないんだけど。揚げ物のお惣菜《そうざい》とかそんなのばっかり」

「…………ここんとこ……メシは、リヴィクォッコに任せきりなんだ」

枕に顔を埋めながら、散々言われっぱなしになった苛立《いらだ》ちも相まって適当に答える真奥《まおう》。

「あ、冷凍のお米があるわね。簡単なおじやくらいなら食べられる？」

「いらねぇよ」

「何を不貞腐《ふてくさ》れてるのよ」

起き上がることを完全に諦めて枕の中でもごもご言う真奥《まおう》を振り返る恵美《えみ》の顔は、言葉とは裏腹になぜか優しかった。

「後で食欲出たとき、一度冷えた脂っこいものなんて食べたらお腹《なか》壊すわよ。温めれば大丈夫なようにしておくから、大人しく作られなさい」

「っ～～……」

真奥《まおう》の返事は唸《うな》り声だった
恵美《えみ》は味噌《みそ》と野菜の端切《はぎ》れを勝手に取り出し、簡単なおじやをこしらえた。

「気力が湧いたら食べて。あと、水分きちんと取りなさいよ。スポーツドリンク何本か冷蔵庫に入れておいたわ。一本枕元に置いておくから」

「……ん」

起きたくないのか起きられないのか、真奥《まおう》は先ほどからうつ伏せのままだ。

「窒息するわよ」

「……」

「千穂《ちほ》ちゃんのこと引きずって戦いのパフォーマンス落としても、私は助けたりしないわよ」

「……ンなことになるかよ」

「どうだか」

強がっても恵美《えみ》は笑みを崩さない。完全に真奥《まおう》の余裕負けである。

「でもそれだけ不貞腐《ふてくさ》れられるなら、大丈夫ね。それじゃ私は帰るから。お大事にね」

恵美《えみ》はガスの止め忘れだけチェックしてから部屋の隅に置いてあるショルダーバッグを持ち上げる。

「あーもう髪ばさばさ」

そして寝ている間に乱れてしまったのだろう髪を手櫛《てぐし》で梳《す》きながら、玄関に向かう。

「……なぁ」

「何」

「……なんでお前、寝てたんだよ」

「は？」

靴を履こうとした恵美《えみ》が振り返ると、真奥《まおう》が再びあおむけになって、上目遣いに見ていた。

「なんでお前、俺の隣で寝てたんだよ」

「元々隣に寝てたの、私じゃなくてアラス・ラムスよ」

「へ？」

「ぱぱの具合が悪いからいいこいいこしてあげるって言って、あなたにくっついてたのよ。私は風邪がうつるからやめなさいって言ったんだけど聞かなくてね」

「……そ……うだったのか」

「仕方ないからアラス・ラムスを挟んで私も横になって、アラス・ラムスが寝落ちしちゃったの見計らって融合したの。それでもあなたは起きる気配が無いし、私もちょっと眠くなっちゃったからそのまま昼寝しただけ。目覚ましかけておいたのは、あなたが起きなくても八時前には帰ろうと思ってたからよ。アラス・ラムスにご飯食べさせたり、お風呂《ふろ》入れたりしなきゃいけないんだから」

至極まっとうな返事に、真奥《まおう》は毒気を抜かれたようにため息《いき》をついた。

「……そうか。ならいいや。悪いな」

「別に私があなたに添い寝してたわけじゃないわよ」

「誰もそんなこと言ってないだろ」

「そう誤解したから不安になって聞いてきたんでしょ」

完全に見透かされている。

「悪いかよ。ここんとこ女の考えることがマジで分かんなくて参ってんだよ」

「もしかして、ベル相手にもそんな風になっちゃうの？」

また痛いところを突かれた真奥《まおう》だが、もはや抵抗する気は無いらしく素直に話し始めた。

「分からねぇ。鈴乃《すずの》と話す機会は何度もあったけど二人になるタイミングなかったし、ちーちゃんとだって今日あの話する直前までは普通に接してたの、お前も見てたろ」

その言葉に、恵美《えみ》は靴を履こうとした手を止める。

「二人きりになったり、『そのこと』を意識したりしなければ大丈夫ってこと？」

「……かもしれねぇ。まだはっきりしたことは言えねぇけど……」

恵美《えみ》は履きかけていた靴を脱いで再び真奥《まおう》の枕元に座ると、真奥《まおう》の額と、そして胸の上に手を置いた。

「恵美《えみ》？」

「ちょっと静かにしてて。専門家じゃないから、集中しないと分からないの」

恵美《えみ》の不可解な行動に翻弄されっぱなしの真奥《まおう》は、事ここに至っても、体調不良の動悸《どうき》を変な風に誤解されたりしないかなどと心配している。

「んー……ベルなら触っただけでも分かるんだろうけどダメか。ちょっと痺《しび》れるわよ」

「え？　んがごっ⁉」

いきなり真奥《まおう》の全身に、感電したのかと思うほどの衝撃が走る。

髪の毛が静電気を帯びたように逆立ち、指先が痺《しび》れる感覚には覚えがあった。

「お、お前いきなり何すんだ！　殺す気か！　今の俺マジで死にかねないぞ‼」

恵美《えみ》の手から、体に直接聖法気《せいほうき》のソナーが流し込まれたのだ。

恵美《えみ》は真奥《まおう》の抗議などどこ吹く風で、淡々と結果を告げる。

「やっぱり……魔王、あなた今、自分の中の魔力が乱れてる自覚ある？　ただでさえ私達には気持ち悪い魔力が、体の中で変なうねり方してるわよ」

「そうだろうとは思ってるよ。だからなのかこの前もウツシハラ連れて魔界に戻った後は、割と早く気分が良くなったからな。ていうかそういう調べ方するならするって先に言えよ」

「言ったら嫌がるでしょ。でも、それなら、体調不良を起こしても魔力さえきちんと補給できればいいわけよね」

「そりゃ俺も考えたよ。でも今の俺は前みたいに魔力がからっけつってわけじゃねぇ。そこそこいい具合に溜《た》め込んでんのにこれなんだ。それこそ魔界に帰って悪魔型にすぐなれるくらいの魔力じゃねぇと多分……」

「ふぅん。なるほどね」

恵美《えみ》は真奥《まおう》から手を離すと、ショルダーバッグを漁《あさ》り出す。

「じゃあ簡単じゃない。千穂《ちほ》ちゃんとのことで根本的な解決にはならないけど、あなたが魔王型に戻れるだけの魔力があれば、とりあえず体調不良は回復できるんでしょ」

「お前今更何言ってんだ。日本じゃそれをどうにもできねぇから困っ」

真奥《まおう》は、言葉を最後まで紡《つむ》げなかった。

寝返りも満足に打てないような体調で、それに抗《あらが》うことができなかった。

温かく柔らかい感触で口が塞がれ、甘ったるい液体が口の中に流れ込んでくる。

恵美《えみ》が喉の奥で鳴らすくぐもった声がこれまで聞いた彼女のどの声よりも近い場所から聞こえた。

逃れようにも、頭をしっかり押さえられ、口も完全に塞がれ、それを流し込まれるのを止めることができない。

「んぐっ……お……」

視界いっぱいの恵美《えみ》の顔が離れるまでの時間は、ほんの数秒だったが、真奥《まおう》にとっては自分の人生の走馬灯《そうまとう》を見るが如《ごと》く長い時間に思えた。

「ぷはっ……な、あ」

開けた視界の中で、恵美《えみ》の右手に封を開いた栄養ドリンクの瓶のようなものが握られているのを見た途端、口移しで流し込まれた液体が、体の中で灼熱《しゃくねつ》の炎となって荒れ狂うのを感じる。

喉と胃の腑《ふ》で荒れ狂うのは、ホーリービタンβ《ベータ》だけの力ではない。

エンテ・イスラに帰り、心身共に力が充実している恵美《えみ》自身の極めて強力な聖法気《せいほうき》も一緒に流し込まれたのだ。

ただでさえ乱されていた魔力が駆逐され、体内の細胞の一片すら残らないほどに粉砕されたかのような感覚が全身を駆け巡り、

「安心しなさい。結界はちゃんと張ってあるから」

ハンカチで口元をぬぐう恵美《えみ》の声が耳元から離れたときにはもう、真奥《まおう》は、

「……恵美《えみ》、お前……」

全身に魔力が満ち満ちた、魔王型の姿を取り、布団《ふとん》の上で身を起こしていた。

「一度実験済みでしょ」

確かにその通りだ。

人間の肉体に、本来許容する以上の聖法気《せいほうき》を流し込まれると、体内で反転し、魔力となって増幅することは、真奥《まおう》達にとって周知のことだった。

実際に、恵美《えみ》と鈴乃《すずの》の手を借りてその手法で悪魔の姿に戻ったこともある。

「そ、そういうことじゃなくて……」

だが、問題はそんなことではない。

今、恵美《えみ》は。

「大きい図体《ずうたい》して、何を狼狽《うろた》えてるのよ。もう体調は平気なんでしょ？」

「えっ⁉　あ、いや、あ、うん。もう、大丈夫だ」

呆《ほう》けた顔で頷《うなず》くと同時に、悪魔の姿のはずの真奥《まおう》の腹が派手に鳴った。

「それじゃ、今度こそ私は本当に帰るわ」

とんでもない事態の後だというのに、全く平静な恵美《えみ》は、空になったホーリービタンの瓶を魔王城のビン・カン用のごみを纏《まと》めた袋に放り込むと、さっと靴を履く。

「……い、いや恵美《えみ》お前……っ！」

「あなたさっきから色々と誤解が酷《ひど》いから言っておくけど、私は千穂《ちほ》ちゃんやベルと同じ土俵に乗る気は微塵《みじん》も無いから、勘違いしないでね」

「え、い、あ、で、でも、今」

「でも、今、何？　まさか私が後乗りするとでも思った？　だとしても一方通行なら問題ないんだから、放っておけばいいでしょう？」

「い、いや……その」

「私以外の誰が、今のあなたの魔力を打ち消した上にひっくり返せるほどいっぱいにできる聖《せい》法気《ほうき》持ってると思うの？　悪いけどベルだってエメだって無理よ。今、戦いを間近に控えて手っ取り早い方法が他に無かったからこうしただけ」

呆然《ぼうぜん》とした魔王サタンは、気が抜けたように姿が縮みはじめ、次の瞬間には、健康そのものの顔色をした人間、真奥貞夫《まおうさだお》の姿に戻っていた。

「お互い誰かに知られて良いことないんだから、今後二度とこんなことする必要が無いように、必死で解決策を探しなさい」

魔王型から真奥《まおう》の姿に戻った、ただただ思いきった女性の行動に狼狽《うろた》える男が、布団《ふとん》の上で、びりびりに敗れた服の切れ端を体に乗せたまま情けなく座り込んでいる姿を、恵美《えみ》は横目でちらりと見て言った。

「そうじゃないと、千穂《ちほ》ちゃんを不幸にすることになるわよ」

恵美《えみ》はそれだけ言い捨てると、真奥《まおう》の反応を見ずに二〇一号室を出ていってしまった。

「…………」

一人になった真奥《まおう》は、混乱する頭を整理しようとした。

そして整理しようとすればするほど、今ここで起こった事態に対し明確な回答が分からなくなりそうになった。

そして真奥《まおう》が取ったのは、敗れた服を捨て、ジャージに着替えて、おじやを食べて、寝てしまうことだという結論に至った。

何も言わない。

何も考えない。

それが恵美《えみ》が望み、恵美《えみ》が要求したことだ。

一人になって尚《なお》、何も考えず、記憶に残さず、立ち上がれなくなったところを助けてもらったこと、おじやを作ってくれたことだけに感謝する。

「……美味《うま》い」

だが、それくらいの感想は持ってもいいだろう。

真奥《まおう》は一言だけそう言うとおじやを食べきり、鍋を丁寧に洗い、再び横になろうとして、

「そういや便所行きたかったんだ」

衝撃の連続ですっかり引っ込んでいた感覚を思い出し、トイレに入ってから改めて灯《あか》りを落とし、再び布団《ふとん》に横になる。

「こりゃあ全部終わるまで、バイトのシフトは削った方がいいな……身が持たない」

ぼやきながら見る先には、恵美《えみ》が枕にして寝ていた、潰れた座布団《ざぶとん》。

「養育費、どうすっかなぁ……はぁ」

※

恵美《えみ》が共用階段を下りると、イルオーンが立っていた。

「何かあったの？　結界が張られてる」

「ええ、ちょっとね。魔王が体調崩してるの。それで悪魔に戻っちゃったみたい。だから急遽《きゅうきょ》仕方なくね」

「そうなんだ。大丈夫なの？」

「ええ。きっと体調崩したことってほとんど無いみたいだから、体がびっくりしちゃったんじゃないかしら」

「そっか。ならいいんだけど……エミも、体調には気をつけてね。僕達の兄弟姉妹を助けようとしてくれるのは嬉《うれ》しいけど、それでエミ達に何かあるのは、あまりいい気分じゃない」

妙な気の使い方をするイルオーンの髪を、恵美《えみ》は安心させるようになでて微笑《ほほえ》んだ。

真奥《まおう》よりも、イルオーンの方がよほど気遣いができている。

「大丈夫よ。私はあなたのためじゃなくて、アラス・ラムスのためだけに戦ってるから」

「ちぇ、なんだそうか」

イルオーンも、恵美《えみ》の気遣いを受け取り微笑《ほほえ》んだ。

「エミの手、温かいのが分かる。本当に、アラス・ラムスを愛してくれてるんだね。イェソドでない僕にも、よく分かる」

「もちろん。私はアラス・ラムスのためなら、なんだってする覚悟があるわ、だから今日……全部終わった後どうすればいいのか、方針が決まった気がするの……ねぇ、イルオーン」

恵美《えみ》はふと、あどけない少年に言った。

「大きくなっても魔王みたいな大人になっちゃだめよ？」

「どうして？　彼は立派な人だと思うけど」

「いい奴《やつ》ではあるわ。でも、女の子を心配させて泣かせるような男は、やっぱり駄目」

「……サタンは、そんなことする人じゃないと思うけど……」

「大きくなったら、分かるわ」

大人のズルい言い逃れにも、イルオーンは素直に疑問を持ったまま、あいまいに頷《うなず》いた。

「それじゃあ私はそろそろ行くわ。イルオーンも、風邪ひかないでね」

「ああ……うん。ばいばい。またね」

思わぬカウンターを食らったものの、なんとかいなして帰路に就いた恵美《えみ》は、少しだけ意識を集中して、アラス・ラムスがまだきちんと眠っているかどうか確認する。

そして、指先で一瞬だけ、自分の唇に触れてから、肩を落とした。

「やっぱり、このままじゃ駄目よね……私、バカなことやってるわ」

そして足を止め、

「いざというときには、いつでも決着をつけられるようにしておかないと。たとえそれが」

唇に触れた手を強く握り、心に決める。

「もしそれをする段になって、千穂《ちほ》ちゃんの意に反するとしても……」

恵美《えみ》の暗い決意を聞くのはただ、笹塚《ささづか》の街の夜空だけだった。

◇◇◇

おやこかふぇ・イエソトがいつも通り無事に開店し、仕事を休んだ木崎真弓《きさきまゆみ》が一人娘に抱きついていた頃。

笹塚《ささづか》から遠く離れた西。

兵庫県神戸市《ひょうごけんこうべし》のJR新神戸駅《しんこうべえき》のロータリーに、長い髪を束ねた遊佐恵美《ゆさえみ》と、リラックス熊《ぐま》のポシェットを肩から下げたアラス・ラムスが、軽自動車の後部座席から降り立った。

「アラス・ラムス、トランクから荷物下ろすから、ちゃんとそこにいてね」

「ままーはやく駅の中はいろー。お外あついー」

「まだよ。もうちょっと待って。それに梨香《りか》お姉ちゃんにありがとうは言ったの？」

「降りるときに言ったよ！」

「ちゃんと言いなさい。適当にしちゃだめ」

「まぁまぁ恵美《えみ》。あんまカタいこと言わないの。ちゃんと言ってくれたよ。ねー？」

「ほら！　りかねーちゃも言ってる」

「もう」

苦笑しながら軽自動車のトランクから大きめのキャリーバッグを取り出した恵美《えみ》は、忘れ物が無いかどうかもう一度だけ確認してからトランクを閉めた。

「途中国道が渋滞したときは焦《あせ》ったけど、この時間なら余裕だわね。そんじゃ恵美《えみ》、気をつけて帰ってね」

運転席から降りた鈴木梨香《すずきりか》が、運転用のサングラスを上げてウィンクしてみせる。

「ええ、車、本当に助かったわ。ありがとう、梨香《りか》」

「水くさいこと言いなさんな。私とあんたの仲じゃないの。次は二泊三日と言わず、もっとゆっくり泊まりにきてよね。アラス・ラムスちゃんもまた来てね。待ってるからね」

「うん！　また明日来るよ！」

子供らしい返答に、梨香《りか》は破顔する。

「明日はちょっとままが無理かなー。でも明日来たいって思ってくれるのは嬉《うれ》しいなぁ」

「えー、じゃあ次いつ来るのままー！」

「またきちんと計画しましょうね。もう本当に妙に口が達者になっちゃって」

「それだけ成長したってことでしょー。実際一年半ぶりに会って、こんなにおっきくなってるとは思わなかったもん。すっかり美人さんになっちゃって、あー姪《めい》っ子できるってこんな感じなんだろーなってね。きっと……」

梨香《りか》は眩《まぶ》しそうに目を細めながら、アラス・ラムスの足元を見る。

「次会うときにはもう、その靴は履けなくなってるんだろーなー」

アラス・ラムスが履いているのは、通気性の高い夏用のキッズシューズだった。

梨香《りか》の実家は靴の部品工場を営んでいるが、ここ数年の間に小さいながらも自家ブランドの靴を製造販売しはじめており、アラス・ラムスが履いているのはその新作だった。

「至れり尽くせりで本当に申し訳なくなるくらいだったわ。ご家族にも本当に感謝してたって、よろしく伝えておいて。このソール、本当に履き心地がいいの」

恵美《えみ》の靴は自前だが、内側のソールは今回鈴木《すずき》家訪問で特別に誂《あつら》えてもらった恵美《えみ》の足裏に合わせた特注品だ。

「それは何より。祖父《じい》ちゃんが喜ぶわ。まぁあれだ、近いうちに私もまた仕事で東京行くし、またまおう組に営業しに行くからさ、そんとき暇があったら遊んでよ」

「もちろん！　連絡して！」

梨香《りか》は二年前、高田馬場《たかだのばば》のアパートを引き払い、神戸《こうべ》市須磨《すま》区にある実家に帰っていた。

そこで祖父と両親から仕事を教わりながら、家業の履き物業界のイロハを習得している最中である。

大学に通っているわけでも就職しているわけでもない梨香《りか》が、実家を遠く離れた東京に住んでいる理由を、恵美《えみ》は今回の神戸《こうべ》訪問で初めて知ることとなった。

梨香《りか》の実家の履き物工場は、かつて神戸《こうべ》を襲った震災の際に家屋や機械こそ無事だったものの、多くの取引先の倒産のあおりを受け経営が苦しくなり、その後の不況にも影響されて、梨《り》香《か》が高校を卒業する頃にはいつ倒産してもおかしくない状態だったのだという。

その事態を憂慮しなんとか打開しようとしたのが、梨香《りか》の父方の祖母だったが、その祖母が取ったのは、およそ現代人の感覚からは度《ど》し難《がた》い方法だった。

長女の梨香《りか》を、近隣で比較的羽振りの良い中堅メーカーの息子と婚約させて、工場の存続を図ろうとしたというのだ。

高校卒業前の多感な時期に祖母に勝手に結婚相手を決められるだけでもトラウマものなのに、その相手が二十五も年上ときてはこれはもうただの虐待だった。

実家存続のためには孫も差し出す強権的な支配に、祖父と息子夫婦が結託して反乱し、高校卒業と同時に梨香《りか》を東京に避難させたのだという。

高田馬場《たかだのばば》のアパートを決めたのは祖父であったらしく、万一祖母が捜索の手を伸ばしても、学生街なら簡単には見つからないだろうというのが理由だったのだとか。

恵美《えみ》が梨香《りか》と知り合った頃には祖母はもう加齢と病気が重なって現場に立てなくなっていた

が、それでも隠然とした支配力を一族に及ぼしており、梨香《りか》とメーカーの息子との結婚を諦めていなかったらしい。

結局梨香《りか》は祖母と和解できないまま、二年前に祖母が他界。

葬儀を区切りに、梨香《りか》は神戸《こうべ》の実家へと戻ったのだった。

梨香《りか》が実家に戻ってしばらくして、真奥《まおう》の経営する株式会社まおう組に飲食店用の業務用靴を始めとした足回りの道具を卸すようになったのは、まさしく人の縁というものだろう。

東京にいる間に深い事情に踏み入らず純粋に一人の人間として懇意にしていた恵美《えみ》は、祖母の支配の闇が取り払われた鈴木《すずき》家で大歓迎された。

特に梨香《りか》の妹、鈴木梨奈《すずきりな》は、アラス・ラムスを自分の本当の妹のように可愛《かわい》がり、アラス・ラムスもさんざんに甘えたものだった。

「お土産もいっぱいいいただいちゃって、今度何かお礼しないと」

「いいっていいって。どうしても気になるなら、妹が東京に行ったときにでも観光案内してやって。あいつ就職するとき東京出たいって言ってたから」

「そうなんだ。今まだ大学一年生でしょ？　こっちだと一回生っていうんだっけ？　もう就職のこと考えてるんだ」

「実家が実家だからねー。困難を肌身で知ってると強いよ。私が帰ってこなきゃ、本当に実家継いでたかもしれないんだから」

梨香《りか》としても、妹を祖母の下に置いて逃げたという後ろめたさはあった。

だが当の妹の梨奈《りな》が、

『おねぇがいないなら仕方なく継がなきゃって思ってたけど、本来私の夢はもっとビッグなの。おねぇが継がないなら私はもっと広い世界に出てばんばん稼いでやるって決めてたから！　祖母《ばあ》ちゃんみたいなスケールの小さいこと言ってたら、どうせ早晩潰れてたって』

とのたまったのだという。

「あいつのバイタリティには私も負けるわ。ありゃ大物になる」

「梨奈《りな》ちゃんには、エンテ・イスラのことを話さないようにするわ」

「ん。そうしてやって。あいつの性格だと、ガチで自分のビジネスのために利用しかねない」

梨香《りか》はカラカラと笑うと、はっとなってアラス・ラムスを抱き上げた。

「っと大人が長話しちゃった。もうあっついあっついだからそろそろバイバイね。また来てねアラス・ラムスちゃん、ままの言うことよーく聞くのよ」

「はーい！　またねりかねーちゃ！」

梨香《りか》の手からアラス・ラムスを渡された恵美《えみ》は、

「それじゃ、またね」

「はーい、気をつけてねー」

手を振ってからキャリーケースを引き、片手にアラス・ラムスを抱きながら新神戸《しんこうべ》駅《えき》へと入ってゆく。

そんな恵美《えみ》の背を、以前と変わらぬ快活な声が追いかけてきた。

「そーだ！　あんたに頭が上がらない『旦那』にもよろしく言っといてー！」

「もー！　うるさーい‼」

折角笑顔の別れだったのに、その一言で恵美《えみ》はしかめツラで振り返らざるを得なくなった。

日向《ひなた》の梨香《りか》は、その顔こそが見たかったとも言いたげに満面の笑みで手を振ると、さっと運転席に滑り込んで走り去ってしまった。

「全く……そっちこそ、結局決着がついたのかつかなかったのか、最後まではぐらかしたくせに、もう」

「ままー、あついー！　ジュースー！」

「ああ、そうね。さすがに私も何か買おうかな。新幹線の時間まではもう少しあるし……それじゃ、売店で何か買いましょうか」

「アイスがいい！　アイス！」

「今ジュースって言ってたでしょー。アイスは溶けるからだーめ！」

「えー！　アイスがいいー！　ジュースとアイスー！」

「どうして増やすのよ！　って、あら？」

そのとき恵美《えみ》のショルダーバッグのポケットの中で、スリムフォンがかすかに揺れる。

通知を見た恵美《えみ》は、直前の梨香《りか》との会話を思い出して複雑な顔をした。

「まま、どうしたの？」

恵美《えみ》はスリムフォンの画面をアラス・ラムスに見せる。

「千穂《ちほ》お姉ちゃんから、お手紙が来たの。ジュース買ったら返信するから、ちょっと待っててね」

アイスの要求を自然消滅させた恵美《えみ》は、アラス・ラムスが最近お気に入りのつぶつぶ入りオレンジジュースを買うと、改札傍《そば》の壁の隅に寄って、さっと返信してしまう。

「ちーちゃん、どうしたの？」

成長して、千穂《ちほ》のことをいつの間にか『ちーちゃん』と呼ぶようになったアラス・ラムスに、恵美《えみ》はどう答えたものか悩んだ末、簡単な言葉が見つからずありのままを話す。

「千穂《ちほ》お姉ちゃんもね、今日、東京に帰ってくるんだって」

「お出かけしてたの？」

「そうよ。飛行機いっぱいの所で、暑くなる前にお見送りしたでしょ」

「んーわかんない」

本当に分からないのか、単に適当に答えているのかは分からないが、恵美《えみ》でも忘れていたことを克明に覚えているかと思えば、大人の感覚では印象深い出来事を全く思い出さなかったりするから、未《いま》だに幼児の記憶能力の神髄が恵美《えみ》には分からなかった。

「だからね。もしかしたら……」

恵美《えみ》は、改札の奥に見える電光掲示板の時刻表を見上げながら、小さく微笑《ほほえ》んだ。

「ぱぱは、もしかしたら肩身の狭い思いをするかもしれないわね」

魔王、先々のために人を頼る

北大陸連合央都フィエンシーの西方に、霊峰フィゴと呼ばれる山がある。

フィエンシーがそもそも海抜の高い高地に拓《ひら》かれた都市だったが、霊峰フィゴはフィエンシーを見下ろす形で屹立《きつりつ》する。

以前、千穂《ちほ》と芦屋《あしや》達が示し合わせて木崎《きさき》やマグロナルドクルー達を招いた場所が、このフィゴの中腹に開けた平地であった。

真奥《まおう》が恵美《えみ》の『凶行』に目を白黒させていた夜から三日後のこと。

アルバート・エンデとディン・デム・ウルスが二人で夜空を見上げていた。

二つの月の距離は、既にエンテ・イスラの民の常識の埒外《らちがい》に近く、そして月そのものの見た目が小さくなっていた。

「ランガの小僧。あんた、月を怖いって思ったことはあるかい？」

「なんだそりゃ。言ってる意味がよく分からねぇんだが」

「小さい時分に氏族の牧草地でちょっとした旱魃《かんばつ》があってね。移牧しなきゃならなくなったのさ。働き手が無いからあたしも小さい体で羊や山羊《やぎ》を追ったんだが……そのときにね、気づいたんだよ。昼の月が自分をどこまで行っても追いかけてくる、ってね」

「ああ、そういうやつか。まぁ分からないでもないが」

幼い頃、空に見える太陽や月が、どんなに走っても、ずっと自分を追いかけてきているように見えて不思議な気持ちになるのは、誰にでもある経験だ。

「それが今じゃあ、あんな魔王の小僧が月を動かそうってんだから、長生きはするもんだね」

「その感慨はよく分からねぇや」

「それで実際、どうなんだい。何か、影響はあるのかい」

「うー寒。それここでしなきゃいけねぇ話か」

「老い先短いババア孝行だと思ってキャンプに付き合いな」

「あんたみたいのに限って本当に死にやしねぇんだ。はーあ」

焚火《たきび》を挟んで着ぶくれた老婆に対しながら、移動用の山羊《やぎ》の嘶《いなな》く声を聞く。

「実際、当初エメやアルシエルが恐れていた、潮汐《ちょうせき》力の変化ってのはほとんど起きていないらしいな。ただ中央大陸周辺では明らかに海流が変わったって話がちらほら聞こえる」

「恐ろしい話だね。言葉にすると簡単だが、海流が変わるっていうのは相当のことだよ」

「そりゃな。それこそ神の御業《みわざ》ってやつだ」

「でもその神様は今んとこ何もしてきやしないんだろ？　もう死んでんじゃないのかい？」

「神は死んだ、ってか」

アルバートは笑いながら、焚火《たきび》をがさがさといじる。

「そうだな。赤い月が動いてからも、世界中静かなもんさ。ベルの大神官叙階《じょかい》の影響で聖征ついでにウェズ・クォータスの復興計画が持ち上がったろ。あれのおかげで中央大陸周辺の異常に対処できるだけの人員や資材が集まってるんだ。何がどう幸いするか分からねえってみんなボヤいてたぜ」

「何がどう幸いするか禍いするか分からないなんてこと、ここまで生きてりゃいくらでも経験したさ。しかし解《げ》せないねぇ。ここまで敵が一切手を出してこないってのは」

「ああ……常識的にはどんなに強かろうと、ここまで引っ張っちまったら敵には面倒しかねぇはずだ。魔王もベルもエメもアルシエルも、みんなそのことを気にしてる」

「油断すんじゃないよ。神様相手じゃなくたって、常識外のことなんかいくらでも起こるんだ。魔王の小僧達に、そう伝えな」

「まぁ、あいつらも分かってるとは思うがな」

「分かってても、声に出して相手の耳に入るように念を押しておきな」

「必要か？」

「面倒がられるさ。それでも声に出して耳に入れることが重要なんだよ。それを本気で五月蠅《うるさ》いと考えて耳を貸さないようならそんな阿呆《あほう》の寿命は知れてるさ」

焚火《たきび》の爆《は》ぜる音に紛れた、しわがれた老婆の声に、アルバートはこれまで彼女が見送ってきたであろう多くの『阿呆』共の背を見た気がした。

「まぁ、ルシフェル以外は素直に聞くだろ。どうするか、エメにでも言づけを……」

「あんたがあたしの名代として、魔界に出入りできる奴《やつ》に言いに行きな。小うるさいババアの忠言を無視すると後が面倒だと思わせるんだ。それと」

老婆は、小さいが熱く燃え盛る焚火《たきび》の炎のように、アルバートの大柄な体を睨《にら》み上げた。

「事を成した後に、それみろババアの気の回しすぎだったとタカをくらせな。そんでそいつが長生きしてジジイババアになったら、若い奴《やつ》に同じことをする。それで初めて完成だ」

「……分かったよ。ったくこれだから年寄りは面倒だ」

「あんたもいずれこうなるさ。エミリアも、魔王の小僧も、それにきっとチホもね。あんただっていいトシだ。子供の時分に聞いた親父《おやじ》や母親のボヤきを、そろそろ体感してるだろう？」

「違《ちげ》えねえ。近頃メシより酒で腹が満足することが多くてな」

「岳仙《がくせん》の長が情けないこと言うんじゃないよ」

掌《てのひら》を返されたような老婆の物言いに、それでもアルバートは苦笑した。

老人の繰り言や掌返《てのひら》しを笑っていなせるようになるのも、ある意味では成長なのだろうか。

「年寄り扱いして、家まで送り届けた方がいいか？」

「あたしは少し星を見ていくよ。なるべく早く帰っておいで」

「結局俺が送り届けるのかよ。しかしどうすっかな。俺は魔界で顔が売れてねぇからな」

アルバートは笑いながら文句を言うと、懐《ふところ》から取り出した天使の羽ペンを虚空《こくう》に突き刺し、ゲートの中へと消えていった。

恐らくは中央大陸にいるエメラダと鈴乃《すずの》のところへ行くのだろう。

アルバートの姿が消えると、ディン・デム・ウルスは大きく白い息を吐き、蒼い月を見上げた。

「理屈に合わない行動か……神様が人間だって話は面倒だから置いておくとしても……」

老婆は片眼鏡に嵌《はま》った紫色の欠片《かけら》を光らせながら、そのレンズに月を収める。

「生きるのに飽いたんでなけりゃ、若い奴《やつ》らの頭の埒外《らちがい》に、やけっぱちの隠し玉潜ませてるんだろ。どうなんだい？」

嘘《うそ》と真を判別するアストラルの片眼鏡はしかし、答えを返すことの無い青い光の中に、なんの判断も下しはしなかった。

※

「それで……わざわざババア発の伝言ゲームをやるためだけに来たのか？」

「いいじゃないか。こんなことでもなければ私が魔界に来る機会なんか無いんだから。いやあしかし、地上から見るのとは打って変わって壮観だな」

物見高いことを言っているのは鈴乃《すずの》であり、一昨日に、恵美《えみ》との記憶から逃げるように魔界に舞い戻った真奥《まおう》が彼女を出迎えていた。

ディン・デム・ウルスから伝言があると中央大陸にやってきたアルバートの伝言を、さらに真奥《まおう》に伝えに来たのである。

これで鈴乃《すずの》は恵美《えみ》とエメラダに続き、魔界に踏み込んだ三人目のエンテ・イスラ人になったわけだ。

魔王城のテラスから空を見上げると、そこには巨大な天体が見えていた。

夜空である。

赤い砂嵐が埋め尽くしているはずの魔界の空にさざめく星々と、巨大な蒼《あお》い月が見える。

だが、正体を知っていて尚《なお》、人の身でその威容を『月』と評することには疑問が残る。

人間にとって月とは、どれほど大きくても、夜空にかざした親指と人差し指で作った丸の中に納まる程度の円盤のはずだ。

だが目の前に広がるのは、視界の半分以上を支配する巨大な質量である。

形状が単純であるが故に、人間のイメージに存在するいかなる概念とも一致しない迫力は、ただ巨大なものを見たという感慨以上のものを心にもたらす。

それは絶望とか、己の矮小《わいしょう》さの自覚といった類のものだ。

「うまく言えないが、海の中で突然シロナガスクジラに正面から遭遇したら、きっとこんな気持ちになるのだろうな」

「あー……んー……まぁ」

分かると分からないの境目のたとえに真奥《まおう》は苦笑してしまった。

「で？　ここまで近くなれば、行けるのか？　というかここまで近づいて、向こうからの攻撃は何も無いのか？」

「芦屋《あしや》も不思議がってたし、何よりガブリエルが不思議がってるんだから世話ねぇや。天祢《あまね》さんがいるのにガブリエルが今更下手な嘘《うそ》つくこともねぇだろうから、もしかしたらもう向こうには本当に、ラグエルとカマエルとイグノラしかいねぇんじゃねぇか？」

真奥《まおう》自身、そう思ってはいない。あくまで雑談だ。

天界勢力はイルオーンを自由に取り回していた時期がある。

そして恵美《えみ》からアラス・ラムスを奪った宇宙服の中身の人物もなんらかの形でセフィラの力を手に入れている可能性が高い。

「ただそれもなぁ。イルオーンだって別に俺達に積極的に敵対してたわけでなし、アシエスが天使とどう接してきたかを見ると、奴《やつ》らが果たして恵美《えみ》とアラス・ラムスみたいなコンビネーションとれるかってとこもある」

「つまりどれだけ考えても敵には絶対的に有利と思える要素が見当たらない、と。ところで」

「ん？」

「何か遠くないか？」

「……………ん」

真奥《まおう》と鈴乃《すずの》は、魔王城の中ほどの廊下階の窓から夜空を見上げていたのだが、真奥《まおう》は鈴乃《すずの》とは別の窓から空を見上げている。

鈴乃《すずの》が空以外にも魔界の風景を眺めようとすると、真奥《まおう》はその分遠ざかろうとする。

「思いがけず魔王様が個人的な話があると人払いしてくださったのだから、何か嬉《うれ》しい話を期待していたのだがな」

「やめろおい今本当やめろ」

鈴乃《すずの》が悪戯《いたずら》っぽく微笑《ほほえ》みながらそう言ってやると、真奥《まおう》は慌てたようにさらに窓一つ分鈴乃《ぶんすずの》から離れた。

鈴乃《すずの》はその行動を予想していたのか、特に気分を害した様子も見せず、微笑《ほほえ》みを素直なものに変えて尋ねた。

「千穂《ちほ》殿と何かあったか？　それとも、エミリアと喧嘩《けんか》でもしたか？」

「なんで……」

「大体分かる。どうせアルシエルにも言えないことのだろう。千穂《ちほ》殿やエミリアのことで今更トラブルを持ち込んだら、私が奴《やつ》ならお前をコテンパンに叱り飛ばす」

反発しようとした真奥《まおう》を鈴乃《すずの》は鼻先から抑えた。

「なんというか、一度気づくとお前はとことん分かりやすいな。そんな分かりやすさでよくぞ魔王などやっていられたものだ」

「分かったようなことぬかしやがって」

「そうか。違うのなら悪かった。それで？　私以外の誰にも聞かれたくない用事とは？」

「……」

不機嫌そうに黙り込んでしまった真奥《まおう》の横顔を見ながら、鈴乃《すずの》は小さくため息をついた。

「よし、それならこうしようか」

真奥《まおう》が鈴乃《すずの》の方を向くと、鈴乃《すずの》は背を向けていた。

「顔を見なければ話しやすいだろう」

「……ああ」

真奥《まおう》は鈴乃《すずの》が何を言いたいのか理解し、真奥《まおう》も鈴乃《すずの》に背を向けた。

これが、ずっと前から真奥《まおう》と鈴乃《すずの》の適正距離なのだ。

「……いや、悪い。ちょっとな、もう俺、何をどうしたらいいのか分からなくて、腐ってた」

「そうか」

「なんだかあれだな。ここんとこ俺、お前らにみっともないとこばっか見られてるな」

「私達にしてみれば、悪魔が我々に対してみっともなくなかったことなど無い」

「なるほど。物は言いようだな」

「私はそんなお前も好きなんだがな」

心の中の人間社会の常識に則《のっと》った罪悪感がそうさせるのか、鈴乃《すずの》の言葉に真奥《まおう》の心臓が跳ね上がり、血圧が下がる。

「それで？」

「……鈴乃《すずの》の考えを聞きてぇんだ……なんで悪魔は、人間の恐怖の感情を魔力に変換できるんだと思う？　どの種族も例外なくだ」

「なんだ突然。そうだな、志波《しば》殿が仰《おつしや》っていたことが正しいのなら、魔力や聖法気《せいほうき》と、あとは星との関係がそうさせるのではないか？」

「なんだよ星との関係って。ざっくり不思議な力で、ってことか？」

「判明していないなんらかの生理的作用が働くのだろう。考えてみろ。私達がこうして月や星の地表に立っていられるのは何故《なぜ》だ？　万有引力、重力といったものを知識として知っていても、それが物の間でどのように作用しているかを、数式以外で知る者がどれほどいる？」

「……ああ」

「脳細胞やシナプスといった言葉や模式図を知っている者は多い。人が物事を記憶する際の脳の動きを観察した者も多い。だが『記憶』そのものがどんな形をしているのか、客観的に見たことのある者はいない」

「……テレビで見たのか？」

「テレビで見た」

　どう考えても日本で得た知識で例を示してくるので、つい突っ込んでしまった。

「ならば全悪魔に備わる何かの器官が、私達人間の脳や細胞の動きを感知してなんらかのエネルギーを摂取しているのだろうと、とりあえず言ってしまっても何も問題あるまい」

「いいのかぁ?」

「その現象が観測され、再現性も認められるなら、原因が特定できなくても経過や結果を研究し論じることはできる。知っているか? 厳密なことを言うと、多くの飛行機は一般的に語られるベルヌーイの定理だけでは空を飛べる理由を解説しきれていないそうだぞ」

「マジかよ。まぁ、今はそれでいいや」

説得力があるのか無いのか分からないが、とりあえず話が進まないし、進めなければならないので真奥《まおう》は納得し、そして覚悟を決めた。

「ちょっと色々あってな。今の俺、ちーちゃんと……あとお前に近づけないんだ」

「エミリアは」

「あいつは、ま……平気だ」

真奥《まおう》はすんでのところで『まだ』という言葉を飲み込んだ。

鈴乃《すずの》はそれに気づいたのか、それともいつもの恵美《えみ》相手の強がりだと判断したか、敢えて突っ込んではこなかった。

「実はこの距離でも微妙にしんどいんだ。だからこそその、ある意味自分で客観的に分かっちまうのが嫌なんだが……」

「ふむ、なるほど…………んー」

今まで背を向けていた鈴乃《すずの》突然振り向き、当たり前のような顔で尋ねてきた。

「もしここで私がお前の不意を突いてお前を抱きしめでもしたら、どうなる？」

「は⁉」

「いや、決戦も間近なのに、体調を悪くされたらマズいと思ってな。先のことを考えなくて良いのなら、我慢しないんだが」

「おい…………って、鈴乃《すずの》」

「ん？」

「その、なんで分かるものなんだ？　その、俺がそういう理由で体調悪くなるって」

「んー……んー？」

動揺した真奥《まおう》の言葉選びのかすかな揺れ。

今度は鈴乃《すずの》も、聞き逃さなかった。

「私にそんな聞き方をする、ということは……そうか。さっきエミリアのことで言い淀《よど》んだのは、そういうことか」

「え？」

「……ふん」

「おわっ‼」

後ろを向いていたから、真奥《まおう》は反応が一瞬遅れた。

軽い衝撃と共に背中から鈴乃《すずの》の手が回され、真奥《まおう》の血圧が一気に下がる。

「もしかしたらと思っただけだ。お前を愛していると気づいてから、割とすぐにその可能性に気づいた。我々の恐怖で力を増す悪魔が、我々に愛されたらどうなるのか、と」

「い、いや、おい、鈴乃《すずの》！」

「なんで分かるものなんだと聞いたな。教えてやる。お前のことをいつも見て、いつも考えていて、ずっと一緒にいた者ならそこまで条件が揃《そろ》えば大体分かる！　エミリアが、きっとそうだったようにな」

怒ったような声と共に、真奥《まおう》は解放され、ついでに背中を蹴られた。

そのまま前に押し出された真奥《まおう》と鈴乃《すずの》の距離は、最初の背中合わせの距離に戻っていた。

「どうせ千穂《ちほ》殿相手に格好つけて何も言わないせいで、エミリアに後で迷惑をかけたとかそんなオチだろう」

「な、なんでそんなこと……」

「覚えがあるからだ！　お前が千穂《ちほ》殿相手にいつまでもぐずぐずとしてるせいで、千穂《ちほ》殿から相談を持ち掛けられたり、面倒事を持ち込まれたり、色々な！」

真奥《まおう》がしっかり千穂《ちほ》だけを見てやらないから、千穂《ちほ》に、捕まえられているという実感が無いから、どれだけ人として強靭《きょうじん》な精神を持っていても十代の少女である千穂《ちほ》にとっては、不安が心の底から沸くのだ。

そして真奥《まおう》はその不安を根本的に解消しないくせに、表面だけケアしようとするから本人の

知らないところで拗《こじ》れる。

思えば鈴乃《すずの》は、千穂《ちほ》のそんな想《おも》いをあの冬の日、最初に受け止めていたのだ。

「千穂《ちほ》殿はずっと前からお前に想《おも》いを寄せていた。お前に魔力が無かったときも、あったときもな。だから別に大丈夫なのかと思ったが……気がかりなことがあった。千穂《ちほ》殿がファーファレルロに誘拐され、お前が、私とエミリアの聖法気《せいほうき》を使って魔力を生み出してみせたときのことだ」

鈴乃《すずの》は今、真奥《まおう》と密な人間関係を結んだ者なら誰でも、という言い方をした。

だが恵美《えみ》と同じことを考えの材料として出してくるあたり、あの日あの場にいた者こそが、真奥《まおう》の異変の根本的な原因に迫ることができるのだろう。

「心と密接に関わりながら反対の性質を持つエネルギーを、人間から摂取して自分の性質に変換できる。それなのに、人間から恐れられたときだけ影響があり、愛されたときには何も起きないなんてことがあるのか、と」

「……」

「そして案の定あったわけだ」

鈴乃《すずの》は少しだけ長く沈黙した後、

「まぁ様子から察するに、そもそも私が……」

鈴乃《すずの》の口の形が『ち』の形になる寸前、真奥《まおう》は叫んだ。

「待て。待て鈴乃《すずの》」

　注意して見ていなければ分からないくらい、わずかに眉根が下がり、口唇《くちびる》がかすかに下がる鈴乃《すずの》に向かって、真奥《まおう》は待ったをかけた。

「そこは……そこだけはけじめとして、俺から言わせろ」

「ん」

　鈴乃《すずの》は頷《うなず》いて真奥《まおう》の言葉を待った。

「……待てって言っておいて返しとして正しいのか分からねぇが……その、あー……すず、あ、クレスティア・ベル。俺は……」

「鈴乃《すずの》でいい」

「ん？」

「鈴乃《すずの》でいい」

　二度目は、強い語気だった。

「ああ、鈴乃《すずの》」

　その意思を尊重して、真奥《まおう》は再び言い直した。

「鈴乃《すずの》、お前は魔王軍の悪魔大元帥《だいげんすい》で、良き隣人で、頼りになる仲間で……だが、あの日のお前の気持ちに、俺は応えられない」

「それは、悪魔だから人間には、という話ではないのだな」

「ああ。あの日お前が俺に告げてくれた愛には、応えられない」

はっきりと言いきった真奥《まおう》の顔を少し見上げた鈴乃《すずの》は、微笑《ほほえ》んだ。

その微笑《ほほえ》みが真奥《まおう》を動揺させた。

その反応は、真奥《まおう》の予想の外にあったからだ。

「ありがとう」

「は?」

「その誠意が、私は嬉《うれ》しい」

微笑《ほほえ》みから、笑顔が大きくなる。

「お前にとって私など、周囲に突然降って湧いた多くの人間の一人に過ぎない上に、元々命を狙う敵であったというのに」

「今更だろ」

「ほんの一年前のことだ。寿命の長い悪魔にとっては、それこそつい昨日のことだろう」

「この一年の濃さ考えたことあるか。遠い昔のこととしか思えねぇよ」

「ふふ……そうか。うん」

頷《うなず》き、再び顔を上げた鈴乃《すずの》の顔は、相変わらず柔らかい笑顔のままだった。

「悪いな」

「悪いものか。今のお前の様子を見ていれば分かる。私からの愛の告白を聞いたときにはなんともなかったお前が、今は私に近づけない。このことだけでも、報われる。だって私は」

鈴乃《すずの》は手をゆっくりと上げ、真奥《まおう》の胸を指さした。

「少なくとも私は、お前の心の天秤《てんびん》に乗れていた、ということだろう？」

そう言って、一歩近づく。

真奥《まおう》は、今度は離れなかった。

「だが困ったな。私程度でそんなことになるのなら、千穂《ちほ》殿の相手はもっと大変だろう？」

真奥《まおう》の額に、冷や汗が浮いている。

鈴乃《すずの》はそれを目ざとく見つけて、真奥《まおう》が今抱える問題を看破してみせた。

「情けねぇ話だがな、色々と」

千穂《ちほ》の想《おも》いに応えた結果、リヴィクォッコが一見して分かるほどに体調が急変した。

それを、想《おも》いを拒んだ鈴乃《すずの》に察せられた上に心配されているのが、今は一番情けないかもしれない。

「確かに情けないが、さりとてお前が私をフった、というだけで片付けて良い話でもないな。エンテ・イスラの未来にも、かなり関わる問題だ」

「……ああ、そうなんだ。だから、恥を忍んででも、お前にしか相談できなかった」

千穂《ちほ》や鈴乃《すずの》から長期間にわたって想《おも》いを寄せられながらなんともなかった真奥《まおう》が、突然変調した理由はただ一つ。

真奥《まおう》の側から、人間の彼女達に対して人間から向けられているものと同じだけの思慕が生まれたこと以外に考えられなかった。

魔王サタンですら、この有様《ありさま》なのだ。

これがもし、ただの悪魔と人間だったら、悪魔の側がそのまま死に至る可能性すらある。

そして神討ちの後、エンテ・イスラの世界各地に植民する予定の悪魔達の中には、真奥《まおう》や芦屋《あしや》のように、何かしらの理由で人間と交流が生まれ、何十年、何百年か後、悪魔と人間が愛を育むことが普通になるかもしれない。

だが、そもそも生命体として相容《あいい》れないということになってしまうと、単に交流が失われるだけでなく、またぞろ悪魔と人間の生きざまが決定的に分かたれ、再び種として反目し合い戦いに発展するかもしれない。

「これはすぐにどうこうできる問題ではない。原因究明をしようにも、サンプルが少なすぎるからな。もしかしたらお前個人の性質という可能性も否定できないし、いずれにしろ……千穂《ちほ》殿の協力抜きには、成り立たない」

「ああ……」

「千穂《ちほ》殿は、このことは?」

「知らない。きちんと返事をするときに、話そうと思ってる」

「なるほど分かった。今すぐ何かができるわけではないが、将来解決すべき懸念《けねん》事項としてなんとか考えてみよう。それで」

「ん？」

「そのことに取り組む私は、どんな褒美《ほうび》をもらえるのかな？」

「……あ？」

「何が悲しくて見返りも無しに、自分をフッた男と恋敵の将来を成就《じょうじゅ》させるために骨を折らねばならないんだという話だ」

「あ、いや、それは」

「夫婦喧嘩《げんか》は犬も食わぬとは言うが、お前達の関係を成就《じょうじゅ》させるために一体どこで誰とどんな研究をすれば良いのやら、頭が痛いな？」

「いや、その、ええっと」

「……ふふ」

狼狽《うろた》える真奥《まおう》を横目で見ながら、鈴乃《すずの》は小さく吹き出した。

「後《のち》の世界の平和のために真面目に取り組むことは約束するが、それはそれとして満足のゆく褒美《ほうび》を期待しているぞ。愛《いと》しの魔王様」

「う、わ、分か……った……」

耐えきれなくなったのか、真奥《まおう》が一歩下がった。

鈴乃《すずの》はまた、その様子をくすぐったそうに眺める。

「では、私はそろそろ戻るか。これでも忙しい身でな。アルシエルが神討ちに出向く分、中央大陸とエフサハーンのケアを私がしなければならないんだ」

「……そ、そうか」

「妙なことにはなったが、そもそも私は今回、ディン・デム・ウルス様の伝言を伝えにきたんだ。現状、イグノラがどんな準備をしていようと、こちらの勝ちは揺るがないように見えるが、それでも決して油断するな」

ここだけは笑顔を消し、真剣な顔で真奥《まおう》を見た。

「千穂《ちほ》殿の人生に、その後悔を背負わせるようなことをするな」

「……分かってる。親父《おやじ》さんとも約束した」

「ならいい。それではな」

鈴乃《すずの》はそう言って、真奥《まおう》の横を抜けて回廊を立ち去ろうとする。

真奥《まおう》はそれを振り返ろうとして、

「っ」

背中に、小さな重みを感じ、振り返ることができなかった。

「魔王」

顔の見えない鈴乃《すずの》の声が、背後から聞こえた。

「絶対に無事に帰ってこい。皆で、待っている」

接触は一瞬だった。

真奥《まおう》が返事をしようとした瞬間に、背中合わせの重みは消えて、振り向いたときには鈴乃《すずの》の姿は天使の羽ペンのゲートに消えていた。

「……悪いこと、したよな」

鈴乃《すずの》の気配が消えてから、真奥《まおう》はその場にしゃがみ込んでしばらく唸《うな》っていたが、やがてぽつりと呟《つぶや》き、とぼとぼという表現が相応《ふさわ》しい足取りで、玉座の間へと歩いていった。

そしてそんな真奥《まおう》の背を、見送る視線があった。

「へぇ、そういうことになってるんだ」

良く言えば興味深そうに、悪く言えば野次馬のテンションでにやつく顔は漆原《うるしはら》のものだったが、普段の漆原《うるしはら》は他人の機微に頓着するような性格ではない。

「不思議だな。悪魔って種がそうなのか、それとも樹《き》そのものの影響か……少し、様子を探るのもいいかもしれない」

ウツシハラはぶつぶつと独り言を呟《つぶや》きながら、真奥《まおう》とは反対方向へと向かう。

魔王城を下に下りるような形になったウツシハラは途中で、

「きゃっ」

「っと。ごめんよ。少しぼーっとしてた」

通路から現れた恵美《えみ》とぶつかりそうになった。

「あなたルシフェルじゃなくてウッシハラよね？」

「そうだけど、どうしたんだい？　サタンならあっちにいて、クレスティア・ベルはもうエンテ・イスラに帰ったよ」

「そう。じゃあ都合がいいわ。あなたに用があったの。できれば魔王に見つかる前に、ちょっと一緒に来てほしいところがあるのよ」

「僕に用？　なんだろうか」

「私と一緒にエンテ・イスラに行ってほしいの。ベルは、今帰ったって言ってたわよね。なら、今すぐ追いかければ入れ違いにならずに済むかしら」

「サタンには何も言わなくていいのかい？」

「むしろ秘密にしたいわ。詳しいことはエンテ・イスラに戻ってからベルやエメと話をしたいんだけど……その前に、あなたに個人的に確認したいことがあるの。神討ちの戦いの後の、世界平和のためにね」

「大げさな話になってきたね」

「あなた、千穂《ちほ》ちゃんの持ってたイェソドの欠片《かけら》から現れたのよね。記憶って、どの辺から持ってるの？」

「僕の生まれた欠片《かけら》が佐々木千穂《ささきちほ》の持ち物になった後のことなら、君達とほぼ同じくらいの記憶はあるよ」

それを聞くと、恵美《えみ》は満足げに頷《うなず》いてその場で天使の羽ペンを取り出し、ゲートを開き、一秒も惜しいという勢いでウツシハラの手を引き飛び込んだ。

「それじゃ聞くけど、あなたの欠片が千穂《ちほ》ちゃんの指に嵌《はま》って、すぐの頃に……」

次の瞬間、二人を飲み込んだゲートが鈴乃《すずの》を追って消滅し、

「……今誰かここにいたか？」

エネルギーの残滓《ざんし》を感じた真奥《まおう》がふらふらとやってきたときには、もはや恵美《えみ》とウツシハラがいた名残《なごり》はどこにも無かったのだった。

※

身を運ぶゲートの奔流に、鈴乃《すずの》は水に浮かぶように身を任せていた。

日本とは違い、魔界とエンテ・イスラでは五分と経《た》たずゲートの反対側に到着してしまう。

その間鈴乃《すずの》は、必死で胸の中の思いを整理していた。

閉じた鈴乃《すずの》の瞼《まぶた》の中で、エフサハーンで真奥《まおう》と眺めた焚火《たきび》の炎が明滅していた。

あの日感じた背の温《ぬく》もりが、思えば今の気持ちの本当の出発点だったのだ。

「敵地に乗り込む役でなくて、良かった」

天も地も無い星と星を繋《つな》ぐゲートの中。

鈴乃《すずの》の瞳から零《こぼ》れた一筋だけの雫《しずく》は、断ちきった想《おも》いの残滓《ざんし》のように、たった今後にしてきた魔界の方向へと流れ、そして消えていったのだった。

「あーあ！　全部終わったら香川《かがわ》に旅行でも行くかな！」

◇◇◇

真昼の東京駅。

大勢の人々が行き交う平日の東海道新幹線改札外で、恵美《えみ》は異形を目にしていた。

「一体どこに行ってきたのよ……」

恵美《えみ》は感心半分、呆《あき》れ半分で目の前の鎌月鈴乃《かまづきすずの》を見た。

「色々な」

「それは分かってるわよ。全力で色々楽しんできたんだろうなってことくらいは」

「久しぶりだなアラス・ラムス。大きくなった」

「すずねーちゃ、それなあに？」

「これは笠《かさ》だ」

「傘？　今日は雨じゃないよ？」

「雨の日にさす傘とは違うのだ。帽子のようなものだな」

鈴乃《すずの》の頭には菅笠《すげがさ》が乗っており、全身白い装束に身を包み、肩から紫色の布を下げている。

鈴乃《すずの》は恵美《えみ》の視線に気づくと、得意げにその紫をつまんでみせた。

「ちょっと良い輪袈裟《わげさ》にしてみたんだ。お洒落《しゃれ》だろう」

「知らないわよ……どうしてあなた、日本に来たばかりの頃のテンションに戻ってるの」

お遍路である。

どう見ても四国遍路の格好なのだが、問題はここが東京駅で、二人共同じ新幹線から降りてきた、ということだ。

「同じ新幹線に乗っていたまではいいとしても、あなた四国からずっとその格好で来たの？」

「一度新幹線に乗ってみたくてな」

答えになっていない。

鈴乃《すずの》曰《いわ》く、なんでも四国遍路の初心者向けツアーというものがあるらしく、徳島阿波踊り空港《とくしまあわおどりくうこう》を発して一番札所霊山寺《りょうぜんじ》から二十三番札所薬王寺《やくおうじ》まで回ってきたらしい。

「以前香川にうどん周遊旅行に行ったとき、この札所ツアーのことや、四国から岡山が意外と近いということを知ってな。せっかくだから行きは飛行機で徳島。帰りは岡山から新幹線でと計画してたんだが、まさかエミリアも同じ電車に乗っていたとは」

「そう、ね。私達は新神戸《しんこうべ》からだったけど……」

車内でお遍路姿の鈴乃《すずの》と鉢合わせたらどんな顔をすればいいか分からなかっただろうと、恵《え》美《み》はそっと胸をなで下ろした。

「それにな、お遍路は今も昔も物見遊山《ものみゆさん》の側面を許容してきたが、それでも己とこの世の行く末を案じて仏の心の深みを学び悟りにゆく神聖な行いなのだ。なればこそ、家を出たときから帰るときまで、修行の姿をしていることは何もおかしくはあるまい」

「……世の大法神教会《だいほうしんきょうかい》信徒が聞いたら卒倒しそうね」

鈴乃《すずの》は、あれから三年経《た》った今も、六人の大神官の一人としてエンテ・イスラ西大陸の頂点の一角に君臨している。

君臨しているのに仏がどうとかのたまいながら誰宛のものか、キャリーケースの上にまで紙袋にお土産を満載している姿は完全に還俗《げんぞく》した姿以外の何物でもない。

「そうだ。いつかアラス・ラムスに会えたらこれを渡そうと思っていたんだ。アラス・ラムス、ままにおやつを渡しておくからな。後でもらうように」

「はあい！　やった！」

「ちゃんとしたお土産は帰ってから渡すから」

喜ぶアラス・ラムスを尻目に恵美《えみ》の手に渡されたのは『讃岐《さぬき》うどんキャラメル』なる『ナニモノカ』だった。

「……まぁ……ジンギスカンキャラメルとか、知らなければ案外普通に食べられたし……」

恵美《えみ》は、ちゃんとしたお土産とやらが本当にちゃんとしているのか一抹の不安を抱きながら、ショルダーバッグの奥底に小さなキャラメルの箱を押し込む。

そのときだった。

「あ！　いた！　こっちこっち！」

耳に馴染《なじ》んだ声がして恵美《えみ》が振り向くと、ちょうど真奥《まおう》と千穂《ちほ》がやってきたところだった。

「二人共。悪いわね。こんな暑い日に」

「こんにちは遊佐《ゆさ》さん！　アラス・ラムスちゃんも久しぶり！　大きくなったね！」

「ちーちゃん！　こんにちは！」

アラス・ラムスは精いっぱい背伸びをしながら、かがみ込んだ千穂《ちほ》に抱き着く。

そして千穂《ちほ》はかがみ込んで初めて、恵美《えみ》の傍《そば》に立つお遍路姿の鈴乃《すずの》を、菅笠《すげがさ》の下から覗《のぞ》き込《こ》むことになった。

「え？　あれ？　鈴乃《すずの》さん、ですか!?」

「鈴乃《すずの》!?　お前なんでここに、なんだその格好？　何やってんだよ色々説明しろ色々」

恵美《えみ》の視線は受け流したくせに、真奥《まおう》から遍路姿に突っ込みを入れられると突然不機嫌そうになった鈴乃《すずの》は、非常に簡潔に、こう言ったのだった。

「偶然だ」

「……もしかして、また四国旅行ですか？　それで帰りに岡山から新幹線に乗ったらたまたま遊佐《ゆさ》さん達と同じ新幹線だったんですか？」

「そら見ろ。千穂《ちほ》殿は一発で理解してくれた」

「それは一発で理解する千穂《ちほ》ちゃんがおかしいと思うわ」

「無茶言うな。何を得意げになってんだ。またってなんだ。俺はお前がそんな何度も四国に行ってるとか知らないから！」

「魔王には一度も言っていないからな。土産も魔王の分は無い」

なんでもないことのようにそう言ってから、鈴乃《すずの》はキャリーケースの取っ手に手をかけた。

「それで、一体どういう集まりだったんだ？　千穂《ちほ》殿はまだエンテ・イスラにいるのだとばかり思っていたが、もう帰ってきていたんだな」

「はい、本当についさっき。それで、どういう集まりって言えばいいですかね？　私は正式には部外者なので、なんて言えばいいか」

千穂《ちほ》が真奥《まおう》と恵美《えみ》を見、真奥《まおう》が受ける。

「最終的には俺が恵美《えみ》とアラス・ラムスの荷物持ちするんだが、基本は仕事の話だ」

「そうなのか。では邪魔になっては悪いから、私は今日のところは退散するとしよう」

仕事の話ならばと真面目な顔になった鈴乃《すずの》を、真奥《まおう》ではなく恵美《えみ》が止めた。

「ううん、それは大丈夫。会うのはあなたも知らない相手じゃないし、時間さえ良ければ皆で久しぶりにご飯でもどう？　予定通りならもう少ししたら来るはずだから」

「そうなのか？」

それでも鈴乃《すずの》は遠慮する気配を見せたが、真奥《まおう》も首肯した。

「お前がいいなら残ってくれよ。メシはもう蕎麦《そば》屋の座敷《ざしき》席を予約してあるんだ。うどんじゃなくてもいいってんなら、一人くらい増えても全然問題ねぇ」

「それなら図々《ずうずう》しくご一緒させてもらおうかな。その相手も新幹線で来るのか？」

「いえ、もう仕事で東京に来てるはずです。私も久しぶりに会うんで、仕事の邪魔になっちゃうかもですけどご一緒したいなって思って」

千穂《ちほ》が久しぶりに会っても邪魔にならない、真奥《まおう》の仕事関係の相手。

鈴乃《すずの》には思い当たる相手がおらず首を傾《かし》げるが、答えがすぐに向こうからやってきた。

「あ、いたいた。おーい、遊佐《ゆさ》さん！　千穂《ちほ》！　真奥《まおう》さん……と」

男の声だった。

一瞬思い当たらず鈴乃《すずの》が声のした方向を振り向くと、思わぬ人物が思わぬ組み合わせで現れたのだった。

「鎌月《かまづき》さんだっけ。どうしてお遍路の格好してるんだ？」

「なんと！　一馬《かずま》殿か!!」

佐々木《ささき》一馬《かずま》。長野県駒ヶ根《こまがね》市に住む、千穂《ちほ》の従兄弟《いとこ》だ。

かつて真奥《まおう》と芦屋《あしや》と漆原《うるしはら》が、千穂《ちほ》の両親の紹介で佐々木《ささき》家の経営する農家に手伝いに行ったことがあり、それを追いかけた恵美《えみ》や鈴乃《すずの》もなし崩しに世話になった相手だ。

「久しぶりだ。その節は世話になった。貞夫《さだお》殿の仕事の相手とは、一馬《かずま》殿のことだったのか」

「まぁそうだね。それと、あちらのお二人」

一馬《かずま》が指さす先からやってきたのは、鈴乃《すずの》にとっては意外な二人だった。

「……ノルド殿とライラ？　んん？　一体これはなんの集まりなんだ？」

「やあ、千穂《ちほ》さんもベルさんも、久しぶりだね」

「あれ？　ベルさん？　どうしたのお遍路の格好なんかして」

恵美《えみ》の両親が、千穂《ちほ》の従兄弟《いとこ》の佐々木《ささき》一馬《かずま》と共にやってくる。

意外すぎる組み合わせに、鈴乃《すずの》は一体これから何が始まるのか、まるで予想できなかった。

「まぁまぁ積もる話は後にして、皆集まったところで店に移動しよう。今日予約してる蕎麦《そば》屋なんだが、問屋さんに教えてもらってな。これが本当美味《うま》いんだ。一馬《かずま》さん、良かったら荷物持ちますよ」

「お？　そうかい？　じゃ軽いけどこれ、お願いしちゃおうかな」

「うす。アラス・ラムス、お蕎麦《そば》屋さん行くぞ。何食べたい？」

「ラーメン！」

赴く店の大前提を無視した希望が示され、大人達の間に笑いが零《こぼ》れた。

「ぱぱはお蕎麦《そば》のお店予約してくれたみたいだから、今は我慢して。夜はラーメンにしましょ。ジュース好きなの頼んでいいから」

「えー……まま、ラーメン」

恵美《えみ》が微笑《ほほえ》みながら宥《なだ》めたが、アラス・ラムスは少し不満なようだった。

※

件《くだん》の蕎麦《そば》屋は東京駅から少し離れたビルの中にある、落ち着いた内装の高級店だった。

鈴乃《すずの》は思わず、つい昔の調子で真奥《まおう》に尋ねてしまう。

「大丈夫なのか、こんな高い店に入って」

「会社経営者ナメんな。お客さん迎えるのにこれくらいできないほど甲斐性《かいしょう》なしじゃねぇ。お前も好きなもん頼めよ」

「あ、ああ」

自信たっぷりの真奥《まおう》だったが、それでも鈴乃《すずの》は不安になってしまう。

「大丈夫。これくらいは」

すると恵美《えみ》が、真奥《まおう》の懐《ふところ》具合を知っているかのような口調で小さく言うので、鈴乃《すずの》も頷《うなず》いて成り行きを見守ることにした。

通された広い座敷《ざしき》の個室で飲み物を注文し終えると、一馬《かずま》から鈴乃《すずの》に、ノルドとライラと共に行動している事情が説明された。

「はあ……なるほど、駒ケ根《こまがね》の佐々木《ささき》家でノルド殿の麦を」

「ああ。私は半年前に長野に居を移して、佐々木《ささき》家に世話になっているんだ」

「むしろ世話になってるのはこっちの方さ。うちで新しく始めた麦は、大体がノルドさんの管理のおかげでうまくいってるんだから」

駒ヶ根《こまがね》の佐々木《ささき》家では、真奥《まおう》達が手伝いに行った頃から一馬《かずま》の妻の陽奈子《ひなこ》が麦の作付けに強い意欲を見せていた。

初年度から高品質の麦の作付けに成功し、それを軌道に乗せるにあたり、生産管理をノルドが行っているということだった。

「なるほど……ノルド殿も正式に日本で所を得たということか」

鈴乃《すずの》は大いに納得したが、それでもあることが気になって真奥《まおう》に耳打ちする。

「ん？　それではライラはどうしているんだ？　今、ヴィラ・ローザ笹塚《ささづか》には……」

鈴乃《すずの》は、今真奥《まおう》やライラが抱えている最大の懸念《けねん》事項について、一馬《かずま》の耳をはばかりながら訪ねると、真奥《まおう》は少し疲れた顔で言った。

「ライラは笹塚《ささづか》と駒ヶ根《こまがね》の往復だ。こっちで病院のスポットの仕事があるし、あの件についてはもともと持ち回りの当番制みたいなもんだからな。今は俺とリヴィクォッコが担当」

「だからお父さんのプチ単身赴任って感じかしらね。駒ヶ根《こまがね》なら新宿《しんじゅく》から高速バスでそんなにかからないで行けるから」

鈴乃《すずの》の声を聞きつけた恵美《えみ》が、真奥《まおう》の向こう側から答える。

「なるほどなぁ……変われば変わるものだな……そうだ、一志《ひとし》君だったか。もうかなり大きくなったのだろう？」

鈴乃《すずの》が一馬《かずま》の息子の名前を出すと、一馬《かずま》も嬉《うれ》しそうにスリムフォンを取り出して画面を見せる。

「もう生意気言う年齢さ。ノルドさんとこに来るアラス・ラムスちゃんともよく遊んでるよ」

「なるほど…………ん、あ」

その時鈴乃《すずの》は、はっとなって顔を青ざめさせる。

一馬《かずま》や佐々木《ささき》本家には、アラス・ラムスは『真奥《まおう》の親戚』という話で通っているはずだ。

それなのに恵美《えみ》やノルドの家族であるかのようにふるまっていることに、一馬《かずま》が違和感を覚えていないはずがない。

すると、一馬《かずま》の方から水を向けてきた。

「大丈夫。真奥《まおう》さんと遊佐《ゆさ》さんとアラス・ラムスちゃんの関係性は、もう皆知ってるから」

「え!?」

ライラも安心させるように言う。

「一馬《かずま》さんも陽奈子《ひなこ》さんも、佐々木《ささき》家の皆さんにはこちらの事情はもう全て話したわ。家族ぐるみの付き合いしておいて、アラス・ラムスのこと、話さないわけにいかないでしょう？」

「まぁ、最初は驚いたよ。事情を分かった後は、あのときは随分な綱渡りしてたんだなって感心した」

一馬《かずま》は一馬《かずま》で受け入れるのに時間がかかったとは言うが、千穂《ちほ》や里穂《りほ》、千一《せんいち》、そして何より佐々木《ささき》の本家の精神的な長、千穂《ちほ》の祖母である佐々木《ささき》えいが是としたことで、全員受け入れることができたらしい。

「な……なんだ……そうだったのか、肝を冷やしたぞ……！」

「まぁ？　今真奥《まおう》さんが渡ってる綱のことについては、少し複雑ではあるけどね」

そう言う一馬《かずま》の目は真奥《まおう》に向いていて、真奥《まおう》は少しだけ決まり悪そうに肩を竦《すく》めた。

「いや悪かった。実際大したもんだとは思うよ。まぁあと何か問題があるとすれば、諸々《もろもろ》のことを一志《ひとし》に話すかどうかってとこだな」

「一志《ひとし》君が大きくなる頃には、またどう状況が変わってるか分からないですけどね」

「この三年に勝るような変化が起こるとも思えんがな」

「まぁな」

鈴乃《すずの》と真奥《まおう》がしみじみとそう言うと、

「それこそ話を聞いてると、千穂《ちほ》が一番変化したんじゃないか？　里穂《りほ》伯母さんが心配してたぞ。千穂《ちほ》がエンテ・イスラで就職しちまうんじゃないかってな」

「ええ？　お母さん、一馬《かずま》兄ちゃんにまでそんなこと言ってるの!?　もう……ごめんね」

顔を顰《しか》める千穂《ちほ》だったが、

「まぁ、親はいくつになっても子供の行く末が心配なのさ、それこそ自分の理解の外に行きそうなら、なおさらね」

「ノルドさんに言われると、重すぎますね」

娘が幼くして救世の勇者に仕立て上げられてしまったノルドの言葉の重みには、降参するしか無かったのだった。


「結局あんまり仕事の話はできなかったな。まぁまた明日、改めて真奥《まおう》さんの会社の方に伺うから、よろしく頼むよ。ノルドさんとライラさん、それに遊佐《ゆさ》さんも、また明日」

「ああ、よろしくお願いします」

「お疲れ様です」

「はい、一馬《かずま》さんもこのあと頑張ってください」

ユスティーナ一家が一馬《かずま》を送り出し、一馬《かずま》は雑踏に消えてゆく。

「いやいや、本当に意外だったが……しかし一馬《かずま》殿がお前の仕事相手になるとはな。しかもその商材が、ノルド殿の麦とは……」

一馬《かずま》のまおう組訪問の大目的は、佐々木《さ　さ　き》家で製粉した小麦粉を、おやこかふぇ・イエソトの新しいパンメニューの材料として卸す契約を結ぶことだった。

明日の訪問で様々なコストをお互いに詰めきって、双方納得できれば契約が結ばれる予定である。

「まだまだうちの会社は駆け出しだ。コネや縁はなんでも使わないとな。ローコストで固められるところは固めるだけ固めてから次の『持たせる』とこに繋《つな》げるんだ」

鈴乃《すずの》は一馬《かずま》の消えた雑踏を一度見やってから、小さく微笑《ほほえ》んだ。

「最初はどうなることかと思ったが、なかなかしっかりやってるじゃないか」

そう言って、真奥《まおう》の背を軽く叩《たた》いた。

「だろ」

真奥《まおう》も少し得意げにそう言うが、

「まぁ、実情を知らなければそう見えるかもねー」

その後ろで、恵美《えみ》が意地悪な笑顔を浮かべ、

「遊佐《ゆさ》さん、それくらいにしてあげてください」

千穂《ちほ》がそんな恵美《えみ》を諫《いさ》めるように渋い顔をして、

「てな具合にな。お前に心配されなくても、手綱は最初から引き絞られてんだ」

鈴乃《すずの》の目の前で、真奥《まおう》の背負う影が一段重くなった。

「今は雌伏のときだ。いつか俺は全ての枷《かせ》から解き放たれてやるからな」

「随分長い雌伏だ。日本に来てからずっとそんなことを言っているのだろう？」

鈴乃《すずの》に本気にされていないことが丸分かりで、真奥《まおう》はさらに苦虫を噛《か》み潰《つぶ》したような顔になるが、そんな真奥《まおう》のズボンを、アラス・ラムスが引っ張った。

「ぱぱー……もう疲れたー、早くおうちかえりたいー」

「よしよし分かった。おいみんな、アラス・ラムスがぐずりはじめた。そろそろ行こうぜ」

眠気のせいか、目が半分下がっているアラス・ラムスを見て、一気に甘い顔になる。

「あー、じゃあアラス・ラムスちゃん、まま達みんな荷物があるから、私と手繋《つな》ご？」

「ん、ちーちゃんと手繋《つな》ぐ。あとトイレ」

「え？　おトイレ？　そっか。遊佐《ゆさ》さん、アラス・ラムスちゃんおトイレ行きたいみたいなんで、ちょっと連れていきますね」

「ありがとう千穂《ちほ》ちゃん。お願いしていい？」

「はーい。アラス・ラムスちゃん、ポシェット汚しちゃうと大変だからぱぱに預けてね」

千穂《ちほ》はアラス・ラムスの肩にかかるリラックス熊《ぐま》のポシェットを外すと、真奥《まおう》に渡す。

「ぱぱ、はい、お願い」

「おう」

「それじゃいこ。人がいーっぱいだから、ちゃんと手繋《つな》いでてね？」

人波を器用に掻《か》き分けてゆく千穂《ちほ》とアラス・ラムスを見送りながら、鈴乃《すずの》はもう一度真奥《まおう》を見上げる。

「こっちはしっかりやってるか？」

何を、とは聞かない。真奥《まおう》も特に聞き返しては来ない。

その代わり、

「周りから理解はされてる」

「……ま、仕方ない。一馬《かずま》殿ではないが、表面だけを見られると倫理観的にいらぬ風当たりを食《く》らうこともあるだろうな」

「うちのバイトに真実を知られたら、今度こそ夜道で後ろから刺されるかもしれねぇ」

「ははは」

真奥《まおう》の物言いに、鈴乃《すずの》はつい笑ってしまった。

「お前の場合は冗談に聞こえないからな。本当に、そんな風体でも雰囲気でもないのに」

「魔王の人徳ってやつだ」

「ぬかせ。すっかり調子の良い人間の男みたいなことを言うようになりおって」

「お前が変わらなさすぎなんだ。何やってんだ日本に来たばかりの頃みたいにお遍路姿で東京まで来やがって。大神官が聞いて呆《あき》れるぜ」

「私は自由に生きて自由に死ぬと決めたんだ。仕事は仕事、プライベートはプライベートだ」

「異世界プライベートか。他の大神官のジジイ共にはできない芸当だ」

そんなことを話していると、千穂《ちほ》がアラス・ラムスを連れて戻ってきた。

アラス・ラムスの手にはハンカチが握られている。

「千穂《ちほ》ちゃんありがとう。アラス・ラムス、千穂《ちほ》お姉ちゃんにハンカチ畳んで返してね」

「うん。ありがとちーちゃん」

「はーい」

言われた通り、子供なりに綺麗《きれい》に畳んだハンカチを千穂《ちほ》に返すと、少しだけ不思議そうな顔で恵美《えみ》に駆け寄った。

「ねぇまま。ちーちゃんのハンカチ、ままのと色違いだった」

「え!?」

「ん？　どうしたんですか遊佐《ゆさ》さん」

「え？　あ、なんでもないわ！　なんでも……ちょ、ちょっと」

「ん？」

「どうしたエミリア」

恵美《えみ》は鈴乃《すずの》と話し込んでいた真奥《まおう》の腕を引っ張ると、小声で鋭く厳しい声を上げる。

「ちょっと！　この間のハンカチまさか……！」

「え？　ああ、あれか？　母の日のプレゼントだっつってやったあの……」

「それよ！　まさか、千穂《ちほ》ちゃんに同じ物あげたりしてないでしょうね！」

「……ぇ、あ」

今まで気にもしていなかったが、恵美《えみ》の様子からマズいことを無自覚にしたらしいことに気づいた真奥《まおう》は、一瞬で動揺する。

「……いや、同じじゃないぞ……その」

「色違いは同じものと一緒よ！　何考えてるの！」

「わ、悪い。ハンカチくらいで、そこまでだとは思わなくて……」

「気をつけてよね。もう」

「すまねぇ……」

やらかしたことは理解した真奥《まおう》が申し訳なさそうに恵美《えみ》に手を合わせる。

そしてノルドやライラと話しながら目の端でそんな様子をしっかり見ていた千穂《ちほ》は、

「遊佐《ゆさ》さんも色違いでもらってたとか、そんなところかな」

千穂《ちほ》は、アラス・ラムスから返された少し湿ったハンカチの入ったショルダーバッグに手を当て、小さく嘆息したのだった。

魔王と勇者、神に挑む

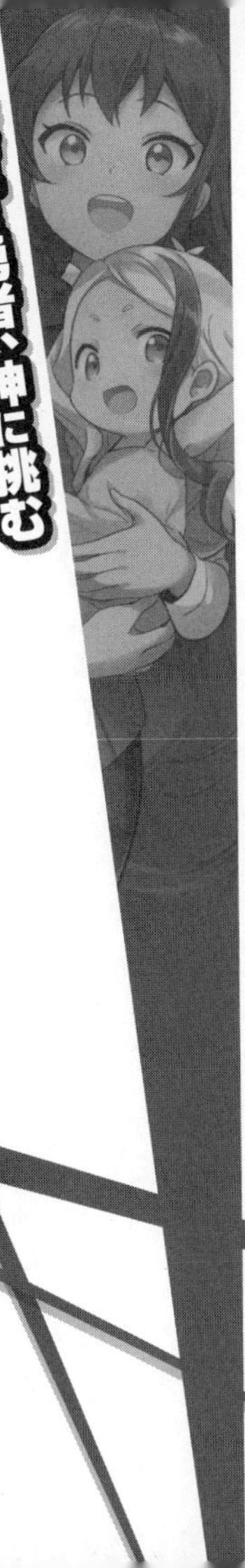

事前準備というのは入念であればあるほど良いとされているが、それでも挑む事柄の規模が大きくなれば、どうしても整理がつかない部分は出てくるものだ。

真奥《まおう》達が佐々木《ささき》家へのお詫《わ》びに行ってから一週間と少し経《た》った、七月末。

その日はやってきてしまった。

赤い月と蒼《あお》い月の距離が縮まらなくなり、三日が経《た》った。

当初予定していた通り、両の月が最接近し、彼我の距離がこれ以上動かなくなると判断された時点で突入することになった。

現在の距離が芦屋《あしや》とエメラダの心配していたロッシュ限界の外側の距離なのかは分からなかったが、とにかく天界と魔界の距離が近づかなくなって一週間後、真奥《まおう》達は出発した。

突入部隊は真奥《まおう》とアシエス。芦屋《あしや》と漆原《うるしはら》。恵美《えみ》とアラス・ラムス、ライラとガブリエル、ウツシハラと天祢《あまね》、そしてカミーオとファーファレルロだ。

天祢《あまね》はあくまでウツシハラの監視役で自分の身を守る以外の戦闘行動はしない。

再び魔王城が魔界から打ち上げられ、真奥《まおう》達が天界に突入するに至っても、天界からのリアクションは皆無であった。

エンテ・イスラから魔王城を打ち上げるのにさんざん時間と労力をかけたのと比してあまりにもなんの障害も無く、宇宙を旅する魔王城は、天界に着陸していた。

「魔界を出たわけだけど、体調はどう？」

「茶化すな。万全だ」

天界の地表を見渡しながら、恵美《えみ》と真奥《まおう》はそんな軽い口を叩《たた》き合う。

あの日の夜のことは、お互いにもう何も言わない。

顔を合わせても、言葉を交わしても、二人からはあの夜の記憶と言葉は一切蒸し返さないと、無言のままにそれぞれ決めたのだ。

だから、今二人は、全くの平常心で敵地を眺めることができていた。

お互いが、お互いをそうするように振る舞えていた。

真奥《まおう》が眺めるその光景を表現するなら、氷原の夜としか言いようが無かった。

時も、心も凍りつきそうな、蒼《あお》い冷涼たる大地の色。

「案外、あっさり来ちまったな」

「出迎えも一切なさそうね。これでも緊張してたんだけど」

静かな天界の大地は薄青い岩石で覆われていて、エンテ・イスラの地上から見る月の色は、月を構成する岩石の成分の色なのだと理解する。

「ちょっとこれは……いくらなんでも妙だな……。もう少しはちゃめちゃになると思ってただけど……天兵連隊の姿すら見えない」

いつもはへらへらしているガブリエルも、怪訝《けげん》そうに周囲の気配を探っている。

真奥《まおう》達が戦っている間の魔王城防衛役としてパハロ・ダェニィーノ族とファーファァレルロ率

いるマレブランケ族が帯同しているが、その必要性がこの時点で疑問視されるほど、あまりに静かだ。

「一応ね、あっちにセフィロトの樹《き》があって、イグノラや僕らが住んでる管理研究基地はあっちなんだけど……」

「魔王、どうするの」

「決まってんだろ。セフィロトに行く。俺達の目的は天使の殲滅《せんめつ》じゃない。アラス・ラムスの家族の解放だ。ウツシハラがいりゃ、他のセフィラもなんとかなんだろ」

だが真奥《まおう》の方針に漆原《うるしはら》は異を唱える。

「イルオーンみたいにイグノラに飼いならされてる可能性もある。イェソドとゲブラーとダァト以外の全部を一度にけしかけられたら、説得は困難だよ。どうなの、そこんとこ」

最後の言葉はガブリエルにかけられた。

「守護天使って、今結局どうなってんの。お前がイェソドで、ゲブラーはカマエルだよな。正直僕、その守護天使のシステムよく知らないんだけど、他に誰がどうなってんの。僕が知ってる奴《やつ》、他にいる？」

「あー……まぁ今更秘密にすることじゃないけど、守護天使はあと一人だけだ。『子』が発現したセフィラは、あと一人だけなんだ」

「……マルクトね」

「ん？　知ってたの？」

恵美《えみ》が言い当てたことに、ガブリエルは意外そうに目を瞬《まばた》かせるが、恵美《えみ》にとっては意外でもなんでもなかった。

「だってアラス・ラムスは昔から何かとマルクトの名前を出すのよ。あの子が好きな色は、マルクトが象徴する明るい黄色。まぁ、アラス・ラムスやイルオーンみたいに、セフィラ本体と名前が変わらないのが不思議といえば不思議だったんだけど」

マルクトの名は、アラス・ラムスがヴィラ・ローザ笹塚《ささづか》に住んでいた頃から出てきていた。

「マルクトはね……僕もきちんと接したことは無いんだ。守護天使はサンダルフォンって名前なんだけど、僕やカマエルと違ってさほど戦闘向きタイプじゃなくてね」

「サンダルフォン？　なんかあんまり覚えてないけど、結構な年齢じゃなかった？」

「天使に年齢がどうとかあるの？」

恵美《えみ》のシンプルな疑問に、ガブリエルは意外にも真面目に答えた。

「不老不死は手に入れたけど、若返れるわけじゃないからね。サンダルフォンは母星を離れた時点でかなりの高齢だったんだ」

ガブリエルが星と言った言葉に反応し、真奥《まおう》が尋ねた。

「少し前から気になってることがあるんだ。ガブリエル、なんでお前ら、法術使えるんだ？」

「へ？　今更どしたの」

「大家さんの言うことが正しいなら、人類が成熟してりゃ法術も魔術も消えるんだろ。お前らの星は風土病に侵されたとはいえ、ずっと進歩してたんだ。あとこれだけ法術使えるなら、それこそゲートとかで他の星を探すとかできなかったのか？」

「あー。そこらへんのシステムは僕らは理解してなかったけど、ゲートを使わなかった理由は簡単だよ、ゲートの法術なんてそもそも無かったし、あったとしても使えやしないさ。だって住める星がどこにあるかなんて、当時は分からなかったんだから」

「そうなのか？」

「ああ。君がエンテ・イスラから日本に流れ着いたのって、本当に超幸運なんだよ。本来ゲートは入り口と出口をきちんと指定する必要があるし、距離に応じた力が必要だ。制御できなければそれこそ火星とか土星に落ちてたっておかしくないんだから」

「そういうもんか」

そう言われれば確かにそうかもしれないし、逆に言えば、地球とエンテ・イスラは宇宙規模で考えるとそれだけ近場にあるのかもしれない。

ゲートを使えば片道四十分で辿《たど》り着くし、思えば天使の羽ペンを持っていないはずのオルバは真奥《まおう》と芦屋《あしや》のゲートをトレースして地力で漆原《うるしはら》を運んでこられる距離なのだ。

「あと、法術が使えることに関してはそれこそ僕は専門外だけど、少なくとも僕らは生まれたときから使えたよ。多分だけど……星が危機に陥ることを、僕らの星のセフィラはあんなことになるずっと前から分かってたんじゃないかな。それで、法術くらい規格外の力じゃないと事態を回避できないって判断だったのかも。まぁ……推測だけどね。カイエルとシェキーナを殺してしまった僕らには、もうそれを確かめる手段は無い」

珍しくガブリエルが真剣な顔で、蒼い大地を見つめていた。

「じゃ行こうか。セフィロトの樹《き》とセフィラの管理エリアのことなら僕はよく知ってる」

「そりゃ知ってるだろーネ」

すると、珍しくこれまで黙っていたアシエスが、憤怒《ふんぬ》の表情を隠そうともせずにガブリエルを睨《にら》んだ。

「私達はカケラから生まれたからあんた達がどんなことしてたのか知らないケド、他の皆の状態次第ジャ、カクゴしろヨ」

「怖いなぁ」

エフサハーンでアシエスに一方的に敗北したガブリエルはその気迫に身を震わせたし、真奥《まおう》にしてみれば逆の意味で身が震える。

万が一、セフィラの子達がなんらかの形で天使達やイグノラに味方をしていたら、あの恐るべき力が敵対することとなる。

「落ち着けアシエス。ガブリエルは殺すな。こいつは生きてる方が役に立つ」

「珍しく魔王っぽいこと言うねぇ。やれやれ、イグノラもさすがに僕が裏切ったって思ってるだろうし、前門の虎後門の狼《おおかみ》ってのはこういうことなんだね」

「お前らの境遇には同情するが、それを加味してもエンテ・イスラでやってきたことは外道の極みだ。報いを受けるには十分すぎる」

「今回の貢献で色々雪《そそ》いだってことにはならないかなぁ」

「あァ？」

「ならないよね。はい。分かってます分かってます」

箸が転がってもキレそうなアシエスの顔を見て、ガブリエルは肩を落としたのだった。

※

「うげぇ。どういう状況これ」

その光景を見て最初に声を上げたのは天祢《あまね》だった。

その声が嫌悪感《けんおかん》に満ち満ちていたので真奥《まおう》は逆に首を傾《かし》げてしまう。

「どうしたんすか天祢《あまね》さん？」

「真奥《まおう》君と遊佐《ゆさ》ちゃんもこれ見てなんとも思わんの？　ウツシハラ君とかもさ」

「え？　いや俺は……確かに初めて見る光景だとは思ったけど」

「私も……ガブリエルが言ってたのと同じ、としか」

「僕は生まれる前からこうだって分かってたから」

「え〜じゃあこれは私の生理的なもんなの……？」

広漠として音の無い、風さえ吹かぬ荒野。

その荒野の中に大地と同じ色をした一柱の巨木がそびえ立っている。

どこまでも平坦《へいたん》な荒野に屹立《きつりつ》するその巨木は、それまで数えきれない年月を生き、これからまた数えきれない時を渡るための生命に満ちていながら、まるで枯れ木のように覇気の無い姿をしている。

天を覆う葉も無く、春を彩《いろど》る花も無く、豊かさを謳《うた》う果実も無い。ただ樹《き》だけがそこに悄《しょう》然《ぜん》と立ち尽くしていた。

蒼《あお》い大地には、その巨木を囲むように、十の祠《ほこら》が建立《こんりゅう》されており、それぞれの祠《ほこら》の入り口には、一つずつの『名』が彫られていた。

「アシエスは吐き気がするって騒いでるけど、多分天祢《あまね》さんとは違う感覚だなぁこれ」

「お願いだから今その子出さないでね。イグノラと会う前に殺されちゃいそう」

真奥《まおう》の言葉で半歩下がったガブリエルは、本気でアシエスに怯《おび》えているようだった。

「で、あの祠《ほこら》に一人ひとり守護天使が張りついてて、一人ひとり倒していかねぇとセフィラが解放されねぇとかいうシステムか？」

「何のゲームの話してるの。さっきも言ったでしょ。天使はそんなに数いないし、ここまで来て誰も出てこないってとこで察してよ」

「じゃあお前なんで守護天使なんてやってたんだよ」

「僕は志願した。カマエルはイグノラが任せた。サンダルフォンも志願だったかな」

「志願制だったのか？」

「制度ってほどのことじゃない。僕は科学者でも医者でもなかったからね。単に、退屈で死にたくなかっただけさ」

ガブリエルは遠い目をする。

「ねぇ、エミリア、サタン。ガブリエルは普通の人だったの。科学者とかじゃない普通の人。だから、イグノラやカマエルみたいに、セフィラがこのままであることを心からいいとは思ってなかったの。そこだけは、分かってあげて」

「……僕はただ自分の命が惜しくて、安全な環境から出たくなくて、食《く》い扶持《ぶち》のためみんなのためって言って、倫理を乗り越えちゃうタイプだっただけだよ。昔から小賢《こざか》しい小市民で、こんな遠くまで来てこんな長く生きることになるなんて、本当に思わなかったんだ。自分でもどうして最終的にサタナエルの方針に乗ることにしたのか、今でもよく分かってない」

「エフサハーンと魔王軍を丸ごと手玉に取るような小市民がいてたまるか」

芦屋《あしや》は渋い顔をするが、どことなく納得をはらんだ物言いでもあった。

「そういえば、結局エフサハーンでマレブランケやオルバ・メイヤーを使ってやっていたあれは、なんだったのだ。貴様が魔王様を利用して本来の計画を故意に崩したことは分かる。だが、本来はどういう計画で、貴様が何を邪魔したのかは分からないままだ」

ガブリエルは一瞬素直に答えそうになったが、すぐに思い直して芦屋《あしや》の肩越しにウッシハラを見た。

「端的に言えばイグノラは天使がエンテ・イスラの原生人類より上位存在であると確定させたくて、僕は、それは間違ってるんじゃないのって思っただけ」

「でもそれでウッシハラ君が現れたんじゃや、あんま意味ない感じもするけどね」

天祢《あまね》がぽつりと言ったことを、ガブリエルが聞いていないはずがない距離だった。

それでもガブリエルは、一切天祢《あまね》の方を振り向くことは無かった。

「細かいことは置いておいて、とりあえず、あの祠《ほこら》がアラス・ラムスやアシエスを悲しませてる元凶であることは変わりねぇんだな。それならまずはあれをぶっ壊す。そうすりゃさすがに、静かにしてる相手も出張ってくるだろ。そいつらぶっ倒して、それで終《しま》いだ」

「賛成。さっさとアラス・ラムスの家族を解放しましょ。行くわよ」

「そうだな。宇宙服には注意しろよ。あと、あの地下施設がサタナエルのもんなら、天界には魔力を無効化する技術があるってことだ。もし無力化したら、すまん」

「あなたからはアラス・ラムスの養育費をもらわなきゃいけないから、役立たずって罵声つきで命だけは守ってあげるわよ。安心しなさい」

「ありがたくて涙が出るぜ。アシエス。行くぞ」

『ン！』

次の瞬間、真奥《まおう》の手に進化聖剣《ベター》・片翼《ハーフ》が出現し、側頭部からは角が。

足だけが悪魔の足になる。

「この目で見るのは初めてね……あ……ううん。なんでもない」

これで自分がアラス・ラムスと共に聖剣を顕現させたら、『お揃《そろ》い』になってしまう。

だがアシエスに他意は無い恵美《えみ》は、ぎりぎりで言葉を飲み込んだ。

「……まぁ、今更ね」

ここには千穂《ちほ》も鈴乃《すずの》もエメラダもいない。

別にお揃《そろ》いだなんだとからかってくるような人間もいないしそんな場合でもない。

一瞬だけ、あの日のアパートで起こった秘密の出来事がフラッシュバックしたが、それもすぐに記憶の底に押し込め蓋をすることができた。

「アラス・ラムス。行きましょ。あなたの家族を助けましょう」

『あい！』

恵美《えみ》の全身が輝き、聖剣と破邪の衣、蒼銀《そうぎん》の髪と緋色《ひいろ》の瞳を持つ勇者エミリアに変身する。

恵美《えみ》の右手にアラス・ラムスの進化聖剣《ベター》・片翼《ハーフ》が出現した途端、

「あら！　最終決戦に挑む二人がお揃《そろ》いの剣を持ってるなんて、なんだかいいわね！　片翼が両翼揃《そろ》ったのよ！　比翼連理ね！」

「「……」」

その瞬間、世界の命運をかけた切先を握る二人は盛大に膝から崩れ落ちそうになり、気の抜けたことを言い出したライラを睨《にら》んだ。

「え、な、何？」

当のライラは二人が何故《なぜ》怒っているのか分からず狼狽《うろた》えるばかりだった。

「最近忘れてたわ……お母さんって、そういう人よね」

「お前本当にいい加減にしろよ」

「えっ？　えっ⁉　二人共どうしたの？」

思いきり出鼻を挫《くじ》かれた真奥《まおう》とエミリアの顔は、本人達にしか分からない理由で、少しだけ朱が差していた。

いちいち説明するのも馬鹿馬鹿しいし、比翼連理などと言われてしまっては、積み上げた信頼関係によって封印されたあの夜の記憶が蘇《よみがえ》るではないか。

真奥《まおう》もエミリアもどことなく覇気を失い、とぼとぼと手近な祠《ほこら》に近づいたのだった。

その祠《ほこら》には真奥《まおう》にも恵美《えみ》にも読めない文字で『ケテル』と書かれていた。

数字の一。白色。ダイヤモンドを象徴する、第一のセフィラの名である。

祠《ほこら》の内部は広くはなく、内部の様子も全員の記憶にある場所によく似ていた。

「そうだ。イェソドの根のテラリウムに似てるんだわ」

エミリアの言葉で真奥《まおう》も気がつく。

サイズは圧倒的に祠《ほこら》の方が小さいが、奥まった場所に大きな水槽のようなものが見え、天祢《あまね》がますます気分が悪そうに顔を顰《しか》めた。

「あまねぇさん、大丈夫？」

ガブリエルが気遣わしげにそう尋ねると、

「うえっぷ、どういったら分かってもらえるか分かんないけど」

天祢《あまね》は複雑な目でガブリエルを睨《にら》んだ。

「親戚が拷問にかけられてるの見せられてるみたいな気分」

「ああ……なるほど。うん、ごめんねって言うのもおかしいけど、ごめんね。ミキティには内緒にしておいてもらえると嬉《うれ》しい」

「こんなムゴいこと言えないよ。真奥《まおう》君、遊佐《ゆさ》ちゃん。さっさとここぶっ壊しちゃって」

「は、はい。でも大丈夫なのかな。あそこにちょろっと根っこの先端みたいなの出てきちゃってるけど……」

祠《ほこら》と魔界のテラリウムの大きな違いは、魔界では切断された根が周囲から遮断された瓶に土と一緒に入っていたが、祠《ほこら》では地面から直接カプセルが生えるように設置されていた。

そして内部に満たされた土から、根の先端と思《おぼ》しきものが覗《のぞ》いているのである。

「大丈夫だよ。この施設自体は後から無理やり被《かぶ》せたものだ。根を傷つけないように順次壊していこう」

ガブリエルは天祢《あまね》を気遣うように目をやりながらも、言った。

「ただし、五と九と十の祠《ほこら》は保留しておいて。あそことあそことあれね。理由は言わなくても分かるでしょ?」

五はイルオーンのゲブラー。九はアラス・ラムスとアシエスのイェソドだ。

「……つまり、十の『マルクト』は……」

「油断しないでね。僕もマルクトとは付き合いが無いんだ。顔も知らない。マルクトの『子』を知ってるのは……」

「イグノラと、どこかにいるかもしれないサンダルフォンね」

アラス・ラムスは、折につけて何かをマルクトから『教わって』いる。

アラス・ラムスやアシエスがセフィラの子として肉体を得たのは最近のことかもしれないが、二人の発言を聞く限り彼女達の人格、或《あ》いは自我といったものは肉体を得る遥《はる》か以前より存在していたと推測できる。

「じゃ、あまねぇさんが限界だしとにかく始めようか。一応根は傷つけないようにね」

「天界に乗り込んで最初にやるのが建物の解体か。まぁ、悪い奴《やつ》がそれっぽいところに待ち構えてるような分かりやすい展開にはならねぇってことだな」

「その点、あなたは典型的に分かりやすかったわ」

「いちいち比べんなって」

魔王城の玉座の間で勇者を待ち構えてしまった過去が急に恥ずかしくなり、真奥《まおう》は、

「おいアシエス！　やるぞ！」

殊更大声を振り絞ると、ケテルの祠《ほこら》のカプセルをまずは砕いたのだった。

※

「ここまでやって誰も来ないとか、あるのか？」

「うーん……おかしいねぇ……さすがに無いと思うんだけど……もう残った三つも壊す？　なんか問題なさそうだよね」

「実際僕には問題ないし、聖剣の様子を見る限りアラス・ラムスとアシエスにも問題はなさそうだ、やっちゃっていいと思うよ」

破壊活動をただ後ろで眺めていただけのウツシハラは事も無げに言い、

『私はゼンッゼンヘーキだからさっさとやちゃおーよマオウ！』

真奥《まおう》の中のアシエスも血気盛んだ。

「……じゃあ、やるか。ていうかここまでやっておいて今更だがこの祠《ほこら》、一体なんのための装置なんだ？」

「イグノラは認識のアンカーだって言ってたわ」

「アンカー？　錨《いかり》ってことか？」

「ええ。祠《ほこら》は全て、セフィロトの樹《き》に世界の様子を誤解させておくための目隠し。あのテラリウム状のカプセルの中には、星や人類にはまだまだ超常的な力が必要だと誤解させておくための聖法気《せいほうき》が絶えず供給されているって、昔聞いたわ」

「聖法気《せいほうき》を供給、だと？」

「私が聞いたのは、サタナエルが天界を割って出る前の話で、その頃はまだ装置も完成していなかったからそういう計画があったってことしか知らないんだけどね」

「……世界の様子を誤解させる……なんだ？　なんのためにそんなことを……」

真奥《まおう》の頭の中で、これまで天界とセフィラが関わった様々な情報が錯綜《さくそう》するが、どれも微妙に噛《か》み合わず、納得のゆく答えが出ない。

すると、これまで祠《ほこら》の破壊を傍《かたわ》らで見守っていた天祢《あまね》がぽつりと言った。

「私にはなんとなく分かるかもしれない。そんで……その企《たくら》みは、ぎりぎりのところで多分成功したんじゃないかな」

「え？」

天祢《あまね》の目は、真奥《まおう》を見ていなかった。

ウツシハラだけを、鋭い目で見つめている。

そして当のウツシハラは、天祢《あまね》に見られていることを承知の上で、恵美《えみ》を見ていた。

「ああ。成功した。でも彼女がそれを無意味なものにする。そうだろう？　天祢《あまね》さん」

「え？　私が？」

恵美《えみ》は突然の指名に目を瞬《またた》かせ、天祢《あまね》は興味なさそうに肩を竦《すく》める。

「そんなの知らないよ。ヨソん家の話なんだから。親戚でも、家庭環境はそれぞれだ」

「違いないね。それじゃあ、残りの三つも破壊しちゃおう。多分、それで少しは事態が動く。ここまで来てもう半端《はんぱ》なことはナシにしよう」

ウツシハラの合図で、釈然としない様子の全員が億劫《おっくう》そうに動き出して、十、五、九の順に祠《ほこら》を破壊する。

球形の外観が取り払われ、何百、何千、ともすれば何万年ぶりにエンテ・イスラのセフィロトの樹《き》の根は、大気に顔を見せた。

その瞬間、露出した根がかすかに震えはじめ、それと同時にセフィロトの樹《き》の枝に、大きな変化がもたらされる。

真奥《まおう》達の耳を、水泡が割れるような高く柔らかい音が叩《たた》く。

それはセフィロトの枝先から聞こえてきた。

「いつ以来の春だろうね。溜《た》め込まれていた分、あっという間だ」

ウツシハラが見上げる先にあるそれは、蕾《つぼみ》だった。

小さな蕾《つぼみ》が、祠《ほこら》が全て破壊されたこの小一時間の間に無数に樹《き》に芽吹いているのだ。

「これでようやく、他の兄弟姉妹達が生まれるわけだ。順番がめちゃくちゃだよ」

「セフィロトの花？」

「そうだよ。ようやく花が咲いたんだ。花が咲かなきゃ、実はできない」

「え？　実ってセフィラのことでしょ？　花が咲かなきゃって……」

「マルクトとゲブラーは多分その性質上、樹《き》を守るために早熟したんだと思う。ケテルは間に合わなかったんだ」

「順番があるの？」

「よほどのことが無い限り、最初に目覚めるのはマルクトなんだ。そのあとは周囲の状況に応じてケテル、ゲブラー、イェソドのどれかが優先的に目覚める。器としての物質のマルクト。そのあと器に何が優先的に必要かでアストラルのイェソドか、防衛のためにゲブラーが目覚めるか、攻撃のための剣、ケテルが動くんだ。状況を見る限り、よほど防衛に特化した判断をしたようだね」

樹《き》の判断、というところにエミリアは違和感を覚えたようだったが、ふと手の中の聖剣に目

を落とし、

「まぁ、今更よね。樹《き》だって生き物なわけだし」

これだけ豊かな人格を持つセフィラの子達の『親』たる樹《き》だ。

今更多少不思議が追加されたところで大勢に影響は無い。

「でも、ここまでやっても、まだ何も起きねぇのか？」

事実上、セフィロトの樹《き》本体も、もはや真奥《まおう》達が手に入れた。

花が咲いて他のセフィラの子が生まれるのであれば、もはや真奥《まおう》達の当初の目的であるアラス・ラムスの家族を取り戻すという課題を果たしたも同然だ。

事ここに至ればもうイグノラ達天使と戦わなくてもいいというレベルである。

「これ単純に、相手にやる気ないんじゃないかな。もうなんかいいんじゃない？　これ以上は藪蛇《やぶへび》な気がするけど」

思ったことを素直に口にする漆原《うるしはら》の意見に、芦屋《あしや》は即時反対する。

「いいえ魔王様。敵の本拠地が分かっているのなら、今すぐにでも攻め込むべきです。セフィラがどの程度で実になるのか、実になってからアラス・ラムス達のようになるまでどれほど時間がかかるか分かりません。後顧の憂いは即時断つべきです」

「……だよね。面倒くさいなぁ」

「君、本気でそう思ってるんだね。逆にちょっと引くよ」

「僕と同じ顔してるなら同じ考え方してた方がラクできるよ」

「そこは、母親と戦いたくないからとかなんとか考えるとこじゃないの？」

「とこじゃない。僕的には」

心を読めるウツシハラが本気で引いた顔をしている。

「なんだかあいつらのやりとり、面白くなってきた」

「私は微塵《みじん》も面白くないんだけど。それよりこのあとどうするの？」

「芦屋《あしや》の言う通り、ここは攻め込んでおくとこだろ。奴《やつ》らが樹《き》に対して何かするにはこれだけの設備が必要なんだから、逆に樹《き》はもう放《ほ》っといていいだろ。まさか目的果たせなくなったから樹《き》を壊すなんてことにはならないだろうし」

「そうね……何か、ここまでの苦労を考えると、拍子抜けもいいとこ……」

静かすぎる天界であるが故の気づきであったかもしれない。

「っ！　魔王様!!」

芦屋《あしや》の警告と、全員が動くのはほぼ同時だった。

空気を切り裂く鉄の塊と共にセフィロトの荒野に突き立ったのは、先端が三叉《さんさ》に分かれた巨大な槍《やり》だ。

「カマエルか！」

「いえ！　違います！　あれは……！」

カマエルに負けず劣らずの甲冑《かっちゅう》に身を包んだ天使らしき人影が、無数に空に浮いている。

「天兵連隊だね。カマエルのとこのはちょっと特別製だ。ナメるとそこそこ痛い目見るよ」

「分かってる。前に鈴乃《すずの》がハデにやられてたからな!」

かつてカマエルが笹塚《ささづか》の千穂《ちほ》の高校を襲ったことがあった。

その際、カマエルが引き連れた天兵はたった三人。

だが直接戦っていたリヴィクォッコと共に四人で鈴乃《すずの》を手も無く制圧したのがカマエルの天兵だ。

ガブリエルが東京タワーでテレビ電波をジャックした際に、ガブリエルの天兵三人が鈴乃《すずの》一人にあっさり捻《ひね》られたことを考えれば、ガブリエルの天兵とカマエルの天兵では、戦闘単位としての質が段違いなのは明らかだ。

とはいえ、

「ようやく出てきたわね。悪いけどこっちもいい加減不完全燃焼だったのよ!」

「妙なタイミングでノコノコ現れやがって。一体何考えてやがんだ……逆に不気味だぜ」

計ったように十の祠《ほこら》を破壊してから現れたことに、エミリアは荒っぽいことを言って歓迎する様子すら見せたが、真奥《まおう》は違和感を覚える。

「おい芦屋《あしや》、殺さない程度に、あいつらと遊べるか」

「お任せください。生きていれば、よろしいですね?」

任務を言い渡された芦屋《あしや》の顔に、邪悪な笑みが浮かぶ。

「ガブリエル。イグノラがいるとこに案内しろ。どうにも気持ち悪い。さっさと全員叩《たた》き潰して終わりにすんぞ」

「分かった。きっと僕の天兵もそこにいる。ヌルいこと言ってられないね。ここはアルシエルに任せちゃっていいのかい？」

「東京タワーのときと一緒にしてもらっては困るな。悪魔大元帥《だいげんすい》が完全に魔力を取り戻したらどうなるか……天界の住人にとくと見せてやろう」

言うが早いが、芦屋《あしや》は容赦なく悪魔大元帥《だいげんすい》アルシエルへと変身する。

「おいお前！　服！」

全く躊躇《ためら》いの無い、芦屋四郎《あしやしろう》としての服を全てかなぐり捨てての変身だ。

「必要経費です！」

鉄蠍《てつかつ》族の黒い甲殻が流星となって空に飛ぶ。

「芦屋《あしや》が奴《やつ》らを止めている間に行くぞ！　ガブリエル！　イグノラの本拠地はどこだ！」

「ついてきて！　飛べばここからそう遠くない！」

「ガブ君！　私はここにいるよ！　さすがにこの状況のセフィロトを放置できないから！」

「了解あまねぇさん！　大丈夫！　僕はミキティを裏切ったりしないから！」

空へと駆け出した一行の背後の空で、激しく魔力と聖法気《せいほうき》が激突する。

「警戒しろよ！　どこからカマエルが狙ってるか分からねぇぞ！」

「これだけいればどこから来ても気づくわよ！　目的地まではどのくらい!?」

「この速度で飛べば十分ちょっとだよ！」

「めちゃくちゃ近いじゃねぇか！　ますますこっちが祠《ほこら》壊す間に何もしてこなかった理由が分からねぇぞ！　おいライラ！　イグノラってのはバカなのか？　科学者だからそれ以外のことには疎《うと》いとかそういうやつか！」

「そんなはずはないわよ！　だってイグノラの戦略で、サタナエルは負けたんだから……！」

「だよな！　だから訳が分からねぇ！　だがこの期に及んでカマエルの天兵しか出てこねぇってことは、結局は敵に奥の手なんかねぇってことだろ！　俺達が今まで見てきた連中で打ち止めだ！」

「だといいけどね！　天兵の数には、結構余裕あるみたいよ！」

真奥《まおう》が顔を上げると、確かに進行方向の空に、赤い光が複数灯《とも》っていた。

「よし、今度は俺が行く！　アシエス！　一発で散らすぞ！」

『任せナ！　ナマズギリにしてやんヨ!!』

「待て！　やっぱ俺がやる!!　あとナマズじゃなくてナマスな！」

どうにも真奥《まおう》がアシエスの聖剣を振るって戦闘に入ると、アシエスがこうなってしまう。

何せ生身の一対一でカマエルを圧倒するアシエスである。

もしこのままやってくる天兵と矛先を合わせた場合、そのまま相手を殺しかねない。

『ナンデダ！　キラセロ！』

シリアルキラーキャラのようなことを言い出したアシエスの聖剣を背後に隠し、足と拳に力を籠める。

集中する力は魔力でも聖法気《せいほうき》でもない。

笹幡北《ささはたきた》高校での戦いと同じ、ただただ威圧的な『力』だった。

『マオウ！　キラセロ‼』

「……これやるとこいつがこうなるんだな。きっとあんまよくねぇんだ……な‼」

真奥《まおう》の蹄《ひづめ》が空を突くと同時に轟音《ごうおん》が鳴り響き、真奥《まおう》の姿が瞬時消える。

それと同時に正面から迫る赤い光が一つ、また一つと落ちていった。

「速い……！」

エミリア達が真奥《まおう》に追いつく頃には、哀れ地上に墜落した天兵達がのびきっていた。

「殺しちゃいねぇよ」

「何も言ってないでしょ」

言い訳がましい真奥《まおう》に、エミリアは逆に仏頂面《ぶっちょうづら》になる。

「ここのところ、私そんなにあなたに口うるさく文句言ってないはずだけど」

不満顔のエミリアに、真奥《まおう》はもっと不満そうに答えた。

「培《つちか》ってきた信頼関係の賜物《たまもの》だ」

ますます口を尖《とが》らせるエミリアだが、口喧嘩《くちげんか》している場合でもないのは分かっているのでそのまま追いついてきたガブリエルと並走し、目的地を目指す。

「あの分なら芦屋《あしや》もすぐに来るはずだ。おいガブリエル、そろそろじゃねぇのか」

「うん。あれだよ。もう見えないかい？」

ガブリエルが指さす先の地平線には、確かに巨大かつ広大な人工物の威容が見えてきた。

だが、それを見て尚《なお》、真奥《まおう》とエミリアの疑念は消えない。

「昔から変わってないよ。大体死んでた。あそこは」

二人の疑念を先回りするように言ったのは、漆原《うるしはら》だった。

「僕の記憶にあるのも、大体あんな感じ。半分以上、明かりが消えてる」

朽ちた広大な円盤。

それが第一印象だった。

鈍い金属光沢に覆われた巨大で不格好なアダムスキー型ＵＦＯが地面に半ば埋まっている様子は、なるほど広大な宇宙を彷徨《さまよ》い漂流した末の姿に見えなくもなかった。

そしてその金属光沢に、真奥《まおう》は見覚えがあった。

「俺は生まれてこのかた、こいつらの手の上で魔王ごっこしてたってわけか。情けねぇ」

かつてサタナスアルクと呼ばれた古《いにしえ》の大魔王の居城。

魔界統一の最後の強敵、銀腕《ぎんわん》族の住処《すみか》であった場所は、天界から袂《たもと》を分かったサタナエルの拠点だったということだ。

「気持ちは分かるよ真奥《まおう》。僕はもっと複雑さ。そろそろ親離れしたいところだ」

漆原《うるしはら》も同じ記憶に思い当たったのか、面白くなさそうに鼻を鳴らしていた。

「芦屋《あしや》が追いついてくる前に全部ぶっ壊そうよ」

「彼、本気で言ってるから」

漆原《うるしはら》の念押しにウツシハラが太鼓判を押した。

「それこそ培《つちか》ってきた信頼関係の賜物《たまもの》だ。今更疑っちゃいねぇよ。行くぞ！　ライラ！　お前が一番不安だ！　いざってときヒヨるなよ!!」

「そ、そんなっ！　ま、待ってよ！」

親殺しも躊躇《ためら》わないという漆原《うるしはら》の宣言に動揺を見せたのはライラ一人だった。

他の仲間は、ただただ目の前の、朽ちた敵陣に乗り込むことしか考えていなかった。

「死にたくねぇ奴《やつ》は出てくんな!!　こちとらお前らの親玉の計画を根こそぎ潰すまで止まらねぇぞ!!」

真奥《まおう》の怒号が、天界の空にこだまする。

「おいガブリエル、ライラ！　この町の名はなんてんだ」

「町、か。僕らはここをそんな風に思ったことは無かった。元々研究基地だからね。君らにとっては皮肉な名がつけられてるよ」

「母星の風土病を駆逐するための夢と希望を託された人類最後の砦《とりで》だった場所よ……」

告げられた名は、確かに皮肉としか言いようがなかった。

「アル・ア・リジェ。貴様らの言葉で『希望の船』という意味だ」

発したのは、ガブリエルでも、ライラでもなかった。

瞬時に全員が、戦闘専門職ではないライラを囲んで警戒態勢を取る。

答えを告げた赤い鎧《よろい》の男は、真奥《まおう》達を見下ろすように浮かんでいた。

「ようやく幹部のお出ましか。今度は俺が誰だか分かってやってきてんだろうなぁ？」

大天使カマエル。

フルフェイスの甲冑《かっちゅう》の奥は暗黒に染まっていて、その真意はまるで測れなかった。

※

「やーカマエル。久しぶり。あれから元気だった？　イグノラに会いたいんだけど」

「……」

「って君が会わせてくれるわけがないいか。君が停戦交渉をしにきたはずも無いし、かと言って今更この陣容相手に君一人でどうにかなるはずも……」

「ガブリエル下がれ!!」

「えっ⁉　わっ⁉」

カマエルがのっそりと構えた槍《やり》を見て、真奥《まおう》はガブリエルの首根っこを力任せに引いた。

次の瞬間ガブリエルの鼻先をかすめたカマエルの槍《やり》から放たれた炎の色は、かつて笹幡《ささはた》北高校で見せた炎の色とは全く違っていた。

「あ、ありゃ⁉」

これまで、ガブリエル本人のデュランダル以外では決して損傷することの無かったガブリエルのトーガに穴が開いている。

「え？　君、え？　それ……！」

カマエルの三叉《さんさ》の槍《やり》が、以前には存在しなかった金色の光を帯びている。

「アイツの炎、結構重かったからね。ちょっとホネある感じになってるかもよ」

以前直接対決をしている漆原《うるしはら》も掛け値なしの緊張をにじませていた。

「さすがに芦屋《あしや》が天兵片付けるようにはぱぱっといかねぇだろ。ここは俺に任せろ。ちーちゃんの学校での借りもあるし、どうもあいつは、サタンって名に物申したいみたいだしな」

真奥《まおう》はそんな二人を下がらせ、油断なく聖剣を構え前に出る。

一度は圧倒したとはいえ、それでも甘く見られる相手ではない。

「おうカマエル。俺のこと覚えてるか」

「……魔王、サタン」

「よしよし、ところでいい加減聞いておきてぇんだが、お前サタンって名にどんな恨みがあるんだ。俺は笹幡北《ささはたきた》のときがお前と初対面のはずなんだがな」

「……サタン」

「なんだよ、結局最後までまともな会話はナシか？」

「サタン……裏切者《うらぎりもの》の名……イグノラの理想を理解できぬ蒙昧《もうまい》の輩《やから》……我が妻の……仇《かたき》」

軋《きし》み籠った声で放たれたその事実は、その場の全員の予想だにしない言葉だった。

「我が妻の軀《むくろ》を赤い月に置き去りにせざるを得なかったあの戦いのこと、決して忘れん」

「妻!?　なんだって？」

「滅べ、我らの、イグノラの道を阻《はば》む障壁よ。貴様ら全員一人たりとも……理想に殉じ、全てを投げ出したイグノラの崇高な意志に近づけさせはせん!!」

「うおおっ!?」

言うが早いが、彼我の距離を一瞬で無にする神速の突きが繰り出され、アシエスで受け止めた真奥《まおう》は地面に向かって吹き飛ばされる。

「ったく！　ようやくまともに喋《しゃべ》ったと思ったらここで打ち止めかよ！」

空中で翼を広げ落下の勢いを殺した真奥《まおう》はカマエルの背後に回り、聖剣の切先を繰り出す。

カマエルはそれを槍《やり》の切先の叉《また》で余裕をもって受け止めるが、その一瞬さえあれば真奥《まおう》には十分だった。

「みんな！　行くわよ‼」

真奥《まおう》の目の合図を、エミリアは見逃さなかった。

進化聖剣《ベターハーフ》・片翼は、力を増したらしいカマエルにも未《いま》だ有効に機能している。

だからこそ奴《やつ》は槍《やり》で剣を受けた。

ならばカマエルは、剣から目を離すことは絶対にしない。

エミリアは真奥《まおう》の意図を即座に理解し、ライラを小脇に抱えて真っ直ぐにアル・ア・リジェの中枢と思《おぼ》しき建物に一直線に飛行する。

「折角目障《めざわ》りな『サタン』を殺すチャンスだぜ！　余所見《よそみ》してくれんなよな！」

甲冑《かっちゅう》の首が動いたのを真奥《まおう》は見逃さず、カマエルの胸を蹄《ひづめ》でしたたか蹴り飛ばす。

蹴りそのものはわずかもダメージが通ったようには見えなかったが一度逸《そ》れたカマエルの注意を引くには十分だった。

「そらそら！　すぐに俺の部下がお前んとこの天兵潰して助けに来ちまうぜ！　命あっての物種だ！　ガブリエルみてぇに降伏しちまった方が、後々安楽に生きられるぜ‼」

「命など……とうに捨てている‼」

「ほうそりゃご立派！　なら散らす覚悟はできてるってことだな！　完全に……」

魔王と大天使の聖剣と槍《やり》の剣戟《けんげき》は、わずか十数合で決着がついた。

「無駄死にだぜお前‼」

『死にさらせオラァッ！！！』

頭の中でアシエスの物騒な絶叫を聞きながらカマエルの胸の中心目掛けて突きを繰り出す真《ま》奥《おう》だったが、

「ぐっ⁉」

聖剣の切先を、小さな手が止めた。

アシエス・アーラが宿り、これまで全くの無敵だった真奥《まおう》の進化聖剣《ベターハーフ》・片翼。

その切先が、カマエルの胸元から幻のように出現した、カマエルのものではありえない人間の掌《てのひら》に止められている。

『おイ……おいおいオイオイ何やってくれちゃってんノ……私達がちょーっとルスにしてる間にどういうヘンセツしてくれちゃったノ……！』

「おわあっ⁉」

次の瞬間、真奥《まおう》の手から聖剣が消え、アシエスが勝手に真奥《まおう》から分離する。

それと同時に真奥《まおう》は半人半魔の姿から魔力に満ち満ちた完全な魔王型に変貌を遂げ、その傍《かたわ》らでアシエスは、エフサハーンの蒼天蓋《ソウテンガイ》上空で見せたような禍々《まがまが》しい表情でカマエルの胸を睨《にら》んだ。

「マオウ！　ちぃとバッカシ面倒なことになったヨ！」

「見りゃ分かる」

アシエスの切先を止めた手は、カマエルの胸が空間の扉であるかのように、のっそりとその全身の姿を現した。

外見は、アシエスより少し年上、千穂《ちほ》と同い年くらいの外見の少女だ。

水晶のように透き通った短い白髪の中に、明るい黄色と黒く薄暗い前髪の房を持つ。

瞳の色は、ひときわ目立つ黄色と同色。

纏《まと》う衣は、髪色と同じく透き通った限りなく透明に近い白。

「アシエス。俺は神学には詳しくねぇんだが、あの色はつまりはそういうことだな」

「ン⁉　何ガ⁉　どういうコト⁉」

アシエス相手に、緊迫した雰囲気の中で具体性を欠く問いかけをするべきではなかった。

真奥《まおう》はニュービーから目を離さず、問いかけた。

「アイツ。マルクトだな」

「エ⁉　マオウまさか分かんなかったノ⁉」

「分かってたよ俺の聞き方が悪かったよちょっと黙ってろ‼」

「そっちから振ってきたくせニ……ット、それどこじゃなかッタ……ねぇマルクト。今、名前
あんノ？　私のことワカル？」

「イェソドの妹、アシエス・アーラ」

マルクトの少女が初めて口を開いた。

乾いた声だ。

「そんなら聞くヨ、キョーダイ。あんたの名前を教えテ。そんでもってなんで私達の敵を守るようなことしてんのカ、納得いく答えをその鎧《よろい》をナマズギリにする前に教えテ」

「名前は、エレオス。彼は守るべき人。私が選んだヤドリギよ」

「っざけんナ！　なんか悪いもんでも食ったのかマルクト！　いやエレオス！　そいつらは私達の成長を妨げテ、兄弟姉妹達を引き裂いた悪魔ダヨ！」

「知ってる」

「前の星じゃあバカやって自分のとこのセフィラに滅ぼされかけた奴《やつ》らだヨ！　なんでそんな奴《やつ》らかばうノ!!」

「ほんの少し前まで、そのつもりは無かった」

「アァ!?」

「アシエス。あなたも知っているはず。さっきあなたの仲間と一緒に飛び去ったダァト。彼は私達の最後の家族」

「今更何!?　知ってるヨ！　ルシフェルにクリソツでみんなひっくり返って大笑いだヨ！」

「そこまで笑ってねぇよ」

サタンの突っ込みは、完全に無視された。

「そのルシフェルが問題。アシエス。あなたはルシフェルがどういう存在だか知っているの？」

「ニートだヨ!!」

「いやぁ最近はあいつも結構真面目に働いてるぞ？」

「じゃあ他になんて言えばイイノ！」

今度は返事をしてくれたが、そう聞かれると真奥《まおう》も困る。

「……一体なんなんだ。天祢《あまね》さんも、ウツシハラが漆原《うるしはら》の姿をしてることに随分戸惑ってたようだったが、そんなに重要な意味があるのか」

「ダァトは、選別の結果だ」

ここでエレオスが現れて初めて、カマエルが口を開いた。

「イグノラはずっとその選別を待っていた。多くの月日を費やし、多くの妨害を受け、裏切られ、挫折しかけた。だが……気の遠くなるような時の果て、我らは再び所を得たのだ」

「何言ってやがる。お前らが所を得た？　お前らのセフィロトへの悪戯《いたずら》は全部壊した。エンテ・イスラの地上だってお前らの思い通りにはいかねぇ。この期に及んでちまちまと俺達を迎え撃ったってジリ貧なことに変わりはねぇ。マルクト一人味方につけたくらいで俺達をどうこうできるって本気で思ってんのか？　どこをどうしたらそんな余裕こいていられ……」

「ダァトが、この衛星が属する星の人類の筆頭を、天使第二世代筆頭のルシフェルだと判断した。ルシフェルの属する種こそが、この星に君臨するべき、進化するべき種族だと」

サタンの小物じみた挑発を、カマエルは一蹴する。

「貴様の仲間がイグノラの下に向かったようだが……今更私一人、イグノラ一人殺したところで……我らの勝ちは揺るがん」

サタンは初めて、カマエルの表情、感情らしきものを感知した気がした。

それは敵を侮辱する笑いではあったが、空虚で、乾燥していて、どこか諦めを含んでいるようにも感じられたのだった。

※

「魔王城の方が、いくらかマシね。一体なんなの、これは」

「こんなことになってたなんて……」

アル・ア・リジェの中心で、エミリアとライラは顔を顰《しか》めながらも呆然《ぼうぜん》としていた。

ガブリエルが研究棟と呼んだ場所は、とても世界の敵がいるような場所でも、天界の天使を統《す》べる親玉がいるようなイメージの場所でもなかった。

空気は淀《よど》み黴《かび》くさく、通路の隅には厚く固い埃《ほこり》が溜《た》まっている。

構造物を構成する金属質の光沢は確かに高度な文明によって作り出されたものだろう。

だが明らかに管理が行き届いていない有様《ありさま》は、およそ当初想定していた『神討ちの戦い』の舞台としては不似合いな光景だった。

「昔からこうなの？」

「サタナエルが研究棟の一部を奪って魔界に去ってからは変わってないはずだ……でも」

ライラは研究棟の入り口で、戸惑いながら周囲をきょろきょろとする。

「前は活気があったはずよ。そりゃあ私がここを去ったのは随分前のことだけど……それだってここにアル・ア・リジェがやってきてからのことよ。この短期間でこんなに人がいなくなるなんて……ガブリエル、これは一体どういうことなの⁉」

「そりゃあ管理が行き届いてないのは確かだったけど……おかしいよ、だって僕が君達と関わるようになったのはこの一年の話だよ。少なくとも僕が初めて笹塚《ささづか》に行くときには、こんなことには……いや、一年どころかエフサハーンの顚末《てんまつ》から半年経《た》ってない……そうだ、僕の天兵はどこに……」

ガブリエルも動揺を隠しきれないようだった。

本人が言うように、ガブリエルはなんらかの密命を帯びてエフサハーンに降り立ったはずだ。その時点で、アル・ア・リジェはまだガブリエルの知る正常な状態だったはずだ。

「イグノラがいるのはどこなの⁉」

「今までなら総合研究棟のイグノラの専用フロアにいるはずだけど、でも」

ガブリエルがこれほどに動揺している以上、アル・ア・リジェに対する彼の予測は通用しないと考えるべきだろう。

まして、研究棟などと呼ばれる普通の人間用の建物では、どれほど高度な素材で建設されていようと、激しい戦闘が起こればあっという間に構造物全体が崩壊してしまうだろう。

「ラグエルはどこにいるんだ。サンダルフォンでもいい。あいつらなら今一体何が起こってるのか分かるはずだ。すまないエミリア。僕の天兵とラグエルを探しに行っていいだろうか」

「……単独行動したいってこと？」

エミリアのその反応を見越して、ガブリエルはさらに言いつのった。

「頼む。あまねぇさんにも言ったろ。ミキティを裏切ったりはしない」

「なんなら僕が一緒に行こうか。ラグエルくらいなら僕一人でもなんとかなるし、ガブリエルんとこの天兵は僕には逆らえないはずだから」

渋るエミリアに、漆原《うるしはら》が口添えをする。

「いいわ。ルシフェルお願い。その代わり、何か分かったらすぐに戻ってきて」

「僕も同行するよ。天使達の心の声を探れば、人がいる場所が分かるかもしれない」

「分かったわ。よろしくね」

わずかでも時間が惜しいエミリアはウツシハラの立候補も素直に承諾する。

「良かった。外見は同じでも、僕のことは信用してくれてるらしいね」

「いちいち心読まないで」

「それじゃあ行こうかガブリエル」

「ああ。二人共頼むよ。しかし、本当に一体何が……」

ルシフェルとウツシハラとガブリエルが研究棟の奥へと姿を消すのを見送ってから、エミリアはライラに言う。

「私達も、別の方向を探しましょう。ガブリエルは誰もいないみたいなこと言ってたけど、カマエルの手勢はいるわけだし、油断しないでね」

「ええ……私もここのことはよく覚えてるわ。人がいそうな場所はある程度見当がつく。研究棟に隣接する居住フロアがあるの。こっちよ！」

ライラの先導にエミリアは追随する。

油断なく周囲の気配を探るが、廃屋特有の全く揺れず、重く湿気《しけ》た空気がエミリア達の足音に合わせてうっすらと埃《ほこり》を舞わせるのみだ。

「なんで誰もいないの！　おかしいわ……これだけ歩き回っても誰にも会わないなんて……」

「ガブリエルの話じゃ元々そんなに生き残ってないんでしょ？」

「それでも千人近くは普通に生活できていたのよ。誰もがガブリエルやカマエルみたいな力を持っていたわけじゃないけど、宇宙の旅や長い寿命にも耐えた強い心の持ち主は大勢いたわ。それこそエンテ・イスラから呼び込んだ大天使達の天兵だって同じくらいいたはずなの」

「それなら確かに無人なのはおかしいわね。研究棟っていうなら掃除くらい……っ⁉」

エミリアは一瞬でライラに追いつき、腰に食らいついて強引に引っ張ってその足を止めた。

「危ないっ！」

「きゃあっ⁉」

間一髪、轟音《ごうおん》と共に今の今までライラがいた通路の壁に大穴が開き、サタンとアシエスが転がり込んできた。

「くそ……つぇえ」

「一体どういうことなんだヨ！」

「サタン！」

「魔王⁉　アシエス！　どうしたの⁉」

「恵美《えみ》、下がれ、アイツかなりやるようになってる。アラス・ラムスを前に出すな……」

瓦礫《がれき》の中からサタンの巨体がのっそりと立ち上がるが、あちこち傷ついて明らかに劣勢だ。

恵美《えみ》は油断なく聖剣を構えながらサタン達が突っ込んできた穴から外を覗《のぞ》くと、空に二人分の人影を発見する。

「誰なの。カマエルの傍《そば》にいるのは」

「困ったことだが、救出対象だ」

「じゃあ あれがマルクト？」

「エレオスって名前らしい。カマエルよりもアイツの方がずっと厄介だ」

「代わる？」

「アシエスが手も無くやられてる。どうもイェソドよりマルクトの方が格上らしい。だがあいつらは結局兵隊だ。お前らは早くイグノラを探せ！」

「なんだってあんな奴《やつ》の味方すんのかサッパリ分からないヨ！　エレオス！　いい加減目ぇ覚ませってノ！」

「分かったわ。アシエス！　魔王のこと頼んだわよ！」

「ビンボークジだよマッタク！　エレオス！　第二ラウンドだヨ！　クッ!!」

サタンよりも先にアシエスが身を起こしカマエルに襲い掛かるが、エレオスが間に入ってアシエスの拳をあっさりといなす。

小柄な少女同士の拳の打ち合いとは思えないほどの轟音《ごうおん》が響き渡るが、恵美《えみ》の目からもエレオスはアシエスを圧倒しているように見えた。

アシエスは必死でカマエルを標的にしようとするが、エレオスはそれを許さない。

「つまりカマエルは、マルクトと融合してるってこと？」

「かもね。でもここは二人に任せて、私達はイグノラを見つけるわよ！　もう他の人とか後でいい！　イグノラに、一体何がどうなってるのか問いただすのよ！」

「え、ええ。そうね！」

エミリアに促され、ライラは瓦礫《がれき》を乗り越えながら研究棟を駆ける。

背後からはアシエスとエレオス。そして恐らくサタンとカマエルが激突する音が聞こえる。

「もう、訳が分からない！　イグノラは何考えてるの！　何がどうなってるのよ！」

こらえきれなくなったように、ライラはそう叫んだ。


「おおらあああアアッ‼」

「速度と力は大事。でも技術と冷静さが伴わなければ、上回られた瞬間に負ける」

「おウッ⁉」

サタンの目にも留まらぬ拳の弾幕を、エレオスは臆することなく全て受け止め、空中でアシエスの足を引っかけ、

「ほら、相手が私じゃなきゃ、アシエスは大変な目に遭ってる」

隙だらけになったアシエスの横腹を、エレオスは、

「ウヒャヒャヒャヒャ⁉」

素早い手つきでくすぐった。

アシエスは間抜けに笑いながらも、すぐに怒気をはらんだ顔になって腕をがむしゃらに振るうが、もちろんそんなものがエレオスに当たるはずもない。

「アシエス。あなたもセフィラの子なら、いい加減気づいて。今更イグノラと戦ったところでなんの意味も無い。ダァトは既に裁定を下した」

「知らないヨ！　私がネーサマとどンだけ離れ離れにされたと思ってんだヨ！　ゲブラーが、イルオーンがどんなフビンな目に遭ったか知らないワケじゃないでショ！」

「……」

「天使に味方するってことはみんなを裏切ってるってことダ！　エレオス！　協力する気が無いならせめてその天使殴るの邪魔しないデ!!」

「ダメ」

「なんでダ!!」

「アシエス。あなた、鏡って知ってる？」

「ハァ!?　何言って……」

「アストラルのイェソドが、魔力と負の感情に汚染されてそんな目をしてたら、セフィラなら誰だって止める」

「アァ!?」

「あなたはあの悪魔と強い親和性を示している。イェソドが悪魔の力の根源である憎しみの、負の感情に囚《とら》われては、セフィラ全体に悪影響が出る。どれほど天使が憎くても、今のあなたを放置したら、あの悪魔と共に天使全員を滅ぼしかねない」

「それがどうしタ！　天使共なんか全員この手デ……！」

「ダァトは、ルシフェルの姿を選んだ。イェソドならそのことを考えて。よく聞きなさいイェソドのアシエス。……っ！」

「いガ……っ‼」

予備動作を一切せずにエレオスはアシエスの額に掌《てのひら》を当てる。

たったそれだけで、アシエスの視界が揺れて意識が遠のき、全身から力が抜けた。

「私達のセフィロトはルシフェルを選んだ。エンテ・イスラの『人類』は、天使なのよ」

「……何…………ヲ…………！」

「だから、セフィラであるあなたに、選ばれたばかりの天使を殺させるわけにはいかない」

アシエスの目から光が失われる寸前、

「ん」

アシエスの姿が掻《か》き消《き》える。

エレオスが見る方向には、手をかざすサタンがいた。アシエスと融合して、半人半魔の姿に戻るサタン＝真奥《まおう》が、エレオスとカマエルを赤く光る目で睨《にら》み、低く唸《うな》る。

「おいコラ。魔王軍《うち》の妹分に何してくれやがる」

「その前にうちの妹ですよ」

「うるせぇ。どうもイグノラもエンテ・イスラの人間達も、お前らセフィラも何かと上から俺口《くち》の端《は》の血を吐き捨てて、真奥《まおう》は身構えた。

「漆原《うるしはら》なんか選んどいて何を偉そうにスカしてんじゃねぇよ！　真夏に押し入れに引き籠《こ》もってゲームやってるような奴《やつ》にどんな未来託したんだテメェらは！」

「むっ！」

爆音と共に瓦礫《がれき》を蹴り上げ、真奥《まおう》はエレオスに摑《つか》みかかった。

「俺は知ってるんだよ！　俺もお前らも天使も勇者も、どんなに特別な力持ってようとな！」

「ぐ……っ！　この、力は！」

「結局メシ食って眠らねぇと調子が出ない程度の、ただの『人間』でしかねぇんだ‼」

「何を……このっ‼」

「人間が人間見下してんじゃねぇよ！　お前ら結局、天使に良いように使われるだけのガキのくせしやがって‼」

真奥《まおう》はエレオスの顔を右手でわし摑《づか》みにすると、そのままの勢いで地面に叩《たた》きつけた。

轟音《ごうおん》と共にアル・ア・リジェの固い地面が凹《へこ》み亀裂が入るほどの衝撃が走る。

「カハッ‼」

『ちょッ……！　マオウやりすギ……！』

「俺は言っても聞かねぇガキに言うこと聞かせる方法を、まだこれしか知らねぇ！」

『いやデモ』

「だから他の方法を知りてぇってのに、こいつらがよ!!」

「ぬ!!」

エレオスが起き上がるよりも前に再び地を蹴り、上空のカマエルに肉薄する。

「お前ら大人がガキの見本にならねぇからガキが痛い目見るんだ！　野望持つならガキに迷惑がかからないようにしやがれ!!」

「黙れサタン!!　元はといえばサタナエルが貴様ら悪魔を……!!」

「親の因果を子に着せるようなバカがガタガタ抜かすんじゃやねぇ!!」

黄金色に輝く槍《やり》の穂先を潜《くぐ》り抜《ぬ》け、真奥《まおう》の拳がカマエルの兜《かぶと》の顎にクリーンヒットした。

思いがけず軽い音と共に吹き飛んだ兜《かぶと》の下から、

「ぐぬっ!!」

狂気に侵された大天使の顔が初めて現れた。

蒼銀《そうぎん》の髪に、緋色《ひいろ》の瞳を持つ骨太で精悍《せいかん》な男の顔。

そして顔の半分を占めるのは、痛々しい火傷《やけど》の痕。

「それを隠すための兜《かぶと》か？　謂《い》われを解説するなら今の内だぜ！」

「おのれ……おのれサタン……サタン!!」

「何か昔の戦いに関係してるってんなら全部終わってから聞いてやるよ！　俺はもうちゃっち

やと終わらせて、帰ってメシ食って風呂《ふろ》入って寝たいんだ!!」

追撃をかける真奥《まおう》の拳を打ち払い、引き戻した槍《やり》を横薙《な》ぎに繰り出すカマエルを、真奥《まおう》はさらに聖剣を顕現させて食い止める。

「どうやらお前はマルクトのヤドリギみてぇだな。こっちもイェソドのヤドリギだ。条件は五分だ。なぁカマエル!」

「サタン！　殺す！　必ず殺す!!」

「ああそうだな！　これがこの世界で最後の殺し合いになるよう祈ろうぜ！」

サタンの聖剣とカマエルの槍《やり》が激突し、静かな星空に殺気立った金属音を響かせる。


固そうなリクライニングシート。

それが、エミリアの第一印象だった。

「いい朝ね、ライラ」

細かい傷がついているのか、ところどころ白く霞《かす》んでいる透明な天井を、その人物は見上げていた。

天界の蒼《あお》い大地を映したように冷たい夜空を見上げて、その人物は『朝』と評した。

天井を見上げるように設《しつら》えられた固いリクライニングシートから身を起こしたその人物は、

これまで漠然と抱いてきた『天使の親玉』や『裏の歴史の支配者』、『討つべき神』のイメージとはかけ離れていた。

瘦せぎすで、瞳に力が無い。

サリエルやガブリエル、ラグエルにカマエル。

これまで見てきた身勝手で、それぞれに思うところの中で生き生きと戦っていた彼らが何故《なぜ》、こんな人物の指示に従っていたというのか。

「あなたが、ライラのお嬢さんね」

「え?」

「どう、ライラ。母親になった気持ちは。子供を持つって、素敵でしょう? どんなに辛《つら》いことがあっても、乗り越えられる気がするでしょう?」

声はかすれている。

耳に届き辛《づら》く、言葉が緩い。

「だからこそ、それを失ったときの絶望が大きいことも分かるでしょう……?」

「イグノラ、ねぇ聞いて。私……」

「でも、絶望が大きければ大きいほど、再び希望が湧いたとき……」

「んぐっ!?」

「その喜びの大きさは、無限よ」

「ど、どうしたの、おか……」

イグノラがライラに向かって、痩せた手を差し出した。

それだけで、ライラが膝をついて、苦鳴を喉から発しはじめる。

「エミ……リ……ア、か……」

「お母さんっ⁉」

「ごめんね、エミリアちゃん？　おばさん、お母さんと大事なお話があるの。だからちょっとそこで、良い子で遊んでてね」

「な、あ！」

その瞬間、まるで乾いたスポンジに水を含ませたように、イグノラの容貌が若返る。

いや、容貌がにじみ、かぶり、別れる。

「ニュクス。エミリアちゃんと遊んであげてね」

「はい、まま」

前髪にオリーブ色と濃い赤褐色の房を持ち、黄金色の瞳をした小柄な少女が、金色の光と共に出現した。

「なっ⁉」

「エミリアちゃん。うちのニュクスに、アラス・ラムスちゃんを紹介してあげてね。この前はニュクスが……」

「まま！　行くよ!!」

「っ!!　まま!!」

「あなた達と全然遊べなかったから」

ニュクスと呼ばれたもう一人のマルクトがエミリアに肉薄する瞬間、エミリアの額の前に紫色の光が凝縮し、繰り出されるニュクスの拳をアラス・ラムスが額で受け止めた。

「んぐっ！」

「あいっ!!」

ニュクスは顔を顰《しか》めて拳の痛みを払うように振り、アラス・ラムスは涙目になりながらも決して泣くことなくニュクスを睨《にら》んだ。

「おいたは駄目よ。ライラ、こっちに」

「う、あ……」

念動力のようなものだろうか。

イグノラの手の動きに合わせてライラは自由を奪われ浮き上がり、

「お母さんっ!!」

エミリアの目の前で二人共掻《か》き消《き》えてしまう。

「くっ！」

「まま、言ってたでしょ。わたしとあそぼ！　ね、アラス・ラムスも！」

「ニュクス……あなたも、マルクトなの？」

先ほどカマエルの横にいたエレオスという少女がマルクトなのはアシエスが確認済みだ。

「そうだよ！　エレオスがお姉ちゃん！　私が妹！」

「アラス・ラムス、大丈夫？　あれ、本当にマルクトなの？」

「しらない。わたしがしってるマルクトは、エェオス。でも……」

「この子も、そうなのね。考えてみればそうよね。アラス・ラムスとアシエスが姉妹なんだもの……イェソドだけが例外、なんてことはないわね」

「さぁ、何してあそぶ⁉　ままはあなたたちと『追いかけっこ』してって言ってた」

わずかも目を離したつもりは無かった。

だが、一瞬の瞬《また》きの後、ニュクスがエミリアの懐《ふところ》に潜り込み、破邪の衣のブレストプレートに手を触れる。

全身の破邪の衣が紫色の光を発した後に光の粒子となって消失し、次の瞬間ニュクスの手の中には、彼女の小さな手で握れる程度の小さな石があった。

イェソドの象徴する銀色の中に、今見ればまるでアラス・ラムスの前髪のように、かすかに紫色が交じっている、エミリアが自分の目で見た中で最も大きなイェソドの欠片《かけら》。

『進化の天銀』だ。

「あーあーこんなになっちゃって……でも、もうダァトは現れたんだもんね。だから……もうすぐ元に戻れるよ？」

「触れただけで、破邪の衣……欠片《かけら》を……ニュクス、あなたが！」

ニュクスは笑った。

その瞳に光は無く、エミリア以外の何か遠いところを見ているようだった。

「うん！　私がお姉ちゃんに会うのは、これで三度目」

触れただけでセフィラとヤドリギの融合を解けるのは、同じセフィラの子だけ。

「あなたが、あの宇宙服!!」

「ままがね、おうちから出るときは悪いものに触れないようにって、着せてくれるの！　それでお姉ちゃん」

ニュクスは、天銀を手の上で玩《もてあそ》びながら、乾燥した笑顔を浮かべた。

「アラス・ラムスとイェソド、返してもらえるかな」

「ヨソのお宅に出過ぎたこと言いたくないけど……ちょっと、躾《しつけ》がなってないみたいね」

「もともとアラス・ラムスはうちの家族だよ。第一、私からアラス・ラムスを奪われないようにするなんてできると思ってんの？」

ニュクスの張りついたような笑顔がエミリアに迫るが、

「奪うの奪われるの、どうしてみんなこんな簡単なことが分からないのかしらね」

誰もが懸念《けねん》していた、アラス・ラムスが奪われる可能性。

あの宇宙服の中身が何者か判明しないうちは確かに問題だったかもしれないが、今、ライラがさらわれているとはいえ、イグノラもカマエルもこの場にはいない。

「アラス・ラムス。あなたの家族を助けるわ。お部屋の端に寄っていい子にしててね!!」

「あい！」

「む!?」

紫色の光が恵美《えみ》とアラス・ラムスの額で光り、アラス・ラムスが不自然に部屋の隅へと瞬間移動した。

「え、あ！」

エミリアの体に触れようとしたニュクスが、はっとしたように目を見開き、その一瞬の動揺を見て、エミリアは掌《てのひら》に聖法気《せいほうき》を集中させる。

「光爆衝破《こうばくしょうは》!!」

「うきゃわっ！！！」

文字通りのニュクスの目と鼻の先で強い光と衝撃が炸裂《さくれつ》し、ニュクスはもんどりうってひっくり返った。

「まま、まぶし」

「ごめんねアラス・ラムス。大丈夫だった？」

「ん！」

エミリアはアラス・ラムスと、それぞれの意志で分離した。

アラス・ラムスやアシエスが奪われるという懸念《けねん》は、結局のところ魔界やエンテ・イスラから天界に連れ去られることが問題なのであって、エミリアにしてみれば、

「アラス・ラムスとアシエスが、私や魔王を裏切るようなこと、するはずないでしょ。天界で戦ってる分には、分離しようがしまいが変わらないわ。だって私達は」

目を回して気絶してしまっているニュクスを、エミリアは優しく抱え上げた。

「元々あなた達を助けにきたんだから、殺すつもりも無いし、そんな力も無いわ。無力化できれば、その瞬間こっちの勝ちなのよ」

かつてアルバートに教わった、敵を殺さずに無力化する法術。

光と衝撃で敵を散らす技だが、エミリアは光を前に、衝撃をニュクスの顎に集中させた。

エミリア達は経験として、アラス・ラムスもアシエスもイルオーンも、どれほど強い力を持とうと、その体の構造が『人間』であることを知っていた。

地球やエンテ・イスラの人間に比してどれほど全ての器官が強靭《きょうじん》にできていようと、エミリアの『全力』なら、人類を遥《はる》かに凌駕《りょうが》するセフィラの子達にとっては、殺さず『手加減』レベルに脳を揺らすのにちょうどよいバランスとなる。

アラス・ラムスの力を奪ってエミリアの力を削《そ》げると確信し油断しているところに光で視界を塞がれ顎を強く打たれたニュクスは、脳震盪《のうしんとう》を起こしたのだ。

「でも、どうしようかしら、お母さんとイグノラがどこに行ったか気になるけど、ニュクスを放置しておくわけにも……」

「まま」

「なぁに、アラス・ラムス？」

「にくす、今は、はずれてる」

「え？」

「エェオスはてんしといっしょ。でも、にくすははずれてる」

「え、ええっと、つまり、今のこの子はイグノラと融合してるわけじゃないってこと？　それがどうしたの？」

　するとアラス・ラムスは、にんまりと笑って倒れるニュクスの額に手を当てた。

「まま、こっち」

「え、なにかし……わっ！」

　エミリアは招き寄せられるがままにアラス・ラムスに顔を近づけ、アラス・ラムスは右手をニュクスの、左手をエミリアの額に当てた。

　まるでアラス・ラムスの体を通路にするように、ニュクスの体が金色に、アラス・ラムスの体が紫色に光り、

「え、あ、ちょ！」

エミリアは自分の『中』に、アラス・ラムスと共にニュクスが流れ込んできたことを感覚で理解した。

「ちょ、ちょっとアラス・ラムス！　これって！」

『……わかれさせるのはみんなできる。でも』

アラス・ラムスの笑顔が、感覚で伝わってきた。

『いぇほどだけ、いっしょにできる。心と心をつなげる』

「いえ、ちょっと、理屈は分かるけどこんなことしていいの⁉」

確かに、一人の人間に一人のセフィラしか宿れないとは誰も言ってはいなかった。

それにニュクスを放置するわけにもいかなかったのは間違いないが、とはいえアラス・ラムスとの日常生活を考えたとき……。

『あう……うあ……え⁉　あれ⁉　私誰にヤドってるの⁉』

『にくす、ここ、わたしのまま』

「や、やっぱり！」

頭の中で、ニュクスとアラス・ラムスが言い合う声が響きはじめる。

『ちょ！　アラス・ラムス勝手なことをしないで！　わたしはままと一緒にいるんだから！

わたしのままのところ返して！』

『んーん、いっしょにあそぼ。おやつ、たべよ』

「アラス・ラムス、ここにはコンビニもスーパーも無いのよ！　おやつの時間はまだで……」

『お姉ちゃんはちょっと黙ってて！　イェソドのアラス・ラムス！　ここから出して！』

『わがままいっちゃめっよ！』

『出せ出せ出せ出せだーせぇぇ!!』

『ままー！　わがままめっよね！　だしちゃめっよね！』

「あ、が、う、うん、そうだけどちょっと静かに……！」

一人あたり一人のセフィラとは限定されていないが、頭の中で複数人格にひたすらがなりたてられたら、単純に精神が疲弊してしまう。

「あ、アラス・ラムス、あの、全部終わったら、分離していいわよね？」

『めっ、よ』

「カンベンして！　は、早くイグノラを探して決着つけないと！　ええっと」

『あ、こら！　ままに手ぇ出そうとしてるのね！　やめてやめてやーめーてー！』

「あーもうなんなのこれ!!　なんなのこれ!!　頭割れそう！」

エミリアはなんの意味もないと分かっていても、耳を塞ぎながらその場を逃げるようにして、イグノラとライラの行方を探しはじめるのだった。

その広い部屋に踏み込んだとき、彼女は先客がいるとは思いもよらなかったようだ。

しかも、三人。

※

「あらあら、まさかここに先回りしてるなんて」

「う、ぐ……が、ガブリエ……」

先回りしているとすれば、ガブリエル達しかいない。

「……イグノラ。これは一体どういうことだい？」

ガブリエルは、苦鳴を上げるライラには目もくれず、必死の形相でイグノラに問う。

「どういうことって。前々からずっとしてきたことでしょう？　急場を凌《しの》ぐために皆に協力してもらったのよ」

「待って。待ってくれよイグノラ。こんな、こんなことをしてしまったらもう……！」

ガブリエルの背後にいるのは、ラグエルだった。

だが、ラグエルは意識を喪失した状態で、セフィロトの根に被《かぶ》せられていたようなカプセルに封印されていた。

その隣には、他の天使達からは際立《きわだ》って年齢が離れているように見える老齢の男性が同じように封印されていた。

「どうしてサンダルフォンにまでこんなことを……！　彼は穏健派として、最後まで君を支持してくれていたはずだろう！　こんなことをして、一体何をどうするんだ！　見ろ。見てみろよ！　こんな、折角君の目論見《もくろみ》通り……ダァトは僕らを選んだのに!!」

「……」

ガブリエルの言葉に反応したのは、漆原《うるしはら》か、或《あ》るいはウツシハラか。

「ガブリエル。何を言っているの？」

イグノラは小さく微笑《ほほえ》むと、

「あぐっ……！」

ライラを、床に放り出した。

叩《たた》きつけられてうめくライラに、ガブリエル達は一瞥《いちべつ》もできない。

「選ばれてからが勝負でしょう？　今、エンテ・イスラの世界がどんな状況になっているのか、知らないわけじゃないでしょう？　『選ばれてない』連中がどれだけ蔓延《はびこ》ってるか、あなたはずっと見てきたはずよ。ねぇ？　ライラも」

イグノラは、地面に這《は》いつくばったライラの髪を摑《つか》んで引っ張り上げた。

「ねぇライラ。あなたでしょ」

「な、何が……あっ！」

「折角の私の仕込みを、見事に隠れ蓑《かくみの》にしてくれたわね。それさえなければきっと、もっと事は早く済んでたのに……こんなに誰も彼も大変なことにならなかったのに」

「い、痛っ！」

「あなたと、もしかしたらガブリエルと、あの人もかしら……」

イグノラはライラを背後から覗《のぞ》き込《こ》みながら、卑屈で乾いた笑いを浮かべて言った。

「本当は必要なかったのに……ちょっと見せてやればそれで済んだはずなのに、あなた達が『大法神教会《だいほうしんきょうかい》』を成長させたから……こんなにかかることになって。ねぇ？」

「あっ」

イグノラは、ライラの髪を離すと、その背に足を乗せながら顔を上げた。

「ねぇ、坊や」

彼のその顔には、なんの表情も見えなかった。

ただ一言、言った。

「そうかもね。ママ」

◇◇◇

「ん？」「あら？」「あれ？」

「どうしたの？」

東京駅からの帰り道。

新宿駅《しんじゆくえき》でＪＲから京王線《けいおうせん》に乗り換える途中、真奥《まおう》と恵美《えみ》と千穂《ちほ》が、ぞれぞれに自分のスリムフォンを何げなく見て声を上げた。

ライラが尋ねると、三人は思わず顔を見合わせた後、真奥《まおう》が代表して確認した。

「もしかして漆原《うるしはら》か？」

「ええ。この時間だと丁度東京駅を出た頃に」

「私の方もそれくらいの時間に何回も……」

三人のスリムフォンに、それぞれ漆原《うるしはら》の番号から電話がかかってきていたのだ。

「俺にもだ。なんだ緊急か？　悪いな。ちょっと折り返してみる」

真奥《まおう》は同行しているライラとノルドを止めて電話してきた漆原《うるしはら》に折り返すが、コール音が鳴るばかりで漆原《うるしはら》が出る様子は無い。

「なんだよ。十分前にはこれだけかけてきてるくせに」

「何かメールかメッセージ入ってないの？」

「いや、何もだな。ただ、こんなこと初めてだからちょっと気になるな」

漆原《うるしはら》が持っているのは、真奥《まおう》すらスリムフォンを持っているのに、昔懐《なつ》かしい二つ折りのフィーチャーフォンだ。

もちろん買い与えたのは真奥《まおう》なのだが、スリムフォンではないことに当時の漆原《うるしはら》は随分と文句を垂れたものだ。

漆原《うるしはら》は積極的に誰かと連絡を取り合う性質ではないので、真奥《まおう》ですら漆原《うるしはら》と通話するのはよほど差し迫った用事があるときだけだ。

恵美《えみ》と千穂《ちほ》に至っては、付き合いの長さで連絡先を知っているだけで、漆原《うるしはら》と電話越しの会話をしたことが無い。

その漆原《うるしはら》が恵美《えみ》や千穂《ちほ》にまで不在着信を残すとなると、緊急性が高そうな雰囲気はある。

「どうすっかな」

「どうしようもないでしょ。笹塚《ささづか》に着いたらもう一度電話すれば？」

「それもそうですね」

だが恵美《えみ》も千穂《ちほ》もそれ程真剣に焦る様子は無く、

「仕方ねぇな。一応メールだけ入れておこう」

真奥《まおう》も現状以上に早く漆原《うるしはら》の下に急行する方法が無いため、そのまま滑り込んできた京王《けいおう》八王子《はちおうじ》行きに乗った。

時間帯のおかげか電車はガラガラで、大きな荷物を抱えたユスティーナ一家と、お遍路姿の鈴乃《すずの》も、余裕をもってシートにかけることができた。

「そういえば、神戸《こうべ》に行ったということは、梨香《りか》殿に会って来たのだな。元気だったか」

「ええ。さすがのバイタリティだったわよ。近いうちに東京来るって行ってたから千穂《ちほ》ちゃんも時間あえば一緒にご飯行きましょうよ」

「いいですね！　私も遊びに行きたいな。神戸《こうべ》って行ったこと無くて」

電車に乗ったことで漆原《うるしはら》の話題が切れ、全く違う話題に花が咲きはじめた。

そして電車が次の曙橋駅《あけぼのばしえき》に到着したとき、真奥《まおう》のスリムフォンがバイブレーションする。

「おいおい、電車が発車するタイミングで折り返してくんなよ」

噂《うわさ》の漆原《うるしはら》が真奥《まおう》からの着信に気づき折り返してきたのだろう。

だが今更降りて長話もできない。

真奥《まおう》は空いた車内を少しだけ周囲を見回して、受話キーを押すと、

「悪いな、今電車だ。笹塚《ささづか》着いたらまた電話するわ」

『いや、ちょ……!!』

かなり焦《あせ》った様子の漆原《うるしはら》の声が耳に残るが、真奥《まおう》は容赦なく電話を切った。

何せここは電車の中だ。

「そういえば俺も神戸《こうべ》って行ったことねぇんだよな。神戸牛《こうべぎゅう》とか美味《うま》いんだろ。何か良い肉食ったりしたのか？」

「観光したり梨香《りか》の家で遊んだりが主だったから、神戸牛《こうべぎゅう》は駅弁しか食べなかったわ。それよりも昔ながらの洋食が凄《すご》く美味《おい》しくて……」

再び漆原《うるしはら》の話題は掻《か》き消《き》え、その後しばらく恵美《えみ》の神戸《こうべ》グルメのトークが続いた。

それから少しして、笹塚駅《ささづかえき》に到着し改めて漆原《うるしはら》に電話をかけると、

『エミリアや佐々木千穂《ささきちほ》にかけてる時点で僕がどれだけ焦《あせ》ってるか分かるだろ!?』

ワンコールと待たずに相手が出た。

『駅前の焼肉屋にいるから！　早く来いよ！　今すぐだぞ！』

言うだけ言って一方的に切られた電話を見ながら、真奥《まおう》は首を傾《かし》げた。

「なんだあいつ。何を緊急事態で焼肉やってるんだ。そもそもあいつ」

真奥《まおう》はスリムフォンをズボンのポケットにねじ込みながら眉を潜めた。

「いつ日本に戻ってきたんだ」

「焼肉で緊急事態……もしかして」

一方、千穂《ちほ》は、やや緊迫した様子で一同を見回した。

「漆原《うるしはら》さん、アシエスちゃんを連れてきてるんじゃ……！」

真奥《まおう》達の脳内で『緊急事態』と『焼肉』が瞬時に繋《つな》がった。

「……行くか」

真奥《まおう》はがっくりと項垂《うなだ》れ、それと同時に自分の財布の中身がどれほど残っているのか、不安になったのだった。

「オー！　マオウ！」

「ライラ、ノルド、久しぶり」

「あれ！　魔王のお兄さん！　やっほー」

「……こんにちは。アラス・ラムス。皆さん」

千穂《ちほ》達を外で待たせて、真奥《まおう》一人で笹塚駅前《ささづかえきまえ》の焼肉屋に入ると、そこには地獄のような光景が広がっていた。

六人掛けの卓で、アシエスとイルオーンとニュクスとエレオスがそれぞれの方針で肉を育てており、その席の一番奥で、漆原《うるしはら》がウーロン茶のグラスを手に卓に突っ伏していた。

開いている席には、空の皿のタワーが仕上がっている。

「漆原《うるしはら》お前……このメンツで何考えて焼肉屋なんか入ってんだよ。こうなるの分かりきってるじゃねぇか」

明らかにアシエス達に漆原《うるしはら》が押しきられた結果の図だ。

「こいつらが僕の言うこと聞くわけないだろ……」

漆原《うるしはら》は若干魂が抜けたような顔になっている。

「言っておくけど、僕全然お金持ってないからね」

「あ？　お前、ちゃんと給料出されてるはずだろ」

「こいつらの勢いで神戸牛《こうべぎゅう》コース行くのをカバーできるほどもらってないってことだよ！」

「ま、マジかよ！　ち、ちなみにいくら食ったんだ」

噂《うわさ》の神戸牛《こうべぎゅう》がこんなタイミングで現れて真奥《まおう》も狼狽《うろた》える。

「途中から数えてないよ……でも、そこの皿全部神戸牛《こうべぎゅう》のいいとこ」

牛一頭分くらいは食べているのではないかという皿の数に、真奥《まおう》は慄《おのの》く。

「お前ら……自分で金払うわけじゃねぇんだから、少しは遠慮しろよな」

さすがに真奥《まおう》が苦言を呈するが、

「す、すまない」

申し訳なさそうなのはエレオスだけで、他の三人はまるで箸の動きが止まらない。

「いやーイワキには悪いけどサ。さすがにもうマグロナルド飽きちゃってテ」

「折角異世界に来てるのに、毎度毎度同じもの食べてちゃつまんないじゃん」

「僕も久しぶりにマグロナルド以外のもの食べたくて、へへ」

アシエスとニュクスは堂々としたものだし、イルオーンも以前よりずっと明るい顔で笑いながら幸せそうに白米を頬張っている。

「おい、漆原《うるしはら》、俺と折半でなんとかなるか？　伝票、これか？」

真奥《まおう》はテーブルサイドに挟まれている伝票をつまみ上げてまずその厚みに驚き、店員の走り書きとメニュー表を見ながら、少しずつ血の気が引いてゆくのを感じた。

「行けそう？」

「俺だけじゃ無理だ……だがお前、不幸中の幸いだった。助けを呼んでくる」

真奥《まおう》はそう言うと不安がる漆原《うるしはら》を置いて一旦店の外に出て、すぐに嫌がるライラを引っ張って戻ってきた。

「何よなんなのよ！」

「お前も責任者の一人としてこれかぶれ。拒否は許さねぇ」

「焼肉屋さんで何があるって……ええ!? 四人!? ええ!? ちょっと何この伝票！」

ライラはテーブルのメンバーに驚き、さらに伝票を見て二度驚いた。

「でも三人ならなんとかなる」

「……みんな、お願いだからここで打ち止めにしてよ」

ライラは観念したように、肩を落とした。

結果として庶民の一食分としてはあり得ない枚数の一万円札が三人の大人の財布から消えたが、消した張本人達はまだまだ食べたいと不満そうだった。

※

「しかしお前、どういう事情で四人引き連れてくるようなことになったんだよ」

肉を一切れも口に入れていない大人三人が多少乾いた顔で店から出て、その足でヴィラ・ローザ笹塚《ささづか》への帰路に就く。

「本当はアシエスだけのはずだったんだよ。例の空腹光線が出てね」

アシエスが空腹になると出る紫色の光線は、いつの間にか妙な名がつけられていた。

そして結局神討ちの戦いからこちら、治ることは無かったのだった。

「エレオスとウツシハラが言うには、三年ちょいじゃイェソドがエンテ・イスラの現状に馴染《なじ》みきれてないからそう簡単に収まらないってことらしいけど、管理する側としてはそれで毎度色々壊されちゃ大変だからさ」

「お前も少しは食えば良かったのに」

「あいつらの皿からもらおうとしたら噛《か》みつかれそうになったよ」

それが冗談に聞こえないのが恐ろしいところだ。

「イルオーン、漆原《うるしはら》さんにお礼はちゃんと言ったのか？」

「言ったよノルド。いただきますとご馳走様《ちそうさま》は、昔から言ってたでしょ」

「食事の挨拶できるのはイルオーンとエレオスだけ。残り二人はまるで獣」

ノルドとイルオーンの会話を盗み聞きながら、漆原《うるしはら》は肩を竦《すく》めた。

「それで今回もアシエスの調子が悪かったから、こっそり一人だけ連れてこようと思ったら、ニュクスのバカに見つかってさ……わ！」

「おいこらルシフェル兄ちゃん！　今私のことバカって言ったな！」

するとと突然、ニュクスが漆原《うるしはら》の肩に後ろから飛びついた。

「いっつもおかしーと思ってたんだよねー。アシエスだけ定期的にいなくなるし、いなくなるタイミングがルシフェル兄ちゃんと必ず一緒だし。イルオーンが知ってる風だったから問い詰めたらこれだもん。イェソドばっか贔屓《ひいき》は許さないよ！」

「贔屓《ひいき》じゃないヨ！　これはツチカワレタ信頼関係に基づく正当なオゴリだヨ！」

「相変わらず無茶苦茶言うわね」

恵美《えみ》が思わず突っ込んでしまうほどにはアシエスの言うことは暴論だった。

「アシエス、お肉いっぱい食べたの？」

その恵美《えみ》に抱っこされ、少し眠そうにそう問うアラス・ラムスに、アシエスはまだ少し脂でテカっている唇を笑顔にしていった。

「コーベギュー美味《おい》しかったヨ！　ワギューの脂は甘いって本当だネ！」

「ふぅん……まま、夜ご飯、コーベギューがいい……」

「ラーメンって言ってなかった⁉」

アシエスの挑発としか思えぬ感想と、本気の声色のアラス・ラムスの言葉に恵美《えみ》は仰天し、千穂《ちほ》はといえば申し訳なさそうに漆原《うるしはら》に声をかけた。

「私も出します。元々私がアシエスちゃんにマグロナルド紹介したせいですし……」

漆原《うるしはら》は申し出に少し心動かされたようだったが、たっぷり考えてから首を横に振った。

「お前はいいよ。アシエスが食べる分は経費でもらってるんだ。今回はニュクスに見つかった僕の管理監督責任内の落ち度だから」

「私も、悪かった。ニュクスの姉として彼女を止めなければならないのに、あんなに美味《おい》しいもの食べたことなくて、思わず本能が優先された」

ただ一人、エレオスだけがわずかな反省を見せていたが、

「また来ようよ」

「うん、また食べたい」

イルオーンまでニュクスとそんなことを語り合っている。

「……漆原《うるしはら》、経費云々《うんぬん》言うからにはきちんと領収書は切ったな。もう一つの財布んとこ行くぞ。確か今日は休みで家にいるはずだ」

セフィラの子達の会話を聞きながら、真奥《まおう》がぽつりとそう言った。

「そりゃ都合いいや。てか、それならあいつに電話すりゃ良かった」

漆原《うるしはら》もその財布が誰なのか気づいたようで、悪い笑みを浮かべた。

「そもそも論言うならあいつにこそ、そもそも論で責任取ってもらわないと」

漆原《うるしはら》は財布の中から領収書を取り出しながら、それを指先で玩《もてあそ》ぶ。

その目には、とことん邪悪な光が宿っていた。

「ヘイヘイヘーイ冗談キツイよこれは」

完全に寝起きのテンションでヴィラ・ローザ笹塚《ささづか》一〇三号室から現れたのは、Tシャツにトランクス、髪を乱雑に束ねた姿のあられもないガブリエルだった。

「寝起きの体にこの暑さとこの領収書食らったら僕の心臓止まっても不思議じゃないよ」

「これのワリカンしてから止まれ」

「ワリカンって……子供四人でいくら食べてるんだよ。ルシフェル、君の分は払わないぞ」

「僕はウーロン茶しか飲んでないよ！　僕が期待してた焼肉はこういうんじゃない！」

「おい、次から俺のおすすめのホルモン屋に誘導しろ。教えといてやるから」

「もうとっくに連れてって出禁になってるよ、そのときはアシエス一人だったのに！」

「マジかよ‼」

「しかもなんだよその大所帯は。この人数だったら頑張ればこれくらい行けるでしょ」

恵美《えみ》とアラス・ラムスにライラとノルド、それに千穂《ちほ》までいれば、なるほど焼肉パーティーをすればそれなりに良い値段になるだろう。

要するに言いがかりを疑われているわけだが、これに怒ったのはどういうわけかアシエスだった。

「これはショーシンショーメー私達四人で食べた値段ダ。大食いに他の人の手借りるほど私ら腐っちゃいねぇんだヨ！」

「君は君で何言ってんの」

ガブリエルの冷静な突っ込みに、アシエス以外の全員が納得するがアシエスに納得した様子は無かった。

「さァ、私らが食べた金、ミミヲソロエテ払ってもらおうカ」

「悪魔だってこんな非道いことしないよ？　……はぁ」

ガブリエルは諦めた様子で、玄関脇の靴入れの上に置いてあったらしい長財布を手に取った。生意気にもブランドものだった。

「二万でいい？　今はこれ以上持ち合わせ無いんだ」

「ちッ、シケてやがんナァ。はいルシフェル、ゴチソーサマデシタ！」

ガブリエルが出した札を奪い取ったアシエスは、それを両手で漆原《うるしはら》に手渡した。

「お前ら……他の人にこういうことするんじゃないぞ」

ガブリエルから金をせしめるつもりでいた漆原《うるしはら》すら若干引いており、残る三人を振り返って真顔で注意した。

「いや、さすがにしないよ。バカにすんなよルシフェル兄ちゃん」

「アシエス。さすがにそれはちょっと、人としてどうかと思う」

「僕は初めてガブリエルをかわいそうだと思ったよ」

ニュクスとエレオスとイルオーンが次々言うのを聞いて、漆原《うるしはら》はほっとした顔をする。

そしてそんな彼の顔を見て、

「漆原《うるしはら》さんも、大人になりましたね」

「なんだかんだ言って、面倒見は良いのよね」

「私は嬉《うれ》しいわ。あのルシフェルが！　あのルシフェルがこんな立派になって……っ！」

「不出来な子ほど、成長が嬉《うれ》しいというのは本当だな」

「るしふぇる、お兄ちゃんみたい！」

千穂《ちほ》、恵美《えみ》、ライラ、鈴乃《すずの》、とどめにアラス・ラムスが、しんみりと漆原《うるしはら》を褒めるので、

「この仕事請け負ったこと心底後悔してるよ!!」

そう喚《わめ》いたのだった。

「ふわぁ……嫌な目覚め方しちゃったよ。折角の休みに……」

「おいガブリエル。二階の様子はどうだ？」

顔を顰《しか》めるガブリエルに、真奥《まおう》は二階を指さした。

ガブリエルはその指先を追いながら、首を傾《かし》げる。

「静かだったと思うよ。大きな物音は聞いてない。この暑さで死んでなきゃいいけどね」

改装こそされたが築年数が変わったわけでもないので、二階の音はかなりしっかり一階に伝

わる。

「そうか、悪いな。メシは食ってるはずなんだが」

「そうなの？　じゃあ明日からの僕の当番はちょっとはラクできるかな」

「まぁ後で様子は見に行く。いきなり悪かったな。また寝てくれ」

「こんな起こされ方して二度寝するほど神経太くないよ。ふわーあ。嫌な汗かいたし、銭湯でも行こうかな。ミキティの仕事に付き合ってると、銭湯もろくに行けやしない」

心底嫌そうな顔をしたガブリエルは、漆原《うるしはら》とアシエスを追い払うように手を振ると、そそくさと扉を閉めたのだった。


「最近、ケセドが少しずつ育ってきててね。サンダルフォンが言うには時間の問題なんじゃないかって。ただそれでアシエスが腹減らすことが増えてきて、それで今日の有様《ありさま》さ。もう本当参ったよ」

二〇一号室で、久々に漆原《うるしはら》と一対一になった真奥《まおう》は、冷蔵庫からアイスコーヒーを出すと氷を入れて出してやる。

「これ、お店の？」

「言いようによっちゃそうかもな。店で使えそうな豆、外で買って試しにブレンドしてんだ」

「へぇ。相変わらず勤勉なことで」

漆原《うるしはら》は、自分が住んでいたときには存在しなかった、見慣れない機械がキッチンの片隅にあることに気づいた。

わざわざストローまで差されたグラスを手にして一口飲んだ漆原《うるしはら》は、納得したように頷《うなず》く。

「確かに美味《おい》しいけど、こんな手間かけなくてもこれくらいの味ならスーパーでお金出せばパックのアイスコーヒー買えるんじゃゃない？」

「そういうのヤボって言うんだよ。これは今の俺の、仕事に直結する趣味だ。お前だってこっちに来りゃあ、未《いま》だにゲームだなんだ買ってってんだろ。それと同じだよ」

「なるほど。確かにシュミもバカにできないもんな。最近本当そう思うよ」

漆原《うるしはら》はそう言うと、締めきった窓から裏庭を見下ろす。

「まさかベルに教わってた園芸をこんな長いことやるなんて思わなかったよ」

「鈴乃《すずの》の奴《やつ》も、お前がセフィラ世話することまで見越してなかっただろうからな」

真奥《まおう》も自分のアイスコーヒーを一口あおる。

「樹《き》と菜園じゃ全然違うだろうって思ってたけど、どっかで植物を世話するって基礎は繋《つな》がってるんだ。ケセドが小さく実をつけたことで気づいたけど、駒ケ根《こまがね》で扱ったナスとちょっと似てるとこあるんだよね」

「扱ったって、あんときはただ収穫手伝っただけだろ」

「そうだよ。あのとき一馬《かずま》さん、出来の悪いナス捨ててたろ。最近あのことよく思い出すんだ。蝶《ちょう》よ花よと育てちゃダメなんだって」

「それはなんか違わねぇか？　さすがにセフィラをナスと一緒にはできねぇだろ」

「違わないよ。現に僕が管理するようになってからケセドが順調に育ってるだろ？」

「ん……まぁ、そうか」

得意げな様子の漆原《うるしはら》の持論を強く否定する材料は、真奥《まおう》には特に無い。

実際に今、毎日セフィロトと触れ合っている漆原《うるしはら》がそう言うのなら、それに足る実感があるのだろう。

「やっぱ本当なんだな。ニートの更生には自分のペースでやれる土いじりが適してるって」

「うるさいなぁ」

アイスコーヒーの残りを最後まで一気にすすると、漆原《うるしはら》はふと、背後の壁を振り返った。

二〇二号室側。

かつて、鎌月鈴乃《かまづきすずの》が起居していた部屋側の壁。

「ここんとこ、どうなの」

「まだまださ。前よりメシは食うようにはなってるがな。心配か？」

「少しね」

漆原《うるしはら》は素直に頷《うなず》いた。

「……そうだな。もしかしたら今回、お前がニュクス連れてきたことで案外いい影響が出るかもしれねぇな。ある意味唯一の味方なわけだし」

少し伏し目がちになった漆原《うるしはら》を気遣うようにそう言った真奥《まおう》だったが、漆原《うるしはら》の反応は真奥《まおう》の想定とは違っていた。

「え？　じゃあニュクスだけでも向こうに戻すか。そんな急に回復されても嫌だし」

「は？」

「自分の仕事が上手《うま》くいってるときに変に回復されて口出しされたら邪魔じゃん」

「……ウツシハラの判定を待つまでもなく、本当っぽいな。それ」

「嘘《うそ》がどうこう言うなら、僕より真奥《まおう》の方がよっぽどだろ」

真奥《まおう》は少し、自分の頭に手を当てた。

「お前……まさかウツシハラだったりしないよな？」

漆原《うるしはら》は否定しようとしたが、真奥《まおう》の狼狽《うろた》えぶりに何かを思い直したようだ。

以前と変わらない邪悪な笑みを浮かべて、

「どうだろうね？　そうだと思うなら、あんまり悪いこと考えない方がいいと思うよ？」

「やめろバカ」

かつての主を、言外に脅迫したのだった。

魔王と勇者、神を討つ

人の壁。

そう表現するしかなかった。

祠《ほこら》やイェソドの根のテラリウムと同じ機構、あるいは魔界の地下空間にあった、遺産を稼働《かどう》させる部屋のカプセル。

その中に、大勢の天使達が『封印』されており、その中にはあのラグエルの姿もあった。

「嘘《うそ》でしょイグノラ……この数……生き残ってるほとんど……」

「嘘《うそ》じゃないわ。さっきのニュクス、見たでしょう？　彼女のために必要だったの」

「必要って……！　それだけのために、カマエル以外の同胞を……」

「どうせすべてのセフィラが顕現するまで、まだまだ長い時間がかかるのよ。それなら今は眠って、状況が整ってから目覚める方がいいでしょ？」

「で、でもこんなやり方……！　あっ‼」

そのとき、カマエルとサタンがまたぞろ壁をぶち破って転がり込んできた。

「いってぇなクソ‼　恵美《えみ》お前フザけんなよ！　てかなんだよこのシュミ悪い部屋は‼」

「うごおおあああああ‼」

「いい加減諦めろやコラアアアア！！！」

「うるさい！　あなたこそ少し大人しくしなさい‼」

二人の巨漢が開けた大穴の外からアシエスとエレオスが、こちらはキャットファイトとしか言いようのない、まるで洗練されていない殴り合いをしながら一塊になってゴムボールのように転がり込んでくる。

「あーもううるさい！　早いところそっちも決着つけてよ！　いい加減この子と分離させ……うるさーい!!」

そしてその穴から、エミリアが耳を塞ぎ顔を顰《しか》めながら、普通に歩いて入ってきた。

エミリアの背後には、サタンとカマエルがぶち抜いた破壊痕がどこまでも続いている。

「えっ!? 何ここ！　あ！　お母さん大丈夫！　ちょっと魔王あっちで戦って！」

だがニュクスと融合してしまったことで頭の中が騒がしいエミリアは、若干やけっぱちに言い放ち、そのまま絡《から》まり合う巨漢の争いに蹴りでも入れかねない勢いだ。

「ちょうどいいわ！　いかにもな外観の建物だったから、もしかしてと思って吹き飛ばさせてもらったけど、ビンゴだったみたいね！　イグノラ！　もうなんか色々無理よ！　全部諦めて、降参しなさい!!」

「色々無理ってお前雑なうごっ!!」

視線を切ったせいでカマエルの折れた槍《やり》を横《よこ》っ面《つら》に派手に食らい、サタンはうめく。

「うるさいわね！　こっちはもういい加減頭きてるのよ！　ニュクスの様子見てればイグノラが本当にロクでもない奴《やつ》だったってのが分かるわ！　一体エンテ・イスラをどうしたいのか知らないけど、ニュクスやルシフェルみたいな子供が増えたらこの世の終わりよ!!」

言葉の規模は大きいが、その感覚は極めて小さかった。

「いきなり飛び込んできて罵詈雑言《ばりぞうごん》浴びせてくる上に、他人の親子事情に随分言うなぁ」

「何よルシフェル？　まさか今更里心でもついたわけ⁉」

「そんなワケないだろ。ただお前がいくらなんでもいつも通りすぎるからさ。……それでさ、僕らの倒すべき敵の親玉は、ここまで来てもさほど慌ててる様子は無いんだよね。明らかに多勢に無勢のはずなんだけど」

「そうね。この部屋だけ見ても、明らかにまともじゃないけど、私達が本気で暴れたら、簡単に粉々にできそ……うーるさいわねっ⁉」

「は？」

「今もう一人のマルクトが私の中にいるのよ！　その子が本当うるさいの！　黙ってて！」

こんなことを言っている間にも、もう一人のマルクトであるエレオスはアシエスと取っ組み合いをしており、サタンもカマエルと拳を交わしている。

それほどの騒動が繰り広げられても全体に影響の無いほど広大な空間の壁面に敷き詰められている、顔も名前も知らない天使達を、恵美《えみ》はニュクスの罵声に耐えながら見回す。

老いも若きも様々いるが、その誰もに『天使』などという神聖性は無い。

その中に一人だけ、恵美《えみ》の記憶にあるのがやはりラグエルだった。

「……ラグエル……」

特徴のあるアフロ頭も無残に解けてしまっているが、その姿と、ライラを抑えつけたまま、さりとて特に戦闘態勢に入るわけでもないイグノラを見て、エミリアはふと気づいた。

「イグノラ、あなた……もう、目的を達成しているの？　だからほとんど、抵抗するつもりが無いのね？」

「あなた達は、無駄に人を殺したりはしないわよね？　エミリアちゃん」

イグノラの答えは、エミリアの問に対する答えではなかった。

「御覧なさいな。うちの坊やの姿をした、あのダァトを」

「色々突っ込みたいけど、それが？」

「正直、誰でも良かったと言えば良かった。でもあの子が……ルシフェルが選ばれた。母親として、こんな嬉《うれ》しいことは他に無いわ」

それはただの気の抜けた演説、いや、感想でしかなかった。

「年相応に見えない大人の方が、子供に懐《なつ》かれやすいってあれかしらね」

「色々と含みある言い方するなよ」

「故郷の星を追われた私達が、新しい星のセフィロトに、この星に生きる人類の正統として認められた証《あかし》が……私とあの人の……可愛《かわい》い坊や」

「「……」」

漆原《うるしはら》とエミリアはそれぞれに『坊や』という響きに違和感しか無く、嫌そうに、恍惚《こうこつ》と語るイグノラを見る。

「あなた達『エンテ・イスラ人』の限られた人達が、私達がセフィロトにしたことで怒っているのは知っているわ……でも、私達は別に、あなた達を滅ぼしたいわけじゃない。むしろエンテ・イスラ全土の危機を私達の力で見張りつつ、セフィロトも管理して、決して滅びない星と人類を作る。そのために、私達こそがこの星の最上位の存在であることを示す必要があるのよ……」

「上位の存在ですって？」

「私達が、この星と人類を守る。全てはそのための戦いだった。サタナエル達は私達を否定してやらせまいとしたけど……御覧なさい、セフィロトは遂《つい》に、私達が正しいと判断した。ルシフェルの姿で顕現することでね！」

「……人間が人間に上位だなんだって随分な言いざまだけど」

エミリアは驚くというより、若干呆《あき》れながらイグノラの長演説を聞いていた。

そして、肝心の張本人に尋ねる。

「実際どうなの。あなたって、そういう存在なの？」

「そういう場合もあるらしいね」

ウツシハラは、思いがけずあっさりと認めた。

「だから大黒天祢《おおぐろあまね》は、色々焦《あせ》ってたのさ。地球のビナーの娘なんだろ？　だから、君達エンテ・イスラの原生人類じゃなく、君達の敵である天使の末裔《まつえい》の姿で僕が現れたことにかなり動揺していた。地球のセフィラ達は、なんだかんだ言って君達に分があると思って、味方していたからね。それなのに、天使の末裔《まつえい》の姿を取った僕が現れた」

佐々木《ささき》家でウツシハラが顕現したとき、天祢《あまね》含め、地球のセフィラは集まれる限りが集まって警戒態勢を敷いた。

「だから彼らは僕を『彼らの味方の敵』とみなした。セフィロト同士の抗争が発生する可能性もあると判断したんだろう。泡を食って総出で僕をこちらに送り帰して、それだけじゃ不安だからって大黒天祢《おおぐろあまね》を監視につけた。だからまぁ、イグノラが言うことには一理あると言えばあるんだ」

「……まだ含みがありそうな言い方ね。魔王とアシエスがそろそろヒドイ顔になりそうだから、いい加減さっさと話を終わらせてほしいんだけど」

この会話の間も、サタンとカマエル、アシエスとエレオスの戦いは続いている。

お互い実力が拮抗《きっこう》しているようで、それ故《ゆえ》に逆に決め手を欠いて戦いというより喧嘩《けんか》や泥仕合《どろじあい》と呼んだ方が相応《ふさわ》しい様相を呈してきていた。

魔王とカマエルはともかく、年頃の女の子であるアシエスとエレオスに、あまり後に残る傷をこしらえてほしくはない。

「いいやごめんごめん。彼女の、イグノラの言うことは概《おおむ》ね正しいよ。ただちょっと状況を読み違えている。確かにセフィロトとセフィラの総意は、イグノラとサタナエルの子、ルシフェルを選んだ。でも、『天使』を選んだわけじゃない」

次の瞬間、ウツシハラはエミリアの目の前にいて、その手に小さな金属を押しつけた。

「少しの間、力を貸す。君の中にイェソドとマルクトが同時にいるのなら、話は簡単だ」

エミリアに触れたウツシハラの手の指には、小さな指輪があった。

佐々木千穂《ささきちほ》の指にあった、小さなイェソドの欠片《かけら》を嵌《は》めた指輪。

「君のお母さんが佐々木千穂《ささきちほ》を介して図らずも引っ張り出した力。この力を得た勇者エミリア、君こそ宇宙最強だ」

光は無かった。

アラス・ラムスやニュクスと融合したときとはまるで違う現象に一瞬戸惑ったエミリアだったが、すぐに事態を理解した。

「ちょ、ちょっとまさかっ‼」

『アラス・ラムス、ニュクス、ちょっと君達の力を借りるよ！』

「三人……っ‼」

頭の中に違う人間の意識が三つ。

これだけでも頭がおかしくなりそうだが、次の瞬間だけは全てを忘れ冷静になった。

『まま、みぎて』

アラス・ラムスが、エミリアの意思に反し聖剣として出現した。

だがその姿はいつもの金属質のそれではない。

切先から柄尻まで、完全に紫色の光のみで構成された、光の剣だ。

「これが……」

今まで出現したことの無い聖剣の姿に戸惑うが、紫色の光だけで構成された武器の出現というその現象は、かつて一度だけ見たことがあった。

エミリアは、カプセルに封印されたラグエルを振り返る。

まるで彼が、その瞬間のことを思い出させるためにそこに封じ込められたかのような錯覚すら起こす。

『世の中、信じ難《がた》い偶然ってのはたくさんあるさ。でも、偶然は偶然。意味なんか無い。これは、佐々木千穂《ささきちほ》の持つイェソドの欠片《かけら》から生まれた僕だから、君に託せる力さ。ダァトであり、イェソドでもある僕が、セフィロトの未来の裁定者。星に生きる人々の平安を誰よりも願う者。そして正しくセフィロトとセフィラの子が機能する世界では……！』

エミリアの体は、まるでウツシハラに操られているかのように自然に動いていた。

だが、エミリア自身は、自分の意志で動いたと自覚している。

これは、本来そうあるべき世界がそうでなくなってしまっていることを訂《ただ》す、人間としてあまりに自然な行動に他ならないのだ。

そして、天界に攻め込む直前に、恵美《えみ》は既にこの力を、恵美《えみ》自身の『決着』のために使うことを決めていた。

だからこそ、決着でもなんでもない今この瞬間に光の聖剣の真価を試すことに、なんのためらいも無かった。


エミリアは地を蹴った。

まるで剣術の素人《しろうと》のように、まっすぐ光の聖剣の切先を繰り出した。

その刃の先にいたのは、カマエルだった。

「魔王！　離れて!!」

その警告もまた、エミリアの意志によるものであった。

「ぐ……あ！　……何？」

かつて、サタンとアシエスが融合した状態で全力で叩《たた》きのめしても尚《なお》破壊に至らなかったカマエルの鎧《よろい》に、まるで豆腐に包丁を入れるが如《ごと》く、光の聖剣はなんの障害も無く突き立てられた。

だが、その傷口からは血は出ないし、破壊された鎧《よろい》の欠片《かけら》も飛び散らない。

「え、恵美《えみ》、何を、お前……」

サタンはエミリアの突然の凶行に目を丸くする。

「いいのよ……これで……これで全部、全部終わるはずなんだから……アストラルを……人間のアストラルを司《つかさど》るイェソドと、誰よりも心を通わせた私が振るえば」

それは、すぐに起こった。

「な、あ……」

時間にしてわずか三秒ほど。

サタンと壮絶な殴打《おうだ》戦を繰り広げ圧倒していたカマエルが、突然膝をついて震えはじめた。

光の聖剣は既に引き抜かれている。

「お、おい恵美《えみ》……」

「見てて」

エミリアは、その場を動かない。

膝をついたカマエルを、剣の切先すら下げ、無防備に見下ろしている。

「お、おい油断すんなよ！　そいつまだ……」

サタンの警告にしかしエミリアは、悲しげに首を横に振った。

「いいえ。もう、おしまいよ」

「え？」

「ば……バカな……こ、こんな……!!　さた……ライラ……サタン……ぐっ！」

「なっ!?」

サタンは目を剝《む》いた。

カマエルの苦鳴と共に、突然その全身から白い光が噴出し、虚空《こくう》に消えた。

内なる聖法気《せいほうき》が爆散したかのような衝撃と共にカマエルの体が一瞬跳ね上がり、すぐに意識を失ってその場に倒れる。

深紅の甲冑《かっちゅう》も虚空《こくう》に掻《か》き消《き》え、後には、紫色の髪をした壮年の男が一人、トーガ姿でそこに倒れているだけだった。

その体からは、もはや一辺の聖法気《せいほうき》、気力、体力も感じ取れない。

「ば、バカな……そ、それは……」

カマエルに起こった現象に衝撃を受けたのはサタンだけではない。

アシエスと取っ組み合っていたエレオスも、唐突に戦闘を止めて、ここぞとばかりに後ろから殴りかかろうとするアシエスに本当に一発後頭部を殴打《おうだ》されて尚《なお》、そちらを振り向けないほど狼狽《うろた》えはじめた。

「おいコラ！　こっちはマダ終わってねぇんだゾ！　オイ!!」

「ど、どうして……き、切り離されている……」

「アァ!?　切り離されたァ!?」

「カマエルが……カマエルじゃ、なくなってしまった。私が宿った力が、失われた……い、一体何をしたの……？」

敵の目の前で放心したように狼狽《うろた》えるエレオスを、アシエスは怪訝《けげん》に、エミリアは悲しそうに見た。

「分かってるんでしょ。エレオス。……本当にセフィラの見守る世界の人類が成熟したら……自分の身を自分で守れるようになったら……聖法気《せいほうき》も、魔力も人の手から離れるって」

エミリアは切先を上げると、ラグエルが封印されたカプセルを指し示す。

「答えは、ずっと前に示されてた。人の魂に、つかの間宿った奇跡を切り離す、アストラルの刃。イェソドの光の刃は、聖法気《せいほうき》を消失させるのよ」

「ラグエルと、紫の光の武器……あっ!!」

サタンは大声を上げ、エミリアはまたも呆《あき》れた様子で彼を振り返った。

「東京タワーで、ちーちゃんが、ラグエルを」

サタンが思い出したのは、東京タワーの電波をガブリエルとラグエルがジャックした際、ライラに操られた千穂《ちほ》がラグエルを撃墜したときのことだった。

紫色の光の弓矢で撃ち貫かれたラグエルは、聖法気《せいほうき》を失い飛ぶことができなくなった。

それは正に『堕天《だてん》』に等しい現象であり、その言葉で連想する人物が、サタンとエミリアにはもう一人いた。

「あいつ、まさか」

「帰ったら一度エンテ・イスラに引っ立てて、眼科検診を受けさせる必要があるでしょうね。

イェソドを砕いたのがサタナエルなんだとしたら、ライラやガブリエルが知っている以外の欠片《かけら》も、たくさんあちこちに散ってると思うべきね」

紫色の光をその瞳から発し、天使に堕天《だてん》の裁定を下す男は今も、幡ヶ谷《はたがや》の町で仕事に勤《いそ》しんでいることだろう。

彼の瞳の中には恐らく、イェソドの欠片《かけら》が埋まっている。

「イェソドはずっと前からもう、裁定を済ませていた。でも、欠片《かけら》だったから……根が分かたれて砕けていたから、今まで負うべき役割を負えなかった」

「……それじゃあこの後は、今度は欠片《かけら》探しが始まるわけか」

「ええ。全部集まったからってアラス・ラムスやアシエスがいなくなることはないでしょうけど……しばらくは、忙しいでしょうね……っと」

「要領は、分かってもらえた？」

ウツシハラがいつの間にか、ニュクスを抱えてエミリアの外に顕現していた。

「ええ、よく分かったわ」

「僕らが彼らを選んだ。それはつまり、彼らを保護すべき人類として認めたことに他ならならない。そして僕らが認めた『エンテ・イスラの人類』は……」

ウツシハラとエミリアの目が、ライラを取り押さえたイグノラを見た。

「いずれ、奇跡の力を失うことになる」

「……なん……です……って」

イグノラは、呆然《ぼうぜん》と倒れたカマエルを見た。

「一つ聞いていいかしら、ウツシハラ。カマエルの不老不死は、失われたの？」

エミリアの問いに、ウツシハラの答えは簡潔だった。

「不老不死は、イグノラ達が僕らの遠い兄弟姉妹達から得たヒントで生み出した科学技術の結晶だ。法術や魔術のような奇跡の力じゃない……だから、僕らには分からない」

「そう。残念だわ。ならやっぱり、アイツは生かしておくしかないのね。本当に失われたかどうか、確かめるために」

「怖い勇者様だ」

「嘘《うそ》……嘘《うそ》よ……カマエル？　そんな、マルクト、ダァト、私達を、選んだんじゃ……」

「聞いてなかったのか。選ばれたから、こうなってんだよ」

「る、ルシフェル」

「ようやく名前を呼んでくれたね」

狼狽《ろうばい》し、ライラを拘束することも忘れ、後ずさるイグノラの背後にいつの間にか漆原《うるしはら》が回っていて、抱きしめるようにその身を拘束する。

「ルシフェル、あなた……」

「僕はね、自分の人生、結構気に入ってるんだ。ただね、昔のことを思い出して、思ったこと

があるんだ……」

「え……？」

「愛されなかった事実は、意外にも結構こたえてたんだってね」

「る、ルシフェル……！」

「母親は研究命、父親は政治と民族救済。そして困ったことにこの夫婦、僕のことを自分の正しさを証明するための道具としか思ってなかった。これはちょっとスネたくなるよね」

「ルシフェル、それは……！」

「僕ももう大人だからねー、お前達が取り組んでたことが大事なことだったってのは分かるよ。でもそれはそれ、これはこれなんだよ。ママは不老不死研究のために、パパは僕のことをママに渡さないために、ずーっと妙なカプセルに幽閉してくれたからね。どんな大義名分があろうと、やられてた方にしてみれば単なる虐待なんだよ」

漆原《うるしはら》はイグノラが逃げられないように締め上げる。

「昔、オルバが天界に帰らせてくれるって言ったとき、なんであんなに惹《ひ》かれたのか今分かったよ……赤ん坊の頃の鬱憤を晴らしたかったんだ」

この世で最も個人的な感情で、世界を引《ひ》っ掻《か》き回した神の命運を断とうとしている漆原《うるしはら》だったが、エミリアは今回ばかりは、漆原《うるしはら》に突っ込みを入れる気にはなれなかった。

彼女自身、戦いに身を投じたきっかけは、親を思ってのことだったから。

そして、戦いの意志を失ってしまったのもまた、親を思ってのことだったから。

「アラス・ラムス」

『うん』

「あなた達を苦しめた元凶を、断つわ」

「ま、待って。そんな、こんなはずじゃ……」

エミリアはウツシハラとニュクスが分離して尚《なお》力を失わない光の聖剣を、後ろの漆原《うるしはら》を巻き込まないよう、無言でイグノラの喉に向ける。

「……」

声も無く、一瞬でその間合いを詰めた。

天使達を思いのままに操り、その身柄を封印すらできるはずのイグノラは、まるで動くことなくただただ呆然《ぼうぜん》とエミリアの切先が迫るのを待っていた。

長い時間をかけて取り組んできた神討ちの戦いが、いざ始まってみればこんなにもあっけなく終わってしまうのか。

そんな感慨がふと頭によぎったエミリアの光の聖剣の切先は、

「恵美《えみ》、止まれ」

「そこまでだ、エミリア」

二人の悪魔の手によって、イグノラの額の前で止められていた。

「どういうつもり」

肩と、腕を掴《つか》む大きな手を、それぞれに睨《にら》んだ。

「もう勝負ついてんだろ」

サタンの手が腕を掴《つか》んで切先をずらし、

「……それに、今この者の力を消失させるのは得策ではない」

カマエルの天兵を従えたアルシエルが肩に手をかける。

悪魔が、神を討とうとする人間の勇者を止めたのだ。

「……カマエルの天兵から色々と話を聞くことができた。天使の長老格、サンダルフォンがイグノラの手でセフィロトの人柱にされてしまった現在では、ここの機構の詳細はもはや、イグノラにしか分からないそうだ」

アルシエルが静かに言う。

「天兵だけでなく、百年、千年前、それ以前から、イグノラが目指したセフィラに『選ばれる日』のために眠りについた者達も、イグノラにしか解放できないそうだ。我らの目的は天使の殺戮《さつりく》ではなかったはずだ。今は、留まれ」

アルシエルを横目でちらりと見てから、エミリアはあっさりと剣を下げた。

「分かったわよ。初めから……」

「やる気は無かったんだろ。じゃねぇと、俺や芦屋《あしや》が止めたところでお前がこんなあっさり止まるわけねぇもんな」

「あなたに私の何が分かるの」

「お前の本気の殺意は、俺が一番知ってる」

「それもそうね」

エミリアは、小さくため息をつくと、変身を解いた。

髪色も瞳の色も、普段通りの遊佐恵美《ゆさえみ》に戻り、鋭い聖法気《せいほうき》も殺気も消える。

それを確認してから、サタンとアルシエルは手を離した。

だがいつもと違うこともあった。

恵美《えみ》が変身を解くと同時に、光の聖剣からアラス・ラムスが顕現したのだ。

アラス・ラムスはとてとてとイグノラに駆け寄ると、自失したイグノラの手を取り、自分の額に当てた。

その瞬間、イグノラの髪色が蒼銀《そうぎん》から紫色へと変化し、その場で膝をつく。

「なんだ、もう終わり？」

漆原《うるしはら》はイグノラを離して肩を竦《すく》めた。

「なぁんだ。いっそのこと殺すのかと思ったのに、なんだか手ごたえないなぁ」

いけしゃあしゃあと言ってのける漆原《うるしはら》を、恵美《えみ》はむしろ睨《にら》んだ。

「あなたの復讐《ふくしゅう》に私を利用しないで。あなたの人生の恨みは、あなたの力で晴らして頂戴」

「だが漆原《うるしはら》がそう言いたくなるのも分かる。しっくりこない終わり方なのは間違いねぇ」

サタンは背後の壁を振り仰いだ。

そこには数えるのも嫌になるほどの数の天使達が封印されていた。

「俺達が、後始末をおっ被されたようなもんだからな。敵を殺せば終わりにならねぇのは、面倒で仕方ねぇ」

「ええ、そうね」

膝をついて呆然自失《ぼうぜんじしつ》のイグノラと、変質して倒れたカマエル。

ウツシハラと、カマエルの変質が受け入れられないエレオスと、恵美《えみ》と分離してぼんやりとしているニュクス。

「全部倒せば終わりの魔王討伐の方が、よっぽど楽」

「違いねぇ」

サタンはそう言って、疲れた笑顔を見せたのだった。

◇◇◇

エメラダとアルバートの手には、一枚ずつアイレニア金貨が握られていた。

ふくよかな手がそれを受け取ると、金貨はしばし、単眼鏡の視線にさらされる。

「確かに受領いたしましたわ。お帰りの際は期限内でしたらご自由にお戻りいただいて結構ですが、もし滞在期間を延長されるようでしたら私か天祢《あまね》にご一報くださいましね」

「はい～いつもお世話になります～」

「やれやれ。地獄の沙汰もなんとやら、か」

金貨をテーブルの上に乗せた志波美輝《しばみき》は、アイレニア金貨を手元の宝石箱に入れると、暗い部屋の扉を開けて二人を外へといざなった。

「エメラダさんは、日本円をお持ちでしたね？　今回は両替はよろしいのですか？」

「はい～。前回来たときにしっかり両替させていただきました～」

「承知いたしましたわ。それと一応お知らせしておくのですが、半日ほど前に、漆原《うるしはら》さんがアシエス、イルオーン、エレオス、ニュクスの四人を伴って既に日本入りしております」

「お、四人も引き連れてきたのかよ。何かあったのか」

人数にアルバートが軽く驚いた顔をする。

「いつものアシエスの発作のようなのですが、今回はニュクスに見つかってしまったとかで」

「そうでしたか～。じゃあ特別に大きな変化が起きる～というわけではないのですね～？」

「一応は、大きな変化ではあると思います。ケセドが、まもなく実ると聞いております」

「実るって言ってもな。セフィラの子が生まれるまで実際に何が起こるか分からないわけで、生まれたところで俺らにはまだ実感できるほど変化は生まれてねぇから、なかなか緊迫した雰囲気にはならねぇよ」

「ええ。ですが人の目では太陽や月の移動をまじまじ見ても動きを追えませんが、それでも星は確実に巡っております。全てを知るあなた方こそが、世界の平穏を保つ礎《いしずえ》なのです。努々《ゆめゆめ》、小さな変化を見逃されませんよう。それでは、良いご滞在を」

志波《しば》家の扉が閉じられる音は、二人の耳には実際以上に大きく聞こえたような気がした。

「……ったく、あの女が不気味だって魔王達が言ってた理由がよく分かる。セフィラって連中はみんなああなのかよ」

「聞こえますよ～」

「どこで何言ったってどうせ聞こえてんだろ。だったら俺は正直に生きる」

「志波《しば》さんには～エミリア達の後見を担《にな》っていただいているんです～。こちらの事情でご迷惑をおかけしてる以上～、穏やかに接した方がいいですよ～」

「そのための毎度往復の通行料としてのアイレニア金貨だろ。地獄の沙汰も、ってのはそもそもこっちの慣用句だろ」

「も～」

「それより、さっさと行こうぜ。この暑さは体に堪える」

アルバートは真夏の日光に顔を顰《しか》めながら先に立って歩き出す。

「あ～！　待ってください～！　到着したことエミリアに連絡しますから～」

エメラダは大股のアルバートの後を追いながら、肩にかけたショルダーバッグの中からスリムフォンを取り出して電源を入れる。

ポロシャツにチノパンを履いたアルバートと、ノースリーブのハイネックブラウスにデニムパンツを履いたエメラダは、志波《しば》家の隣にあるヴィラ・ローザ笹塚《ささづか》を見やってから、すぐにそちらには向かわず、まずは笹塚駅《ささづかえき》へと向かった。

そのまま京王新線新宿《けいおうしんせんしんじゅく》行きの電車に乗り、一駅先の幡ヶ谷《はたがや》駅で下車。

「この暑さの中、歩きたかねぇからな」

「そうですね～。それで、変わった様子は～？」

地下から上がってすぐ、幡ヶ谷《はたがや》商店街の様子は、前回来たときと変わった様子は無い。

そしてそれは、マグロナルド幡谷駅前《はたがやえきまえ》店もまた、同様だった。

「まぁ、ぱっと見は大丈夫そうだけどな」

アルバートが真剣な顔で店を見上げていると、二人の横からエンジン音が接近してくる。

車かバイクかと思い二人がきちんと道の端に寄ろうとすると、そこには二人も既に見知った顔があった。

「あ、こんにちは、エメラダさん、アルバートさん」

「どうも～。お久しぶりですイワキ店長～」

ちょうどデリバリーから戻ったマグロナルド幡谷駅前《はたがやえきまえ》店店長、岩城《いわき》琴美《ことみ》が、ホソダ・ジャイロルーフの屋根の下から少し汗の浮いた顔を見せたのだった。

「は〜〜〜〜〜〜〜……い〜き〜か〜え〜り〜ま〜す〜……」

「ここ一週間ほど、ことのほか暑いですからね〜。アルバートさんもどうぞ」

「悪いな。遠慮なくいただくぜ」

エアコンの効いたスタッフルームに通された二人は、出されたアイスコーヒーを一気に飲み干した。

「それでですね、この上半期は特にお話しできそうなことは何も無いんですよ」

「そうなんですか〜？」

「それならそれで、こっちも安心できて嬉《うれ》しい無駄足なんだが、本当なのか？　見たとこ、前よりもよその国の人間が増えてるようだが、そいつらに紛れてるってことは？」

「確かに外国からのお客様は増えました。ですから最初の内はリヴィ君と警戒していたんですが、リヴィ君が何も無いって言う以上、私も信じるしかないですから」

「なるほど〜。ではそちらの方は安心〜ということで〜、セフィラの子達のお食事代なんですけど〜」

「あ、それもなんですけど、この三年でアシエスちゃんがご来店される頻度は減ってるんです。

志波《しば》さんと漆原《うるしはら》さんからサブスプリクション形式でお支払いいただいているお金からアシが出ることも無くなってます。なので今回は追加のお支払いは結構です」

「え～？　お気持ち～というわけには～……」

「もらいすぎて名目つかなくなっちゃうと困るんで、本当に大丈夫です」

「……すいません～」

「いいえ。社員の立場でこう言うのはダメかもしれませんけど、アシエスちゃんや他の子達が来るときは結果的に営業が楽なので、むしろもっともっと来てくれてもいいんですよ。そういうときは、川田《かわた》君や大木《おおき》さんがわざわざお仕事の都合つけて手伝いに来てくれたりもするので、私も楽しんでやらせてもらってます。ただ……」

岩城《いわき》はここで、初めて顔を曇らせた。

「そろそろ、私に転勤の辞令が出そうなんです」

「マジか」

「私ももう三年この店にいますからね。皆さんのおかげで結果的に木崎《きさき》さん時代の売り上げを横ばいで続けられていますが、それでもそろそろ警戒しておかないといけません」

「それはちょっと困りましたね～。頻度が少なくなったと言っても～やはりアシエスちゃん達にはマグロナルドの味が定番化しているようですから～」

「なので、ちょっと強引な手を使う予定でいます。それでほんの少しだけ、延命が可能かと」

「強引な手～？」

「はい。そろそろ帰ってくる頃かと……あ」

まるで測ったように、スタッフルームの扉が開く。

「おっと、お客さんっすか。失礼し……あ？」

「え、えええ～!?」

「オイオイオイオイマジかよ！」

入ってきた男と、エメラダとアルバートは目を合わせてお互いに驚愕《きょうがく》した。

「なんだテメェらか。アルバート・エンデ。なんだその似合わねぇちんちくりんは」

「バカ言ってんじゃねぇよリヴィクォッコ！」

筋骨隆々で、日本のXLサイズのポロシャツでも窮屈そうなアルバートは、

「それスーツってやつだろ！　似合わねぇな！　テメェのゴツい顔にそのカッチリしたのは！」

上から下までスーツでビシっと決めたリヴィクォッコを前に唖然《あぜん》としていた。

岩城《いわき》だけが何でもないことのように、リヴィクォッコを笑顔で迎える。

「お疲れ様リヴィ君。研修、どうだった？」

「別に大したこたねぇっすよ。ただどういう訳か、同期の女共には妙にビビられちまって」

「リヴィ君、最初は見た目で誤解されやすいから」

リヴィクォッコがスーツ姿で現れるという何かのコントとしか思えない事態に、さすがのエ

メラダもアルバートも先の展開が読めなくなっている。

「イワキ店長～、まさか強引な手って～」

「ええ。リヴィ君にここの店長になってもらうってことです」

「そんなことできるのかよ！」

「つまり～あれですか～？　以前魔王が受けていた～社員登用研修というのを受けているってことですか～⁉」

エメラダの問いに、岩城《いわき》とリヴィクォッコはなぜか気まずそうに笑い合った。

「あの～？」

「いや、それがな」

そしてリヴィクォッコが、衝撃的な事実を口にした。

「俺……正社員登用研修、受かっちまったんだ……今言った研修ってのは、次年度正式採用に向けた本社内のインターン研修ってやつでな」

しばし、沈黙。

「えええええええええええええええええ～⁉」

「だはははははははははははははは‼」

エメラダは叫び、アルバートは笑い出した。

「はあ⁉　マジかよ⁉　お前魔王が昔落ちたっていう研修に……！」

「そうだよ！　だから決まりが悪いんだ！　笑うんじゃやねぇよ！」

「魔王の反応どうだったんだよ！」

「何かすげぇ顔しながら祝いだって仰《おつしや》ってホルモン焼肉奢《おご》ってくれた」

「ぎゃはははははは!!」

「アル〜笑いすぎですよ〜お店まで聞こえて迷惑ですよ〜？」

「いや〜エメ、お前これが笑わずにいられるかって。こりゃ帰ってルーマックに良い報告ができるぜ。ついに魔界の悪魔が異世界でセイシャインとやらになっちまったんだからな。こりゃああちこちに散った悪魔共の励みにもなるんじゃねぇか？」

「……だから言いたくなかったんだ。店長もこいつら来てるんなら教えてくださいよ。どっか寄り道して時間潰してきたのに」

「まぁまぁ、これもあなた達にとっては大事な定期報告でしょ？」

「そりゃまぁそうっすけど」

「いやでも〜さすがにこれはまさかまさかでした〜」

「エメが本気で驚いた顔ってのはなかなか見られねぇからな。これだけでも大枚払って来た甲斐《かい》があったぜ！」

「うるせぇ、テメェら向こうで他のマレブランケ頭領格共に余計なこと言うんじゃねぇぞ！じゃあ店長、俺シフト入るんで、休憩までにそいつら叩《たた》き出《だ》しといてくださいね！」

言うが早いが更衣室に消えたリヴィクォッコは、あっという間に二人も見慣れた赤いクルーシャツに着替えると、一瞥《いちべつ》もせず店に出ていってしまった。

「独立を考えられていた木崎《きさき》さんも、本社の方で残って頑張ってます。なので三人でなんとかアシエスちゃんや、他のエンテ・イスラの人達を受け入れる体制を整えていければって思ってます」

「なるほどなぁ。しかしさんざん笑っておいてあれだが、よくアイツが正社員なんかになれたな。だって確か、あいつこの国の人間ってことにはなってねぇだろ？」

「逆にそれがプラスに働いたんだと思います。さっきアルバートさんも仰《おつしや》ったように、お客様に外国の方が増えてますし、実は大卒の新入社員も、外国籍や外国出身って人が多くなってきてるんです。遅まきながらの、顧客獲得のグローバル戦略ですね。彼、イタリア人って設定ですし」

実に迂遠《うえん》で壮大な冗談を飛ばしてから、岩城《いわき》は眼鏡の奥ですっと真剣な顔をした。

「でも、彼が店長をやることになったとしても、幡ヶ谷駅前《はたがやえきまえ》店でこれまでのように自由にできるとも限りません。木崎《きさき》さんのように店舗業務から外れる部署への転勤も十分あり得ます。今は志波《しば》さんの横車でなんとかなっていますが、私とリヴィ君がマグロナルドから皆さんを支援できるのは、長くて二年だと思ってください。そのことで最近真奥《まおう》君のところとも、緊急時の具体的な引継ぎも相談していますので」

「……ああ、それは承知している。すまねぇな」

「とはいえ〜エンテ・イスラのどの国よりもこちらでの休養が最も安全ですからね〜。早急に対策を立てないといけませんね〜」

アシエスの暴食と空腹光線の発射は今では『発作』と呼ばれ、主にセフィロトの樹《き》やセフィラの子達に何か成長や変化が起こる際に付随して現れる現象となった。

だが、エンテ・イスラ諸国のどこかにセフィラの子達が依存するようになってしまえば、頂《サ》点会議《ミット》のメンバーの中に第二、第三の絶対的戦略兵器たる『進化聖剣《ベター》・片翼《ハーフ》』や『勇者エミリア』を再誕させようとする勢力が現れるかもしれない。

そのため、今の頂点会議《サミット》メンバーの中では、セフィラの子達のエンテ・イスラ降下は可能な限り制限すべきとの認識が共有されていた。

そしてアシエス自身、人格と肉体を得たのが日本であるため、エンテ・イスラよりも日本の食事の方が馴染《なじ》んでいる。

そのため発作の鎮静化には、日本で食事をさせるのが一番良いということになった。

そして現在、セフィロトの樹《き》とセフィラの子達を管理監督しているのが漆原《うるしはら》なのだ。

「では今回は〜、そのあたりのことを持ち帰って相談してみましょう〜」

「っと、エメ。エミリアから返信が来てる。どうも結構な数の関係者が、ヴィラ・ローザ笹塚《ささづか》に集まってるみたいだぜ」

「そうですか～。ちょうど良いですね～。それじゃイワキ店長～。次もいきなりになってしまいますが～また立ち寄らせていただきます～。コーヒーをごちそうさまでした～」

「そうですか。またお仕事抜きでも、いつでもお越しくださいね」

エメラダとアルバートを、店の外まで出て岩城《いわき》が送り出す。

すると二人が幡ヶ谷駅《はたがやえき》の中に消えたのを見計らってリヴィクォッコも外に出てきた。

「別にいいんすよ？　あいつらにいちいち気を使わなくても」

「いいのよ。私が好きでやってるんだから」

「店長がいいってんならいいんすけどね、店長自身は別になんの得も無いわけじゃないすか。金だって会社に入るだけで、店長の懐《ふところ》は別に潤っちゃいないわけでしょ」

「お金の問題じゃないの。リヴィ君もそろそろ分かるんじゃないかな。やりがいって感覚」

「やりがい、あるんすか」

岩城《いわき》の瞳は、紫外線カットレンズの奥でもきらきらと輝いていた。

「だって、ごく普通に日本に育った、なんの特徴も無いサラリーマンの私が、異世界のすごい力を持った人達とお友達になって、頼りにされてるのよ？　これよりやる気が出ることって、他にあると思う？」

「……ま、悪魔の俺にゃ分かりませんが、店長がそれでいいなら、俺はいいっすよ」

「ならそれでいいの。さ、普段のお仕事に戻りましょ」

「うす」

異世界からの客人を送り出した人間と悪魔は、日の光から逃げるように店内へと戻り、日常業務に戻ってゆく。

※
「アイレニア金貨一枚か。結構ボるよな」

エメラダとアルバートが志波《しば》に支払った金額を聞いて、漆原《うるしはら》は顔を顰《しか》めた。

「仕方ありません〜。我々が向こうで国境を越えることを思えば安い額です〜」

真奥《まおう》と漆原《うるしはら》がセフィロトの樹《き》について話し込んでいたところにエメラダとアルバートがやってきて、岩城《いわき》から伝え聞いたアシエスの食欲受け皿問題についての話し合いとなると恵美《えみ》や千穂《ちほ》や鈴乃《すずの》も無関係ではいられず、久々に二〇一号室は大人でごった返している。

階下からはセフィラの子達がノルドとライラの東京の拠点として今も借り続けている一〇一号室で大騒ぎをしている気配が聞こえてきて、真奥《まおう》と、そして鈴乃《すずの》がなんとなく二〇二号室の様子をはらはらしながら窺《うかが》っていた。

漆原《うるしはら》も飲んだ真奥《まおう》自家製ブレンドのアイスコーヒーが行き渡ったタイミングで、恵美《えみ》が口を開く。

「でも、ちょうど良かったかもしれないわね。前々から私達も岩城《いわき》店長やマグロナルドにいつまでも頼れないってことは分かってたし、エメかアル、もし良かったら今夜緊急会議する予定だから、私の仕事に付き合ってもらえない？」

「エミリアの仕事にですか〜？」

「ええ。まぁ、私のって言うより、お父さんと、あとはあいつの、だけど」

恵美《えみ》に顎で指された真奥《まおう》は渋い顔をした。

「へいへい……他に手はねぇしな。岩城《いわき》店長とはずっと話し合ってはいたし、いい機会だ。永《えい》福町《ふくちょう》本店の状況見て、今のままだと難しそうならそろそろ二号店をって話もしてるから、新店舗で対応ってことも考えねぇとな」

「その場合、新規採用するの？」

「残念ながらその余裕はねぇ。アキちゃんを移すか、俺が張りつくかってことになる」

「でもそうなるとあなた達の負担が増すでしょ。結構余裕あるはずじゃないの？」

「アシエスの対応させるなら知ってる奴《やつ》じゃねぇと駄目だから、これぱっかりは人増やしてどうこうって話にはならねぇ。正直、無理に店舗構造作るより、一回一回ケータリングした方がいいんじゃやねぇか？」

「今日の神戸《こうべ》牛《ぎゅう》の顛末《てんまつ》を見たでしょ。今は良くてもこれから何年もってなると、その都度食材や人を集めるってことは予算的にも厳しいと思わない？　なんなら悪魔の新規雇用を検討してもいいと思うわよ」

「悪魔ねぇ……エンテ・イスラに馴染《なじ》んでほしいし大家さんも怖いから、あんまり日本《こっち》に逃げさせるようなことはしたくないんだが……」

結局はアシエスをどう食べさせていくかという話でしかないのだが、恵美《えみ》と真奥《まおう》は真剣に話し合っている。

「またその話ですか」

「千穂《ちほ》さん〜。いいんですか〜？」

「何度でもしますよ〜だってあれ〜」

エメラダは眉を顰《しか》めて真奥《まおう》を顎でしゃくった。

「完全に尻に敷かれてますよ〜？」

「仕方ありませんよ。第一、エメラダさんの責任でもあるんですからね」

「それを言われると痛いですけど〜……私もアレがまさかこんなことになるとは〜」

株式会社まおう組の店舗経営についてあれこれとくちばしを突っ込み、社長であるはずの真《ま》奥《おう》はその言葉にいちいち真剣に取り合い、なんなら従うようなそぶりまで見せている。

「エメラダさんとセント・アイレが例のあれ、やめてもらえれば、少なくとも遊佐《ゆさ》さんと真奥《まおう》さんは引き離せますけど」

「……私達にはそれができないって分かってて言ってますよね〜？」

「はい。だってそんなことしたら、真奥《まおう》さんにかけた手綱が外れて、頂点会議《サミット》もエンテ・イスラの人達も、不安で仕方ないですもんね」

千穂《ちほ》はにんまりと笑う。

「うう～オビニミジカシタスキニナガシ～」

「合ってるようで全然合ってない気がしますけど、そういうことなんで、諦めてください。受け入れてないの、エメラダさんだけですよ」

「うう～……そんなバカな～」

「そもそもアラス・ラムスちゃんのことがあるんですから、真奥《まおう》さんが遊佐《ゆさ》さんと完全に縁切るなんて無責任なこと誰も許しませんし、それに」

千穂《ちほ》は、結局何かしらの形で真奥《まおう》が言い負かされたらしいところを見て、微笑《ほほえ》んだ。

「私、あんな二人を見るの、好きなんです」

「むう～……千穂《ちほ》さんがそんなだからですよ～」

「はい。私、こんなです。みんなのおかげで私、こんなになっちゃいました」

「もう～！」

千穂《ちほ》の、一片の裏も邪気も無い笑顔に、エメラダもさすがに険を引っ込めた。

「全く、幸せ者ですね。あのとき逃がさず殺せれば、どんなに良かったか！」

最後に一言だけそう捨《す》て台詞《ぜりふ》を明後日《あさって》の方向に投げてから、改めて恵美《えみ》に尋ねた。

「で〜どういうことなんです〜？」

「実はね、今度まおう組で、新たにパンをメインにしたレストランを出すこと検討してるの。そこで仕入れる小麦粉の候補に、お父さんが長野の佐々木《ささき》家で作った小麦が入ってるの」

「ん？　候補？」

アルバートは恵美《えみ》の微妙な言い回しを聞き逃さなかった。

「ええ、本決まりじゃないの。今日は予算とかいろいろなコストをじっくり検討して、明日業務用のテストキッチンをレンタルして試作と試食。そこにお父さんと、千穂《ちほ》ちゃんの従兄弟《いとこ》の佐々木《ささき》一馬《かずま》さんが一緒に行って、最終プレゼン。一馬《かずま》さんは今日は別の仕事で都内のどこかのホテルに泊まるみたいだけど」

「なるほど〜。さすがにお仕事には厳しいんですね〜」

「ったりまえだろ。うちはただ縁故があるからだけの採用はしねぇ。ちゃんと良い物選んでから、その売り方を考えてるんだ！」

つまり、ノルドとライラの大荷物は、プレゼン用の資料あれこれということだったのだ。

「だがノルド殿の小麦なら、培《つちか》った歴史が長いから間違いは無いだろう？」

鈴乃《すずの》の問いかけに、真奥《まおう》は難しい顔をした。

「それはやってみてからだ。実際一度駒ヶ根《こまがね》で試作したときは、かなり酸味のキツいパンが出来上がったんだ。健康食って言えば通じなくはないが、主力として採用できるかどうかは、発酵のさせ方を工夫したり、調理器具との相性も考えなきゃならねぇ。あんまり高いオーブンを導入しなきゃならないなら、値段設定とか変わってくるからな」

「な、なるほど……ただノルド殿と一馬《かずま》殿の作ったものが美味《うま》ければいいというものではないのか」

「ものを作るときのコストってのは原材料の原価だけ考えてりゃいいわけじゃねぇ。調達コスト。作業コスト。設備維持コスト。提供コスト。在庫維持コスト、それ以外にも作業やお客の回転予想とか諸々《もろもろ》そういうものを全部計算して、その上で出してもいいってもんを選択するところまでがモノ作りだ。だから逆に言えば、どっかのコストが超過してても、それでいいって思える要素があれば多少のオーバーコストには目を瞑《つぶ》ることもある。それこそお前が今言った『美味《うま》い』なんてのは大前提だが、そこにお客が大きな価値を見出《みいだ》してくれれば、他の商品に目を引くこともできるからな。まったく……」

真奥《まおう》は一通り語ると、満足げに言った。

「これが上手《うま》くハマったときの気分ってのは、最高だぜ。いい仕事したって思える」

そう言う真奥《まおう》の顔はどこまでもさわやかで邪気が無く、今の仕事に精魂を傾けていることに疑いが無かった。

そんな真奥《まおう》を見たエメラダは、千穂《ちほ》にだけ聞こえるように言った。

「トータルで、エミリアの選択は正しかった……ということですね」

千穂《ちほ》もまた、エメラダにだけ聞こえるように言った。

「はい。そう思います。っと」

そのとき千穂《ちほ》は、鈍い音を聞いてはっと振り返った。

「すいませんみんな、ちょっと」

千穂《ちほ》は全員の注意を引くと、唇の前で人差し指を立てた。

静かにしよう、の合図だ。

「……ちょっと、騒ぎすぎたみたいです。今、押し入れの奥から音が……」

「そ、そうか」

真奥《まおう》がはっとしたように、二〇二号室側を見た。

元の住人である鈴乃《すずの》と、そして漆原《うるしはら》もまた、複雑そうにそちらを見る。

「相変わらずなのか？」

「まぁな。今年の夏は、大家さんと一緒に強引に踏み込んで、エアコン取りつけたよ。ただ……室外機が動いてるの、あんま見たことなくてな」

「それでも、食べてはいるのだな」

「そりゃそうさ」

少しだけ安心したように胸をなで下ろす鈴乃《すずの》に、漆原《うるしはら》は事も無げに言った。

「あれだけ生きることに執着してたんだよ。あんなことくらいで心が死ぬような、ヤワな奴《やつ》じやない。そのうちまたロクでもないこと考えるに決まってる。……真奥《まおう》」

「あ？」

「しっかり見張っててよ。僕今の仕事、絶対邪魔されたくないから」

「……俺とガブリエルと天祢《あまね》さん、それにライラでしっかりローテは組んでる。偉そうなこと言うな」

真奥《まおう》は漆原《うるしはら》を蹴った。

「いてっ」

「そもそもお前のお袋だぞ。親の面倒くらい自分で見ろよ」

「子供として面倒見られた記憶が無いのに、そんな義理ないだろ。セフィラの世話して尻ぬぐってやってるだけ、感謝してほしいよ……って」

漆原《うるしはら》の文句が聞こえたのだろうか。

三年前の神討ちの戦いの後、大神官としてエンテ・イスラに居を戻さなければならなくなった鈴乃《すずの》の部屋に強制的に入居させられたイグノラが、力なく壁を殴る音がしばらく連続したが、やがて途絶えた。

魔王と勇者、決着をつける

後始末が大変、とは言ったものの、真奥《まおう》達が取り組むべきことはあまり無かった。

せいぜいが、イグノラやカマエルがさらに暴れ出さないかどうかを見張るだけ。

だが光の聖剣で貫かれたカマエルに聖法気《せいほうき》が戻る気配は全く無く、そんなカマエルの有様《ありさま》を見て放心状態のイグノラは、ろくに身動きもしなかった。

「……拘束しますか？」

「どうするのがいいと思う？」

そんな二人を見ながら、サタンとアルシエルは深刻に顔を見合わせた。

拘束すると言ったところで、カマエルはともかくイグノラは力を失ったわけではないのだ。

なんなら戦ってすらいないイグノラを拘束し得る者はこの場にいるのだろうか。

「ニュクスは分離してるわ。でも、カマエルやラグエルや他の天使がイグノラの言うことに素直に従ってるのを考えるとね」

恵美《えみ》も、イグノラ達をどうするべきか思案しているようだった。

「単純に指導者としても、戦闘単位としても最上位だと考えるべきだろうな」

「でも、自分の目的を達成したと思い込んでたからあんな堂々としてたわけだよね。いくら強くても、ニュクスとエレオスはウツシハラとアシエスが抑えられるだろ。なら、まぁ多少暴れても大丈夫じゃない？」

「いやまぁそりゃそうなんだが……だからじゃあ、どうするって話だよ」

敵の首魁《しゅかい》を捉えたが、その首魁《しゅかい》は一人で大陸一つの法術士を集めたよりも強いのだ。

「オルバを捕まえたときのエメ達は、きっとこんな気分だったんでしょうね……ねぇ魔王。やっぱり拘束するしかないわよ。殺すつもりで来たんじゃないなら、天界か魔界か、どこか本人も自分のいる場所が分からないくらいのところに……」

自分が残虐なことを口走っていると気づいた恵美《えみ》は、少し言葉を切ってから付け加える。

「とりあえず一旦、ね。一応、私達と敵対したのは変わらないんだし……」

「いやまぁ、うーん……でもなぁ……」

「ダメだよ!!」

異議は、意外なところから上がった。

「ニュクス?」

「アラス・ラムスから、ままが本当は私達に悪いことをしてたってのは聞いたよ。でもさ、私にとっては、生まれたときに私を導いてくれた人なんだ！　セフィラ・マルクトは……エレオスお姉ちゃんしか生まなかったはずのマルクトは、何か理由があって私を生んだんだ」

「……」

「お願い……なんの理由も無く私は生まれたりしない！　私達のセフィラは何か思うところがあって、私とままが融合できるようにしたはずなんだ！」

「ますますやりにくい話が飛び出してきたなぁ。どうなんだウツシハラ。今の話」

「別に僕はみんなのリーダーってわけじゃないんだけど、ニュクスがそう言うならそうなんだろう。嘘《うそ》をついてるわけでもない。アラス・ラムス達を導くエレオス一人で良かったはずのところ、ケセドよりも先に二人目のマルクトが生まれた。もしかしたら」

ウツシハラは、真奥《まおう》とカマエルがぶち抜いたアル・ア・リジェの壁の穴の、遥《はる》か先にあるであろうセフィロトの樹《き》の方角を見やった。

「ルシフェルの姿を僕に取らせた樹《き》は、もしかしたら天使達の境遇に同情したのかもしれないだとしたら、僕としても彼女達がエンテ・イスラにした非道を……見逃せとは言わないが、過剰な罰は、できれば与えないでほしいな」

「……判断材料にはならない話だったな。俺達だって別にこいつをなぶり殺しにしたいわけじゃねぇんだよ。ただ、お疲れ様で放免ってわけにいかねぇのは分かるだろ」

「君達の目的は、セフィロトの樹《き》の解放だろ？　新しい兄弟姉妹とも出会えた。これ以上、何を望むんだい？」

「ガキ共の明るい未来だ。こいつは、それを脅《おびや》かしかねないことをこれまでしてきたんだ」

「え？」

ウツシハラは意外そうに目を見開いた。

「言っておくが、お前だってセフィラなんだから、勘定には入ってんだぞ。お前だってセフィラである以上アラス・ラムスの兄弟だからな」

真奥《まおう》は、恵美《えみ》を振り返った。

恵美《えみ》は何かを察したように、アラス・ラムスを顕現させる。

「ぱぱ」

「ああ」

重要な戦局では明晰《めいせき》な知性を発揮するアラス・ラムスは、真奥《まおう》の言葉と思いを正確に理解しているのだろう。

「この神討ちはな、去年のアラス・ラムスへのクリスマスプレゼントなんだ。それが半年以上遅くなっちまってる上に、誕生日プレゼントだって兼ねちまってる。その分、手抜きは絶対許されねぇんだよ」

「そう……だったね。へぇ……」

心を読めるウツシハラが、虚を衝《つ》かれたように言葉を失っている。

「じゃあ、僕としても、言えることは無い、かな。君達の判断を尊重する」

「そいつぁどうも。……おい、イグノラ」

真奥《まおう》が声をかけると、イグノラは意外にも真奥《まおう》に顔を向けた。

「……サタン……」

「カマエルと同じ流れは勘弁しろよ。なぁ、俺達はお前を殺したいわけじゃない。だが、ガキ共にこれ以上ちょっかい出すようなら、その限りじゃなくなる」

「…………」

「お前はそもそも一体何が目的だったんだ。計算違いがあったようだが、お前を生かしておいてその計算違いを正されりゃ、面倒なことになるのは分かるよな」

「……」

「だんまり決め込まれると、こっちも穏やかじゃいられねぇぞ」

「まま……」

ニュクスの心配そうな声が耳を打ち、真奥《まおう》は苛立《いらだ》って語気を強めた。

「……ちっ、おい！」

「ちょい待ち真奥《まおう》君。一旦そこまでにしてもらえる」

強くイグノラの方をゆすろうとした真奥《まおう》を止めたのは、大黒天祢《おおぐろあまね》だった。

「ここは私に預からせてもらうよ」

「天祢《あまね》さん？」

「残って祠《ほこら》の残骸を調べさせてもらった。ちょっとそいつから、詳しく話を聞く必要がある。そうじゃないと、またぞろアシエスやイルオーンが暴走することになりかねない」

天祢《あまね》は殺気立っていた。

「真奥《まおう》君、遊佐《ゆさ》ちゃん。あんた達がアラス・ラムスちゃんを娘だと言って憚《はばか》らないようにね、こっちも親戚に害が及んでるのを見捨てるほど不人情でもないんだわ。なぁあんた」

天祢《あまね》は冷たい目と声で、イグノラの胸倉を摑《つか》んだ。

「大人の女同士、腹ぁ割って話そうじゃないの。『こっち』は全員『親離れ』してるからね。お宅のニュクスちゃんほど優しくないし、真奥《まおう》君達ほど甘くもない」

「……ぁ」

「あんたが手玉に取ってきた子供達と、同じだと思わない方がいいよ」


セフィロトの樹《き》の平原に戻った真奥《まおう》達は、花をつけた樹《き》の前でアラス・ラムスとアシエスを顕現する。

姉妹は手を繋《つな》いで、樹《き》を振り仰いだ。

「ニュクス、ウツシハラ……それニ、バカマルクト」

「誰がバカマルクトですか誰が」

不満げなエレオスを無視して、アシエスは樹《き》を見上げた。

「……皆、まだまだかかるんだネ」

「ああそうだ。僕がこんな早くに出てきたくらいだから、もうこのあとどうなるのか、僕にも分からない。全ては、あの星次第だ」

ウツシハラが指さす先の、月の地平線。

蒼《あお》い大地と星空の境目から昇ってきたのは、エンテ・イスラだった。

「ヘンな陸の形だよネ」

「聖十字大陸……大地が割れたようなあの姿になったのは、大魔王サタンの災厄で月が割れたときの潮汐《ちょうせき》力変化の影響らしい。当時の地上には今のような文明的な国家は無かっただろうが……その当時生きていた命達にとっては、世界の終わりに等しい事態だったろう」

「へェ。じゃあ今回魔界が近づいたのハ、何も影響ないノ？」

「全く無いことはないだろうが……こうして二つの月とエンテ・イスラが変わらず回っているところを見ると、災厄というほどのことは起きてはいないんだろうね」

「だってサ。姉サマ」

「ん」

「マオウ達からの誕生日プレゼント、もらうのまだまだ先になりそうだネ」

「そんなことないよ。あしぇす」

「そウ？」

「ままとぱぱにだいすきしてもらえてるってわかった。それで十分」

「それもそっカ」

アシエスは、小さい姉の言葉に微笑《ほほえ》んだ。

「姉サマもこれで大きくなれルル？」

「うん」

まるでそれが合図であったかのように、アラス・ラムスの全身が光る。

真奥《まおう》が恵美《えみ》のマンションに住むようになった前後でアラス・ラムスの身に起こるようになったその現象が、小さかった赤ん坊の背丈を、ほんの少し大きくし、そして止まった。

「まま、ぱぱ」

アラス・ラムスはアシエスの手を離すと、真奥《まおう》と恵美《えみ》の下へと走り、二人の前で止まり、気を付けをする。

「みんなをたすけてくれて、ありがとう。だいすき」

ほんの少しだけ、大人びた表情でアラス・ラムスは、頬を紅潮させて微笑《ほほえ》んだのだった。

※

「……というのが、天界で起こった戦いの全てだということだ」

「えっと……それってつまり、ほとんど戦いらしい戦いが無かったってことですか？」

真奥《まおう》達の天界突入から一週間後。

鈴乃《すずの》は一人で笹塚《ささづか》の佐々木《ささき》家の千穂《ちほ》の部屋を訪れていた。

神討ちの戦いの、あまり歯切れが良いとは言えない顛末《てんまつ》の報告のためである。

ローテーブルを挟んで向かいに正座する鈴乃《すずの》の着物は、千穂《ちほ》の見慣れたかまわぬ柄だ。

その千穂《ちほ》にとっての日常的な光景が、逆に鈴乃《すずの》の口から飛び出す話題の異常性と特殊性を際《きわ》立《だ》たせていた。

「一番怪我《けが》が大きかったのが、エレオスというマルクトの少女と、アシエスだ。顔がそりゃあもうヒドイことになっていた。だがそれも痕が残る傷というわけではなし、アルシエルも天兵を殺さなかった」

犠牲者数でいえば、聖征の最中、頂点会議《サミット》の直前に中央大陸各所で各国が散発的に衝突した被害の方が、よほど多いと言えるだろう。

「イグノラのそもそもの目的は、エンテ・イスラで天使達が第一の人類としてセフィロトの樹《き》に認められ、私達原生人類の上に立ち、今度こそ完璧な人類の発展する完璧な世界を作ることだったらしい。そのためにイグノラはあらかじめ多くの奇跡や神秘を世界に振りまき、大法神《だいほうしん》教会《きょうかい》の礎《いしずえ》を築いた」

「あれ？　教会を作ったのはライラさんじゃないんですか？　前にイェソドの欠片《かけら》の話で、遊《ゆ》佐《さ》さんがそんなことを言っていたような……」

「ライラが作ったのは、イグノラに対抗するための『聖剣の伝承』。つまりイェソドの欠片《かけら》の存在と使用法の継承だ。イグノラの作った宗教の土台が成熟したのを見計らい、既に下野していたライラが巧妙に聖剣の伝説や、イグノラや天界、天使が人類とは別種の存在であることを何年、何百年もかけて侵透させた。その結果様々な教派が生まれ、我々エンテ・イスラ人類が信奉する『天使』の概念が一枚岩でなくなった。これが、ついこの間まで天使達がセフィラに星の正統人類と認められなかった大きな要因だ……と。まぁこれは、ウツシハラが言っていたことだから、どこまで正しいのか確かめる術は無いのだが」

語っている鈴乃《すずの》自身、あまり信じられていないのか、時折言い淀《よど》んでいる。

「そもそもイグノラ達の母星は、人類の力ではどうしようもない風土病で滅亡の危機に瀕《ひん》した。彼女らは滅亡直前に脱出したが、恐らく星は滅亡したと考えて間違いない。その過程で現れたカイエルとシェキーナがイグノラの不老不死研究を否定したことが、イグノラの今を形作る決定打となった。結局のところ、人類に『超常的な助け』などもたらされはしないという考え……つまり、『神』の否定だ」

「神の、否定……」

「千穂《ちほ》殿は不思議に思ったことはないか？　『大法神教会《だいほうしんきょうかい》』という組織と名に。サリエル様やガブリエル、ラグエルやセフィラの名を聖典に伝えながら……肝心要の『神』であるイグノラの名が伝わっていないことに」

「大法神っていうのが、それじゃないんですか？」

「そうじゃないんだ。聖典にその名は、どこにも記されていない。イグノラの名は唯一、海を示す古語にのみ残っているが、聖典にその言葉は出てこない」

「そうなんですか⁉」

千穂《ちほ》は驚く。

「聖典に記されているのは、あくまで高次の存在が複数いるという伝承のみで、それを統括する者の存在はどこにも記されていない。だからこそ古来神学者や聖職者達は、天使を含めたこの世の法則を作った偉大な存在という意味で『大いなる法則を司《つかさど》る神』的な存在がいると仮定して、教会を発展させていった。これもまた、イグノラにとっては誤算だったらしい」

『神』は『人類』ではない。

イグノラには、人類の正統な進化を妨げた者として制裁を受けたトラウマがある。

だからこそ彼女は『神』が生まれ得ないように、大法神教会《だいほうしんきょうかい》の基礎を作ったはずだった。

だが、それを覆《くつがえ》したのが、ライラやかつてイグノラと袂《たもと》を分かったサタナエル派の天使達であり、そして、

「『神』の概念に縋《すが》るしかなかった、古代のエンテ・イスラ人達だ」

このままでは、圧倒的な数を擁《よう》するエンテ・イスラ人がセフィラの正統として認められてしまう。

そうなれば、天使達は再び寄る辺となる星を失い、セフィラに迫害されるかもしれない。

エンテ・イスラ全土に多くの文明国家がとめどなく栄えはじめたこの時代にその危惧を抱いたイグノラが目をつけたのが、魔王サタンによるエンテ・イスラ侵攻だった。

悪魔によって敗北を喫する人類。

イグノラは、思い通りの形に発展しなかった大法神教会《だいほうしんきょうかい》とサタンの世界征服侵攻を二重に利用することを思いついた。

天界の力、天使の力による勇者の誕生。

上位存在として人類を守護する天使達の存在のアピールである。

既にライラが離反して久しかった天界では、ライラの名残をあぶり出す意味でもその策は有効だとみなされ、そしてついに現れたのが、エミリア・ユスティーナというその身にイェソドの欠片《かけら》を宿す少女だった。

だが、ここにもイグノラの誤算が潜んでいた。

エミリア・ユスティーナは、生粋のエンテ・イスラ人ではなかった。

聖剣と、進化の天銀と呼ばれた欠片《かけら》から生まれた破邪の衣に反応する形で彼女は『変身』したのだ。

天使と同じ風貌。天使の遺伝子を引き継ぐ姿に。

勇者エミリアが、大天使ライラの血を引いているであろうことは、すぐに推察された。

ここから導き出された結論に、イグノラ達は戦慄した。

エミリアの存在は、イグノラ達から見れば、未《いま》だ成熟していない文明しか持たないエンテ・イスラ人類と、発達した文明を持つはずの自分達が、遺伝的に等質な存在であることの証明であった。

このままエミリアが世界を救った場合、果たして天使は上位存在としての体裁をセフィロトに認められるのか。

天界は大魔王サタンの災厄以来の大紛糾を起こした。

天界の天使生存のイニシアチブを持っていたイグノラ派がかろうじて多数派ではあったものの、彼女のエンテ・イスラのセフィロトに対する方針が間違っているのではないか、という意見が多く聞かれはじめる。

反対派の先鋒《せんぽう》に立ったのは、それまで長くイグノラを支持してきたサンダルフォンだった。

さらにイグノラに衝撃を与えたのが、エンテ・イスラに侵攻した魔王軍にルシフェルの姿があったことだ。

どれほど時が経《た》とうと、自分の子の顔を忘れたことは無かったイグノラにとって、上位存在であるべき自分の正統後継者が、あろうことか原生人類種の中でもより下等な存在と共に行動し、世界に大きな影響を与えていることが大きな衝撃となった。

しかも、そのルシフェルは未熟な人類の、未熟な少女勇者に敗北した。

これではエンテ・イスラ人類に天使達を上位種として認めさせるどころか、ただただ世界を混乱させ、欲望に流されるままの人種だという誤解を流布《るふ》しかねない。

イグノラはエミリアの仲間であったオルバという名の聖職者を通じて、ルシフェルを秘密裏に保護させた。

六人の大神官という、天使達を奉ずる教会の中で位を極めた男ならば、御しやすいと考えた結果だったが、これもまた裏目に出た。

「オルバさんは、そういう人じゃなかったんですよね」

「ああ。もとから神の存在を大いに疑っていた手合いだ。エミリアの存在と、聖剣や破邪の衣のありようをずっと疑問に思われていたわけだし、それこそエメラダ殿には語らなかったようだが、この天界からの直接の交信こそが、オルバ様の変節の決定打なのだろう……その後は、千穂《ちほ》殿もよく知っている通りだ」

勇者エミリアは破竹の勢いで魔王軍を駆逐するも、その親玉を逃し異世界に消える。

エンテ・イスラの平穏は一応は保たれたが、奇跡の体現者は異世界に消えてしまった。

と同時に天界としては、天使とエンテ・イスラ人のハーフという、イグノラの入植計画にとって都合の悪い存在を消す絶好の機会でもあった。

だが、エミリアを排そうとする全ての思惑はことごとく外れた。

それもこれも、勇者エミリアと魔王サタンが日本という社会に組み込まれ、公私を分けて手を組むことを覚えてしまったからだ。

勇者と魔王が和解してしまえば、エンテ・イスラ人類に平和と発展が訪れ、セフィロトの意思が傾いてしまうかもしれない。

「アルシエルがエフサハーンに誘拐されたあの事件も、大神官ロベルティオ様を暗殺して聖征を発動させたのも、天使を上位人類として認識させるための布石だったらしい。天界の庇護《ひご》を受けた教会勢力に魔王軍の脅威を駆逐させるという人類救済劇の再現を行おうとしていたんだ。セフィロトの樹《き》そのものを支配下に置き、イルオーンやエレオスの保護に成功していたイグノラにとっては、あれが最後のチャンスだった」

だがそれも、イグノラに面従腹背《めんじゅうふくはい》していたガブリエルの策略と、公私を越えてエミリアと手を取り合う関係になっていたサタンの行動によって破綻する。

オルバは手駒として用をなさなくなり、大神官の中にも神の正体を知る者が入り込み、そして、悪魔と天使と勇者と人間が手を組んで、遂《つい》に神を否定した。

「でも、ダァトは天使の直系の姿を取ったんですよね？　それはどういうことなんです？」

鈴乃《すずの》は、その問いへの答えがウツシハラからの伝聞で、しかも多分に推測が混じっていると前置きする。

「ルシフェルは天界の母星を離れてから生まれた最初の『第二世代』だ。血筋で行けばかつての星の人類だが、奴《やつ》にとっての母なる星はエンテ・イスラ以外に無く、エミリアがその天使種とエンテ・イスラ人類の間に生まれている以上、ルシフェルが選ばれていようと、結局セフィロトにとっては、天使もエンテ・イスラ人類も変わらぬ等質な存在としてしか考えられていない、ということらしい。だから、天使の優位性は完全に失われ、そして……」

「……カマエルさんは、全ての力を失ったんですね」

千穂《ちほ》は、自分の右手の薬指にかつて嵌《はま》っていた指輪を思い出す。

千穂《ちほ》自身も、その指輪から生まれた力で一人の天使を撃ち貫いた。

今でこそ冷静にそのことを思い出せるが、自分が放った矢がラグエル、つまり人間を貫いたことと、その瞬間にラグエルが聖法気《せいほうき》の翼を失って落ちたときには、まさか自分が人間の命を断ってしまったものかと冷や汗をかいた。

あれは結局のところ、天使もまたエンテ・イスラのセフィロトによって、人類種の発展に比例して奇跡の力を失ってゆくという性質を先取りしたものだったのだろう。

真奥《まおう》との戦いに事実上敗れ、力を失ったカマエルは今、天兵に付き添われて魔界のマレブランケの里にいる。

そこには彼がサタナエルを恨み己を失うに至った、大切な人の名残があるのだそうだ。

「これから、どうなるんですか？」

「当初の計画通りだ。悪魔と天使を、時間をかけてエンテ・イスラに移住させ、頂点会議《サミット》のメンバーを中心に、本当に法術が世界から失われていくのかどうかを注意深く観察する。ニュクスとエレオスに関しては、一旦はウツシハラ預かりとなっているが、彼女達も動揺が激しいので、特例で天祢《あまね》殿がセフィラ一家の先輩として、色々なケアに当たっているところだ」

「……まだまだ、これからなんですね」

「ああ。ここからは、世界の保守点検のフェーズに入る。地味で、目立たず、気を使う仕事だ……だが、アラス・ラムスやアシエスの未来に関わる重要な仕事だ。手は抜けない」

千穂《ちほ》は、複雑な顔で目を閉じると、小さく鈴乃《すずの》に頭を下げた。

「本当に、お疲れさまでした……最後は、全然協力もできなくて……」

「何を言う」

鈴乃《すずの》の強い語気に、千穂《ちほ》は目を開けた。

「そもそも千穂《ちほ》殿の力が無ければ、頂点会議《サミット》も、神討ちも成《な》すことはかなわなかった。今でも折につけ、千穂《ちほ》殿の力が欲しいと愚痴をこぼす頂点会議《サミット》のメンバーは後を絶たん」

「……買《か》い被《かぶ》りですよ。私はもうただの女子高生。受験生です」

どこか千穂《ちほ》の言葉は寂しげだった。

鈴乃《すずの》にはその理由が手に取るように分かった。

なぜなら、現時点で既に、事態は完璧に千穂《ちほ》の手の届かないところに移ってしまっている。

天界にも魔界にも、そしてエンテ・イスラにも自分の力では行くことのできない千穂《ちほ》は、もう状況に関わることはできないし、その必要も無い。

千穂《ちほ》はエンテ・イスラの全ての事情から切り離されて然《しか》るべき状況だった。

千穂《ちほ》が稀有《けう》な人材として求められていること自体は嘘《うそ》ではないが、彼女を異世界出身のササキチホとして登用すること自体は、誰もが諦めていた。

あのディン・デム・ウルスですら、千穂《ちほ》を求めるのならあくまでジルガに出場したチホ・ササキ・ウルスとしてしか扱えないと考えているのだ。

「千穂《ちほ》殿。私は……私はな」

鈴乃《すずの》はローテーブルから身を乗り出して、千穂《ちほ》の手を握った。

「鈴乃《すずの》さん？」

「私はそんなことは許されないと思っている」

「え？」

「千穂《ちほ》殿がいなければ、私達はみんなバラバラだった。世界は、バラバラだった。誰も救われなかった。それなのに、全てが済んだら千穂《ちほ》殿を誰も見向きもしないしできなくなるなんて……そんなこと、おかしいじゃないか」

「え、えっと……」

なぜか鈴乃《すずの》の方が泣きそうになっていることに、千穂《ちほ》は動揺する。

「実はまだ、解決していないことが、一つある」

「な、なんですか？」

「千穂《ちほ》殿や私達がこんなことに……こんな素敵なことになるなるずっと前から、世界が求めていたことだ。今となっては必ずしも必要なことではなくなっているがそれでも……その事が成《な》されれば、世界が一歩また、先に進むことができるようになる」

「素敵って……え？　なんの話を……」

「……」

鈴乃《すずの》は、迷っている様子だった。

少しだけ考えるような目をしてから、話の流れを一度切って、別のことを口にする。

「イグノラの身柄は、当分は天祢《あまね》殿と志波《しば》殿の預かりとして、ヴィラ・ローザ笹塚《ささづか》に置くこととなった」

「え!?　ついに神様まで!?」

流石《さすが》にこれには声を上げたが、鈴乃《すずの》はそこに声を被《かぶ》せる。

「どれだけ強大でも、成熟した地球のセフィラに対抗するほどの力は無い。これまでのことを天祢《あまね》殿の聞き取りに応じ素直に話したことからも間違いない。問題はそのあとだ」

「その、あと……」

「もともと存在しなかった『神』は、エンテ・イスラから去った。そしてもう一つ、エンテ・イスラから、永遠に消えなければならないものがあるんだ」

鈴乃《すずの》の目には、いつの間にか涙が浮かんでいた。

その涙に千穂《ちほ》は、鈴乃《すずの》と、彼女が心に秘めた多くの人々の覚悟を見た気がした。

「既に、筋道も方策も整っている。もちろんその後のこともな」

千穂《ちほ》は今日までの全ての出来事を思い出しながら、やがて、

「それは、いつ、決行されるんですか」

答えに、行きついた。

※

静かな夜だった。

首都高を走る車の音がよく聞こえる深夜の笹塚《ささづか》の町。

仕事で疲れた体を夜の熱で癒《いや》すように、ゆっくりと歩き家路に就く男女がいた。

神討ちの戦いから一ヶ月。

面倒な決め事はあらかた済み、その他の雑事は全て人に委ねた真奥《まおう》と恵美《えみ》は、日常の仕事に戻っていた。

帰ってきた二人に対し、岩城《いわき》と川田《かわた》は多くは聞かず、明子《あきこ》は色々と聞きたがった。

真奥《まおう》と恵美《えみ》は、その時々で話したり話さなかったりしながら、マグロナルドの仕事を共にする仲間に、異世界の神を倒し世界を平和に導いたなどと語ることがいかに馬鹿馬鹿しい話題であることかをまざまざと悟った。

本当のことだが、何せ馬鹿馬鹿しい。

それほどに、遠い物語なのだ。

あの世界で起こった戦いの物語は。

「いや本当参ったぜ。三連続で同じマンションにデリバリーとかよ」

「そうね。三度目にあなたが出ていったときは、さすがにみんな笑ってたわ」

「三度目は常駐の管理人にめちゃくちゃ不審者見る目で見られたからな」

ごく当たり前の、その日起こった出来事を振り返る日常会話。

そんなことを笑い合いながら同じ家路に就くこの二人はかつて、一つの世界の存亡をかけて戦った、魔王と勇者なのだ。

時間は夜の十二時を少し回った頃。

この日の天気はあいにくの曇り空で、月も星も厚い雲に遮られた暗い夜だった。

自転車を押す魔王と、大きなショルダーバッグを肩にかけた勇者の行く先に見えるのは、人けの無くなった交差点。

道沿いのイタリアンレストランのネオンも、この時間は既に消え、街灯と信号の光以外、二人を照らす光は無い。

「魔王。ここ、懐《なつ》かしいわね」

「ここ？　ああ」

真奥《まおう》はすぐに、恵美《えみ》がなんのことを言っているか分かった。

「そういえばこんな時間だったよな。俺が帰るタイミングだったんだから。お前が俺を、百均のナイフで脅したときだろ」

　行く手の横断歩道の信号が赤になる。

「あなたと恋人関係だって間違われたのは、本当に屈辱だったわ」

「あれは笑えたな。今じゃ疑似とはいえ、夫婦扱いされてんだから余計笑える」

「ええ、そうね」

　恵美《えみ》は小さく微笑《ほほえ》む。

「でも……もう、それもおしまいよ」

　真奥《まおう》がその切先を避けることができたのは、偶然以外の何物でも無かった。

　いつもの帰り道の、当たり前の世間話。

　その最中に繰り出された光の聖剣の切っ先に、真奥《まおう》はさすがに一瞬戸惑った。

「……どうしたんだよ。恵美《えみ》」

「神討ちは終わった。誰にも知られないところでね。でも、エンテ・イスラにとってまだ終わっていないことがあるわ」

　恵美《えみ》は穏やかに微笑《ほほえ》んだまま、真奥《まおう》に対してむしろ親愛すら覚えているかのような表情で言い、だからこそ真奥《まおう》も恵美《えみ》の言いたいことを理解した。

「『魔王討伐』か」

「ええ」

恵美《えみ》は首肯する。

「前は異世界。今回は空の彼方《かなた》……エンテ・イスラの人々にとって、あなたは未《いま》だにどこかで生きているかもしれない恐怖の象徴なの。その自覚、ある？」

「まぁ、一応な」

「面倒じゃない？　そろそろ私が、その重荷から解放してあげるわ」

真奥《まおう》は、結界を張った。

恵美《えみ》が繰り出す刃が、万が一にも通りがかった誰かに見とがめられないよう。

「本気なんだな」

「いい加減吹っきっちゃわないと、いつまでもずるずる引きずっちゃいそうだから」

時が止まったかのように自分達以外の全てが凍る結界の中で、魔王は、勇者が繰り出す聖剣の刃を、踊るように避け続けた。

セフィラ・イェソドと融合し、かつての戦いでは見せたことの無い形状の聖剣を振るう勇者と、己の肉体と魔力しか持たない魔王では、力の差は歴然だった。

神速の足捌《あしさば》きで魔王の背後に回り込んだ勇者は、聖剣の切っ先をその背にぴたりと当てた。

「ねぇ、魔王」

「ん」

「私ね、エフサハーンであなたに助けてもらったとき、思い出せなかったことがあるの」

「なんだよ」

「あなたに初めて会ったとき、交わした言葉」

悪魔大元帥《だいげんすい》アルシエルを追い詰めた蒼天蓋《ソウテンガイ》での戦いで、配下を助けるために現れた魔王サタンとの邂逅《かいこう》。

憎しみにかられて叫んだ言葉を、恵美《えみ》は、再び口にした。

「『初めまして』」

言葉が重なり、つい、二人共笑ってしまう。

「これで、終わるのか、お前の旅が」

「ええ。勇者エミリアの魔王討伐は、今日でおしまい」

真奥《まおう》は喉元の切先を感じながら立ち上がる。

真奥《まおう》は、恵美《えみ》と聖剣から視線を切って、背後の闇を振り向いた。

「芦屋《あしや》には、お前からよろしく伝えといてくれ。俺が謝ってたってな。あいつなら、分かってくれるはずだ」

「うん。伝えておくわ」

次の瞬間。

「真奥《まおう》さん!!　遊佐《ゆさ》さんっ!!!」

夜を引き裂く悲鳴が響いたのは、光の聖剣が、真奥《まおう》の背を刺し貫いたのと同時だった。

「よう、ちーちゃん」

息を呑《の》んだ千穂《ちほ》の目の前で、真奥《まおう》は膝をついて地面にうつ伏せに倒れる。真奥《まおう》の全身からは黒い霧状のものが大量に噴出し、一瞬の後、虚空《こくう》に消えた。

崩れ落ち、動かなくなった真奥《まおう》の後ろで、恵美《えみ》は光の聖剣を消失させ、小さく息を吐《は》く。

「こんばんは千穂《ちほ》ちゃん。随分遅い時間の散歩ね」

「ゆさ……さん……これ、は」

「仕方ないのよ」

千穂《ちほ》に凶行を目撃された恵美《えみ》は、穏やかな口調のままだった。

「考えてもみて。確かに私はもう魔王を憎んではいない……でも……やっぱり、魔王は……魔王軍はエンテ・イスラの人達に、決して許されないことをしたわ」

足が震えて動けない千穂《ちほ》の代わりに、恵美《えみ》は跪《ひざまず》いて、倒れた真奥《まおう》の上半身を抱き上げる。

「神を討っても、世界を救っても、殺された人達の無念は晴れない。そうでしょ?」

「でも……どうして……今になって」

目を閉じて、安らかな顔をした真奥《まおう》の髪を、恵美《えみ》は優しくなでた。

「今だからよ。全てが終わった今だから……私と、魔王の戦いが全て終わった今だから……決着は、つけなきゃいけなかった」

絶望に押し潰されそうな顔の千穂《ちほ》の前で、恵美《えみ》は、抱き上げた真奥《まおう》に顔を近づけ、その耳元で、囁《ささや》いたのだった。

「……初めまして……真奥貞夫《まおうさだお》」

結界が解け、かつて勇者と魔王だった二人の上に広がる空からは、いつの間にか雲が消えている。

清《さや》かな月光が、まるで花のように美しい光で、笹塚《ささづか》の町を照らしていた。

Character

真奥貞夫

遊佐恵美

佐々木千穂

芦屋四郎

漆原半蔵

鎌月鈴乃

アラス・ラムス　アシエス・アーラ

木崎真弓　鈴木梨香

エメラダ・エトゥーヴァ　アルバート・エンデ・ランガ

佐々木里穂　佐々木千一　大黒天祢

オルバ・メイヤー　サリエル　カミーオ・パハロ・ダェニィーノ
ガブリエル　ラグエル　リヴィクォッコ
東海林佳織　江村義弥　清水真季
川田武文　大木明子　岩城琴美

アドラメレク　マラコーダ　チリアット
ファーファレルロ　バーバリッティア　クァルカブリーネ
ドラギニェツィーノ　スクルアミリョーニィ　ルビカンテ
カムイニーカ　キナンナ　フー・シュンイェン
ディン・デム・ウルス　ヘイゼル・ルーマック　ロベルティオ・イグノ・バレンティア
エズラムハ・タジャ　ラジード・ラーズ・ライアン　セルバンテス・レベリーズ
ガルニ・ヴィド　アーヴェイム・ウェルランド　ピピン
バーディグリス・キリコ　セザール・クァランタ　マウロ・ヴァッリ

佐々木一馬　佐々木陽奈子　佐々木一志
佐々木エイ　佐々木万治　佐々木由美子
田中姫子　水島由姫　古谷加奈子
湯佐恵子　銀シャリ　米屋富隆

前山一子　猿江三月　中山孝太郎
渡辺　田村　広瀬　九流　恩田
佐藤　安藤　木村　楠田　新田
イルヒュム　ギンガム　ベリャンザ　デルグリフ
ジョージ　ハリアナック　ティミー・ゴールドマン

カイエル　シェキーナ　サンダルフォン
エレオス　ニュクス　ウツシハラ

ノルド・ユスティーナ　ライラ・ユスティーナ　イルオーン

サタナエル・ノイ

イグノラ

志波美輝

いち　に　さん　し

どこから朝になる？　静かな空
見ないふりをした指切り　小指の先
笑われた月なら消えてゆくんだ　昨日の方角へ

嘘つき　臆病者
みんなまとめてぼくなら
咲いていたのは夢の中だ

月の影に隠してた　本当はね　泣いてた
涙はもう流れない　枯れてしまったの？
なにもかも許せたら流れるかもしれないけど
守りたいものばかりだな

いつから聞こえてた？　ぼくの声
そんなにも震えてた？　おかしいかな
歌ってただけだよ　ココにいるって　明日の方角へ

思い出　散らかる部屋
足の踏み場もないなら
すべて残してカラダひとつで

暗いドアをこじ開けて終わる旅に出掛けた
回り道で迷っても　サヨナラ　ココでいい
なにもかも認めたら見つかるかもしれないけど
守れないものばかりだな

空になっていたまま大事にしてたのに
指先で触れたくらいで崩れるから

代わる代わる手にしては握りしめて壊したり
愛のウタに塞いでは怖くなって離したり
繰り返して

月の影に隠してた　本当はね咲いてた
曲がり角で踏みつけて枯れてしまわないで
なにもかも手放してたったヒトツ残るモノを
守れるように祈る夜明け

月花　/　nano.RIPE
words きみコ　music 佐々木淳

Special Thanks

柊暁生　三嶋くろね　さだうおじ
4コマ公式アンソロジー参加作家の皆さん

Director

荒木人美　小野寺卓

Character Design

029

Author

和ヶ原聡司

はたらく魔王さま!

終章　魔王、はたらく

大事な商談を翌日に控えた夜。

「なぁ、イグノラ」

二〇二号室の扉にもたれかかって、真奥《まおう》は問いかけた。答えは無い。

「みんな、歩き出してるんだ。お前だって、いつか歩き出さなきゃならないんだ」

「……」

「多分世界も、皆も、お前のこと許してるぞ。そろそろ、出てこいよ。エンテ・イスラに戻るもよし、日本で生きるもよし、今なら誰かが、お前の助けになってやれる」

「………こんな」

ドア越しという理由ではなく、その声は掠《かす》れていた。

「今更、どんな取り返しがつくって言うの」

「取り返し……か」

「あなたはいいわ。誰からも愛され、誰からも許された。でも、私は……」

「バカ言え。許されなかったから、こうなってんだ」

真奥《まおう》は扉の向こうでふさぎ込んでいる、遠い世界の神になり損ねた女に、残酷なまでに宣言した。

「お前が出会った奴《やつ》は、お前に出会う前にたくさんのことを経験して、お前の前に現れた。俺達にとってのお前自身もそうだ」

「……」

「お前は、心から成し遂げたいと思って立ち上がったことがあるんだろ。それなら……きっと歩ける。心にも体にも、そのときの強い記憶が残ってる。だから……」

真奥《まおう》は立ち上がり、幾度目か分からないその言葉を投げた。

「どんな無様に転んでも誰かが助けてくれる環境があるうちに、出てこいよ。そうすりゃまた、お前には新しい世界を作るための道が開けるさ」

答えは、無かった。

「さてと、それじゃあ俺はこれから、怖い怖いスポンサー様にお伺いを立てなきゃならねぇんだ。また少しうるさくなるだろうが、我慢しろよ」

立ち上がった真奥《まおう》は、二〇一号室ではなく、二〇三号室の扉の前に立った。

ヴィラ・ローザ笹塚《ささづか》二〇三号室の扉には小さいながらもネームプレートが掲げられており、そこには、

『株式会社まおう組』

と刻印されていた。

※

「さ、それじゃあまずは今月の報告を見せて頂戴」

二〇三号室の中には小ぶりなパソコンデスクが四卓押し込められており、その中の一つに恵《え》美《み》が腰かけ、ふんぞり返っていた。

真《ま》奥《おう》は恵《え》美《み》の向かいの卓に腰かけると、それを見計らって、

「社長、コーヒーどうぞ」

慣れた様子の千《ち》穂《ほ》が、部屋のキッチンにあるポットからインスタントのコーヒーを淹《い》れて出してくれた。

「ああ、ありがとう……えーとだ、それで、なんだっけ、報告？」

真《ま》奥《おう》は古いノートＰＣを立ち上げると、表計算ソフトを立ち上げる。

社内サーバーと呼ぶには少々貧弱なタワーサーバー越しにファイルを恵《え》美《み》の前のＰＣと同期させると、恵《え》美《み》はしばし画面を読み込みはじめた。

「二階の親子層集客、落ちてるように見えるけど」

「ああ、ここのところ一人客が多くなってはいる。イエソトの評判が伝わりすぎて、いつも混雑してる、いつも満員で入れないって評判が立ってるみてぇだ」

「なるほどね。満員にならなかった日が無いのは間違いないみたい」

「だから俺は今度のパンをメインにした新規店もイエソト形式にして、本店から歩いていける場所に出すべきだと思ってる。二号店にすぐ案内できれば、客の取り漏らしが無くなる」

「……でもそれだと、なし崩し的に『予約』を認めることになるわ。予約は集客量が読みやすくなる代わりに流動性が低くなる。イエソトは保育施設じゃない。乳幼児連れの親がフラッと入れるようになっててこそ意味があるのよ。私は新たにイエソトを作るなら最低でも駅一つ離れた場所にするべきだと思う。新店舗を徒歩圏内に作るなら、同業態じゃなく微妙にズラすべきよ。低アレルゲンパンとか、はちみつ除去のパンとか、イエソトから帰る親子がふらっと寄って好きなパンを買って帰れたり、食べられたりするお店の方が互助効果が生まれるわ」

「だとしたら、ノルドの麦で作るパンだとちっとキツいぞ」

「……そうよね。あんまり子供向きって感じの味になってないわよね」

「はちみつ入れると色々応用が利《き》くがその分一気に値段跳ね上がるからな。最初っから高級売りにするって手もあるが、そうすると人手の問題が出てくる」

千穂《ちほ》は二人の会話を聞くともなしに聞きながら、恵美《えみ》のデスクにも恵美《えみ》が好きで置いている紅茶を淹《い》れて出し、そっと部屋の隅のパイプ椅子に座り、自分も恵美《えみ》と同じ紅茶を飲む。

今日は、珍しく理性的に進行していると思い紅茶を口にしようとしたときだった。

「だからいつも言ってんだろうが！　本店は大家さんの物件だから店賃《たなちん》がこれで済んでんだ！

永福町《えいふくちょう》でこんな規模の店借りようと思ったらとてもじゃねぇけど予算が組めねぇ！」

「お金ならいくらでも出すって言ってるでしょ！」

「バカ野郎それ働いて還元すんの俺なんだぞ！　大体あるから金出すったって簡単にできねぇのが株式会社だ！　お前のそれは単なる放漫経営だ！　そんなんじゃただただ赤字が膨らむだけで事業規模がデカくならねぇ！　俺はまおう組を一代で大企業まで育てるんだ！　最初が肝心なんだ最初が！」

「私が何も考えずに言ってるとでも思ってるの！　ちゃんと本店近くで居抜きで借りられる店舗洗い出して、先月中には内見も済ませてきたのよ！　リースも相見積もり取ってもらってるわ！　ここなんて見なさい！　本店より二割は安く工事が済むわ！」

「居抜きはヤダっつってるだろ！　前が抜けたってことは何か理由があんだよ！　隠れた名店なんて幻想は捨てろ！　人を増やしてイエソト二号店で堅実に二歩目を踏み出せ！　その上で一馬《かずま》さんとノルドのとこから麦入れれば仕入れは安く済んで初動も読みやすいだろが！」

「読める初動になんの意味があるの！　結局は店舗規模に正比例するんだから利益率の比で言えば同じ店を構えても本店と同じような店にしかならないのよ。それをこんな近くで開業して、もしどっちかでも傾いたら一気に共倒れよ！」

「でも銀行は俺の案を支持してんだよ！」

「まさか銀行から借り入れする気なの⁉」

「これから金利なんかガンガン下がってくんだ。株式会社である以上、俺には株主に利益を還元する義務がある。お前は持ってる株の分だけ利益を得られりゃそれでいいはずだろ！　この会社の経営者は俺だ！」

「経営者は俺だってそれ思いきりフラグよ！　決めた！　明日の採用会議に明子《あきこ》さんも呼んでとことんまでやり合おうじゃないの！　どっちにしろまおう組の実働社員はあなたと明子《あきこ》さんだけなんだから」

「ああ望むところだ！」

結局こうなってしまった。

千穂《ちほ》は苦笑する。

だが、これでこその、真奥《まおう》と恵美《えみ》だ。

千穂《ちほ》が望み、そして恵美《えみ》が望んだ、理想の姿だ。

「えーと、社長、それに株主様。お手伝いさんは、ちょっと退席してますね。もしお夜食とか欲しかったら連絡くださいね」

千穂《ちほ》は怒鳴り合う真奥《まおう》と恵美《えみ》にそう言いおいて二〇三号室の扉から出ようとすると、

「……ちょい待ち。俺も行く」

「え？　い、いいの？」

真奥《まおう》が千穂《ちほ》を追って席を立った。

「ちょっと、どこ行くのよ」

「駅の方の新しいフレンドマートだよ！」

「じゃあ私にカツカレー買ってきて！」

「カツカレーだぁ？　お前またカレーかよ！」

「こういうときはがっつり食べられるものがいいの。とことんやるんだから、お願いね！」

「ちっ……分かったよ。領収書切るからな。会議費にすんぞ」

「いいから早く行ってきて。千穂《ちほ》ちゃん、無駄遣いしないように見張っておいてね」

「はぁい、じゃあ行ってきます」

千穂《ちほ》は苦笑しながら、真奥《まおう》に背を押されて二〇三号室を出た。

真奥《まおう》は背中で扉を閉めると、大きく息を吐《は》く。

「ったく、久々に帰ってきたと思ったらこれだよ」

「私は違う意味で、同じこと言いたいかな」

「ああ、悪い。でもどうせこのあとも紛糾するだろうから、もうちっとだけいてくれ、な？」

「んー、でもヒートアップすると二人とも私の話なんて聞いてないから……じゃあ、領収書の打ち込みやっておくから、バイト代に、フレンドマートの新作デザート、奢《おご》ってもらえる？」

「それくらいなら喜んで。もちろん作業代は別に出すな」

共用階段を下りてアパートの外に出ると、満天とはいかないまでも、東京の夜にしては珍しいほどの星空が広がっていた。

「イグノラさんは、やっぱり、今日もダメだった？」

「ああ。あんまり追い詰め過ぎてもな。ま、根気強くいくさ。俺らがあの調子で騒いでりゃ、そのうち嫌になって出てくるかもしれねぇし」

「ん。そうだね」

千穂《ちほ》は頷《うなず》いて、真奥《まおう》の横に並んだ。

「エメラダさんに怒られちゃった」

「は？　どうしたんだよ」

「私があなたをきちんと捕まえてないと、遊佐《ゆさ》さんがあなたにほだされちゃうって」

「あいつも大概しつこいな」

「ね。お互い納得ずくのことなのに」

「まぁ、一馬《かずま》さんも言ってたけど、日本やセント・アイレの感覚じゃ、眉を顰《ひそ》められるのは仕方ない。それでも……」

千穂《ちほ》は、心から幸せそうな顔で真奥《まおう》の手を握った。

「私もあなたも……遊佐《ゆさ》さん、鈴乃《すずの》さん、漆原《うるしはら》さん、芦屋《あしや》さん……みんな、あの子のために命がけで働いたんだもの」

「エメラダに言わせりゃ、それも甘えだってことなんだろ」

「困るなぁ。私は、本当に本心から納得してるのに、困ったなぁ」

千穂《ちほ》は嬉《うれ》しそうに、困り顔をしてみせた。

◇◇◇

光の聖剣に刺し貫かれた真奥《まおう》は、何事も無かったかのように立ち上がった。

だが、何事も無いはずがない。

先ほど真奥《まおう》の体から散った黒い霧が魔力であると、千穂《ちほ》はすぐに理解した。

「遊佐《ゆさ》さん……もしかしてその聖剣……カマエルさんを……」

「ええ、そうよ。ベルから聞いたの？」

「はい……私、本当に驚きました、まさか今更になって遊佐《ゆさ》さんが真奥《まおう》さんをって」

「それこそ今更よ。アラス・ラムスの宿った剣で、私がこいつを殺すわけないでしょ」

恵美《えみ》はおどけて言ってみせた。

「これはケジメなの。アルシエルも納得した上でのことよ。『魔王』の存在は頂点会議《サミット》の、最後の不安要素だから」

勇者エミリアは、彼らにとって人間だ。

超常的な戦略兵器たり得る彼女も、話の通じる人間と認識されているからこそ、異世界日本で暮らしていることを許容されている。

だが、魔王サタンは別だ。

現実にエフサハーンを統治した実績のあるアルシエルとは違い、魔王サタンは未《いま》だ、頂点会議《サミット》のメンバーをして、いつ世界に牙を剝《む》くかも分からない恐怖の象徴だ。

そしてその恐怖の象徴に対し、憎しみと恨みを持つ者は未《いま》だ、多い。

「その感情は魔力になる。悪魔達がエンテ・イスラで少しでも早く人間と和解するためには、不必要な力……だから……罪は、雪《そそ》がなきゃいけなかった」

恵美《えみ》は首を横に振った。

「魔王はもう、悪魔じゃない」

「……え？」

二重三重に思いがけない事実に、千穂《ちほ》は息を呑《の》んだ。

「志波《しば》さんと天祢《あまね》さんの調査でね、カマエルの体から、カイエルとシェキーナから作り出された不老不死が消えてることが分かったの。そしてこれはみんな知ってることよね。『魔王サタン』は魔力を完全に失うと……」

千穂《ちほ》は、もうこれ以上驚けないというほど、驚いた。

「人間に……なる？」

「それが、世界を征服しようとした魔王に下された罰よ。本来なら何百年も生きて悪魔達の行く末を見守れるはずだったのに、人間と同じ百年にも満たない時間で命が尽きる。戦う力も無い。この人は……」

恵美《えみ》は、千穂《ちほ》を招き寄せた。

「あなたが大好きで、遠い世界を救ってまで愛した人よ」

「……っ！」

千穂《ちほ》の瞳には、喜びと、衝撃の涙が浮かんでいた。

真奥《まおう》と恵美《えみ》の間を、何度も視線が往復した。

そんな千穂《ちほ》を見た恵美《えみ》は、もどかしそうに真奥《まおう》の背を叩《たた》き、その勢いに真奥《まおう》は激しく咽《むせ》る。

「うぇっほ‼　おい！　俺が力失ったたって今お前が……」

「うるさいわね。そんなことどうでもいいでしょ。それよりいい加減、そっちのケジメもつけなさい。それと、千穂《ちほ》ちゃん！」

「は、はいっ！」

「もう私とアラス・ラムスのこと、言い訳に使うのやめなさい。そんなことくらいで止まるの、あなたらしくないわ」

「……遊佐《ゆさ》さん……！」

「ただそれとは別に、アラス・ラムスのこと自体は最後までそいつに責任負ってもらう気満々だから……言い訳云々《うんぬん》は別にして、そのことは織り込んで決定下して。それじゃ」

言うが早いが、恵美《えみ》は身を翻《ひるがえ》し、パンプスの踵《かかと》を鳴らしながら夜の笹塚《ささづか》に消えていった。

霧の彼方《かなた》に掻《か》き消えたように見えたのは、結界から出たためだろうか。

「「……」」

真奥《まおう》と千穂《ちほ》はしばし消えた恵美《えみ》の背を見送っていたが、やがて、

「……なぁ、ちー……あ、いや」

真奥《まおう》から切り出し、

「……千穂《ちほ》」

改まった口調に直る。

千穂《ちほ》の心臓が跳ねる。

千穂《ちほ》の人生の中で最も激しく、鼓動を打つ。

「色々あったけど、ようやく返事ができる。……俺、悪魔じゃなくなっちまったけど……もう千穂《ちほ》のこと、人間の男の力でしか守れねぇけど……それでも良かったら……」

「……」

千穂《ちほ》は、無言で頷《うなず》いた。

「……なぁ、俺さ、そんなに度胸があるわけじゃない。昔からいつだって、虚勢張って、ブラフかましまくってただけの臆病者だ。だから……」

千穂《ちほ》は真奥《まおう》の言葉を、ただ待った。

肩に手がかけられ、千穂《ちほ》の瞳に涙が浮かぶ。

「私が好きになった人は、悪魔でも人間でもありません。サタンと真奥貞夫《まおうさだお》っていう、二つの名前を持ってる、世界一素敵な人です」

「……そこまで言ってくれるなら、もう一つ保留してた約束、果たさなきゃな。返事は最後に千穂《ちほ》にするのと……あと」

真奥《まおう》の顔が、千穂《ちほ》の顔に影を作った。

いつの間にか夜空の雲は風で流れ、月光が、結界に閉ざされた二人を照らす。

「魔王としてずっと預かってた『褒美《ほうび》』を、渡させてくれ」

触れ合った唇から交わされたのは魔力でも聖法気《せいほうき》でもなく、ただ人としての温かさだけだった。

◇◇◇

「私は大丈夫。だってあのときあなたは、私だけを見ててくれた。私をあなたのパートナーに選んでくれた。私はあなたの一番になれた」

「千穂《ちほ》……」

「この一番だけは、譲るつもりは無いの。でも、アラス・ラムスちゃんからパパを奪うなんて

こと、絶対したくない。アラス・ラムスちゃんにとってママは遊佐《ゆさ》さんで、パパはあなた。それも、譲れない。私達、あんなに命がけで頑張ったんだよ。あなただってここまで来るまで、たくさん辛《つら》い思いをして、たくさん頑張ったんだもん。だったら……私達だって、少しくらい我儘《わがまま》言ってもいいじゃない」

千穂《ちほ》はそう言うと、後ろを振り返る。

ヴィラ・ローザ笹塚《ささづか》という、古い賃貸アパート。

ここには、彼女が可能な限りいつまでも続いてほしいと思う夢が今、本当に詰まっていた。

二〇三号室に構えられた、株式会社まおう組。

かつて芦屋《あしや》が鈴乃《すずの》に乗せられ、恵美《えみ》を庇《かば》い梨香《りか》をごまかすためにでまかせで言った架空の会社が今、法人格を伴いそこに実在していた。

社長は真奥貞夫《まおうさだお》。

そして、筆頭株主は、遊佐恵美《ゆさえみ》。

唯一の正社員は今のところおやこかふぇ・イエソト永福町《えいふくちょう》本店の店長である大木明子《おおきあきこ》一人で、外部オブザーバーに川田武文《かわたたけふみ》を置き、東海林佳織《しょうじかおり》と江村義弥《こうむらよしや》が好奇心半分でアルバイトに入っており、木崎真弓《きさきまゆみ》とサリエルが常連として通っている。

千穂《ちほ》は今日のように会議の手伝いをしたり、真奥《まおう》と恵美《えみ》の仲裁をしたり、簡単な打ち込み業務を手伝ったり、時折二〇一号室に通って、不摂生しがちな真奥《まおう》の食事を作ったり。

「今も十分幸せだけど、どれだけ時間が経《た》っても、人が入れ替わっても、私はあなたや遊佐《ゆさ》さん達とみんな一緒に幸せになりたい、いつまでも我儘《わがまま》ばっかり言っていたい。だからエメラダさんにだっていつか絶対納得してもらうよ」

「ていうか、あいつが恵美《えみ》に『勇者年金』なんて余計なことしなけりゃ、そんな面倒も無くなったんじゃねぇのかっての」

「ふふふ、そうだね。でも、エメラダさんは絶対に、エンテ・イスラ人からの遊佐《ゆさ》さんに対する報酬が無いと納得できないみたいだから」

魔王城が中央大陸から打ち上がってすぐの頃。

エメラダが恵美《えみ》に事務的な書類を書かせる、ただそれだけのために魔界までやってきたことがあった。

それこそがエメラダがあらゆる手を使ってセント・アイレの国家予算から定期的に捻出した『勇者年金』の受け取り意思確認書だった。

エメラダはその時点で、神討ちの後、恵美《えみ》が故郷には戻らず日本に定住することを予期していたらしい。

勇者年金は日本で換金可能な貴金属類で支給されており、エメラダ曰《いわ》く、日本で三回生まれ変わっても遊んで暮らせる額が支給される予定らしい。

そして恵美《えみ》は当然のように、遊んで暮らす、などという選択肢を選ばなかった。

「遊佐《ゆさ》さんは勇者。世界が変わっても、その事実だけは変わらない、か」

イェソドの光の聖剣が人類から超常的な力を奪うことに気づいた恵美《えみ》はその力で『魔王を討伐』し、しかもそのあとの動きを封じるために、真奥《まおう》に株式会社まおう組設立を持ち掛けてきたのだ。

世界征服の野望は過去に潰《つい》え、正社員になることもできなかった身ではいきなり会社設立は無茶がすぎるとしり込みした真奥《まおう》に恵美《えみ》は鉄槌《てっつい》を下した。

『あなた、将来千穂《ちほ》ちゃんと結婚するとき、今のままでどうやって蓄え作る気？　岩城《いわき》店長や木崎《きさき》さんには悪いけど、このままマグロナルドにいても、あなた、将来無いわよ』

全くその通りだった。

マグロナルドにいても先の展望に不安が無かったのは、真奥《まおう》に強大な魔力と超常的な膂力《りょりょく》と、帰る場所があったからに過ぎない。

人間の男になった真奥《まおう》にあるのは、人間の男の体と、賃貸アパートの部屋だけだ。

アルバイトのまま、千穂《ちほ》を幸せにできるだろうか。

サリエルの愛の理論に従えば不可能ではないが、その上限値は極めて低いだろう。

『世間的にはそれで良くても、頂点会議《サミット》の連中は私があなたを倒したって言っても信じやしないわ。でも、私が経営決定権を持ってる会社であなたが働いて、頂点会議《サミット》の議長だった千穂《ちほ》ちゃんと一緒になるなら、誰にも文句は言わせないわ。もう志波《しば》さんに頼んで、事業計画の素案は作ってあるし、物件も探してあるの。さぁ……』

世界が変わっても勇者だと宣《のたま》った遊佐恵美《ゆさえみ》は、悪魔の笑みを浮かべて、言った。

『最初から言ってたでしょ。私はあなたがこの国に骨を埋める気でいてくれるなら、あなたのこと、生かしておいてあげるって』

それは勇者が完全に魔王を倒し、世界に平和をもたらし、一人の友人を幸せにするための、悪魔のように甘く容赦の無い、日常生活という幸せへの誘惑だった。

「恵美《えみ》もエメラダも、難儀な性格してやがる」

「あなたにだけは言われたくないと思うな」

「最近じゃ千穂《ちほ》も、随分いい性格になったと思うけどな」

「おかげ様でね。それに……未《いま》だに認めようとしないし、きっと私に遠慮して言わないだけだと思うんだけど、遊佐《ゆさ》さん、あなたのこと好きだよ」

「はあ⁉」

唐突にブチ込まれた爆弾に真奥《まおう》は目を白黒させるが、さすがに千穂《ちほ》と三年付き合っていれば、男女のそういった機微について少しは敏《さと》くなってくる。

そうなると思い出されるのは、神討ち直前に体調を崩したあの夜のことだった。

「……いや、それは」

「今ちょっと思い当たる節あったんでしょ」

千穂《ちほ》は、真奥《まおう》の言い淀《よど》みを見逃さない。

むしろ楽しそうに、真奥《まおう》のためらいをつつきまわすので、逆に真奥《まおう》も力が抜けてしまった。

「……敵《かな》わねぇな」

「当然だよ。だって、今更遊佐《ゆさ》さんが全然知らない男の人と幸せになる姿なんか想像できないもん。あなたと、遊佐《ゆさ》さんと、アラス・ラムスちゃんの家族が揃《そろ》って初めて、きっと幸せになれるんだと思うな」

「千穂《ちほ》はそれでいいのかよ」

「全然いいよ……って言っても、ウツシハラさん以外にはなかなか信じてもらえないんだよね。でも私は鈴乃《すずの》さんくらいはっきり分かったほうがいい。だって、別に不思議なこと、何も無いでしょ。だってあなたは」

千穂《ちほ》は両手を自分の手に当てて、角の形を作って見せた。

「皆に頼りにされる、働き者の魔王様なんだもの」

「いいのかよそんなこと言って」

「その代わり一番は譲らない。一番を譲らない代わりに、異世界の魔王様らしく、お嫁さんは、いっぱいいても許す！」

「元魔王だったことなんか免罪符になりゃしねぇよ。俺だって覚悟して一番決めてるんだ」

「うん。ありがとう」

「それに今はとてもそんな状況じゃねぇよ。なんだよお嫁さんがたくさんって。千穂《ちほ》一人にすら時間や金を割けないときがあるのに、それ以外なんざ考えられねぇ」

「そこは真面目に考えて。だって現実問題、アラス・ラムスちゃんの保護者はあなたなんだし。日本で幼稚園とか小学校に入るのも考えてるんでしょ？」

「ああ、そういえばそんな話もそろそろしなきゃいけねぇって言ってたか……やれやれ、働けど働けどだ。そもそも恵美《えみ》と会社経営なんて、スムーズに行く訳ねぇんだけど……ん？」

真奥《まおう》がボヤいていると、突然スリムフォンがバイブレーションした。

ポケットから抜き出して画面を見ると、メインの銀行のインターネットバンキングアプリが引き落としの通知を出していた。

何げなく表示をタップした真奥《まおう》は、途端に表情を厳しくする。

「やべ……小口用にキープしてた口座が月末にカラになりそうだ」

銀行の預金が尽きた。

理由は至極単純、お金を使ったからである。

何に使ったかといえば、まず蕎麦《そば》屋での打ち合わせの事業主《じぎょうぬし》貸《が》し経費。

そして、恵美《えみ》の口座へのアラス・ラムスの養育費の振り込み。

さらには、日常のこまごまとした買い物をカードで切った際の引き落としなどなどだ。

特に今月は公私共に何かと物入りだったため、預金が底を突いたのだった。

そして、まるで狙いすましたかのように、その声は共用階段の上から降ってきた。

「もう少し、計画的にお金を使ってはいかがですか」

真奥《まおう》は渋い顔で、千穂《ちほ》は嬉《うれ》しそうに、声のする方向を振り仰いだ。

「じゃあお前、俺が仕事で躓《つまず》いてもいいって言うのか。アラス・ラムスの養育費を滞納してもいいって言うのか！」

「そういうことではありません」

冷静な声が、共用階段をこつこつと鳴らしながら下りてくる。

「当座の資金が足りなくても、経営する会社があって、業績推移は良好。来月以降の収入も保証されているのですから、分割払いという手もあったのではないですか」

そう得意げな顔でのたまったのは、たった今日本に戻ってきたらしい元悪魔大元帥《だいげんすい》、そして、現魔王、アルシエルこと芦屋四郎《あしやしろう》だった。

「お前も知ってるだろ。俺、ローンって嫌いだ」

「あのですね」

「大体分割って、もうとっくに俺の金は粉々に分割されてんだぞ。下手に振り込み遅れたりすると、最近の恵美《えみ》、結構容赦ないんだからな。ただでさえ会社の大株主なんだ。金のことであいつにこれ以上文句言われたくねぇ」

「ですが」

「俺は借金が嫌いだ。だから、払えるときには払うものきちんと払う。その結果がこれだ」

どこにでもありそうな、古いアパート。

真奥《まおう》と芦屋《あしや》は、もう幾度交わしたか知れないお金の問題について、言い合いをはじめた。

「では、お聞きしますよ魔王様」

芦屋《あしや》は、エンテ・イスラに暮らす多くの悪魔達のリーダーとなって尚《なお》、魔力を失った真奥《まおう》のことを魔王と呼ぶのだ。

「そんな経済観念で、どうやって結婚資金を貯《た》めるおつもりですか」

「な、ば、お前……っ！」

「佐々木《ささき》さんが先ほどのように仰《おっしゃ》ってくださるのも、魔王様の甲斐性《かいしょう》に期待してのことです。我々悪魔としても、エミリアが魔王様を会社に縛りつけたものと思って大人しくしているのならこれに勝る安心はありませんが、これでは先が思いやられますね」

「お前！　一体いつから聞いてたんだよ！　あと千穂《ちほ》の前でそういうこと言うなよ！」

「時間の感覚もかつてとは違うのです。人間として生きる寿命は、悪魔として生きるそれよりはるかに短いのですよ。人生を豊かにするための財産を作るのは大変なことなのです！　佐々《ささ》木《き》さんの大学卒業までもう時間はありません。そういった計画性をお持ちですか！」

以前にも増して、芦屋《あしや》の勢いは苛烈だ。

今では統一蒼帝《そうてい》に代わってエフサハーン全体を差配するまでに至った芦屋《あしや》にしてみれば、確かに真奥《まおう》の経済状況は褒められたものではないだろう。

だが、これはたまたまこうなっているだけで、真奥《まおう》の人生計画は、千穂《ちほ》が大学を卒業してから五年以内には、最低限の体裁を整えると決めて計画しているのだ。

「今回のこれは、金の出入りのタイミングが悪かっただけだ！　たまたまなんだって！」

「全く嘆かわしい！」

「ちょっと、もう日が暮れてるのに、何を大声で言い争ってるの。貞夫《さだお》、カツカレーまだ⁉」

「あ！　アルシェールだ！」

「外で金がどうこうと何を言ってるんだ。部屋の中まで丸聞こえだぞ」

「な。真奥《まおう》、カードってお金使ってる実感なくなるだろ。みんなそうなるんだって」

すると、真奥《まおう》と芦屋《あしや》のやり取りが聞こえたのだろう。

二〇三号室から恵美《えみ》が。一〇一号室からアラス・ラムスが。二〇一号室から漆原《うるしはら》と鈴乃《すずの》が顔を出した。

「……ふふふ」

千穂《ちほ》はそれを見て、また心から笑顔になる。

この世で一番好きな人と、この世で一番大切な友達と仲間達。

千穂《ちほ》の一番ばかりが詰まっているこの光景があることが、今、何よりも幸せなのだ。

「ねぇ、貞夫《さだお》さん」

千穂《ちほ》は、狼狽《うろた》える真奥《まおう》の手を取って、言った。

「大丈夫。私もきちんと稼ぐから」

それがまた、火に油を注ぐことになった。

「佐々木《ささき》さん！　そういう問題ではないのです！」

「千穂《ちほ》ちゃん。あんまり貞夫《さだお》を甘やかさない方がいいわよ！」

「うーわー、真奥《まおう》がどんどんダメになっていきそ」

「全く、この幸せ者めが」

「やめろやめろなんなんだお前ら！　って、お！」

いたたまれなくなった真奥《まおう》は、スリムフォンの画面をわざとらしく見ると、これ見よがしに耳に当てる。

「おーどうした大木《おおき》店長！　なんだってショージーと義弥《よしや》が？　そりゃあ大変だ分かったすぐ行く！」

本当に通じているのかも分からない通話を終えてからスリムフォンを勢い良くポケットにねじ込むと、

「仕事の電話だっ！」

逃げ出すように駐輪場に駆けていってしまった。

「お、お待ちください魔王様！　まだ話は……！」

「うっせぇうっせぇ、説教なら帰ってから聞く！」

そして、明るい黄色のスクーターの隣に停められた、鍵を差しっ放しの自転車に跨る。

黄色いボディからマグロナルドのカラーを連想したアラス・ラムスが名付けた『鮪鳩号《まぐろばとごう》』に第一線は譲っても、普段使いではまだまだ現役なのだ。

「行くぞ！　我が愛騎、デュラハン弐號!!」

真奥《まおう》は雄々しく叫ぶと、夜の町へと飛び出していってしまった。

佐々木千穂《ささきちほ》は、曲がり角で見えなくなった後ろ姿に向かって呟《つぶや》く。

「頑張って。私達みんな、ここであなたの帰りを待ってるから」

夜の空気を切り裂いて、デュラハン弐號のベルの音が、それに答えたように最後の残響を響かせる。

「いってらっしゃい。みんなの幸せのために。私達の、働く魔王様」

―　終　―

同行二人

作者、あとがく ― AND YOU ―

家族や友人や恋人や仲間とのコミュニケーションで、いつどこで何をした、という話題はごくありふれたものです。

先日お昼に食べたうどんは美味《おい》しかった。新作のゲームでレアアイテムを手に入れた。料理のレパートリーが増えた。学校の友達と遊びに行った。新しいゲームを手に入れた。仕事で、こんな人と出会って、こんな新しい世界が見えた。家族や友達とこんな時を過ごした。

顔を合わせて積もる話に花を咲かせれば、顔を合わせていなかった間の仲間達がその間をどんな風に過ごしていたのか、知ることができます。

残念ながら、家族や友人や恋人や仲間達が『どう過ごしていたか』を知ることができても、その『過ごした時間』そのものを共有することはできません。

ですが、間違いなく次に会うときの家族や友人や恋人や仲間は、会わなかった間に色々な経験をし、思いを蓄積し、再び目の前に現れます。

そう思うと自分に見えている大切な人達の姿は、実質的にその人達の人生のごくわずかな部分でしかなく、不思議なことに時が経《た》てば経《た》つほど、年を取れば取るほど、大切な人達の姿を見る時間は少なくなっていきます。

それでも、間違いなく大切な家族や友人や恋人や仲間達は、それぞれ自分の生活の中で、自分の大切な時間を使って、そのときそのときの経験を蓄積しながら人生の時間を先に進ませているのです。

『はたらく魔王さま！』という作品に登場する人々もそれは同じで、たまたま彼らは、自分達以外の多くの読者の皆さんの人生と、同じ時間を刻む幸運に恵まれてここまで来ました。

もし『はたらく魔王さま！』に登場する人々を読者の皆さんが大切に思ってくださるなら、物語が閉じられた後も、彼らは我々の見ていないところで、それぞれの日々の生活の中で、人生の時を刻み、必ず今日、同じこの時間を生きています。

読者の皆さんの人生を少なからず頂戴し、悪魔の王と命の契約を交わした作者が描いてきたこの物語は、毎日を必死に、楽しく生きようとする奴《やつ》らのお話です。

あなたの町のあの人は、もしかしたら異世界からの来訪者かもしれません。

彼らが彼らの時を生きている姿をもし再び見かけることがあったら、また、声をかけてやってください。

きっと彼らも、笑顔で手を振り返してくれると思います。

「はたらく魔王さま！」最終巻ということで
まずは和ヶ原さん、本編完結まで大変お疲れさまでした…！
そして柊さん、三嶋さん、さださん、そして担当方、読者様
ここまでご協力、応援、読んで頂き本当にありがとうございました。

約10年、長いようで短い。

毎巻の原稿チェックで、本編での文章やセリフに一喜一憂したり、心打たれて涙ぐんだり。
リアルに存在しそうな個性的なキャラクター達が大好きで。世界観が大好きで。
少しでも読者さん達にこのシーンが伝わればいいな、と試行錯誤で挿絵を描いていました。
自分の力不足で表現しきれない場面もありました。
その都度、周囲に協力頂き、助けて頂き、またコミックの方でも
原作の雰囲気を壊さず素敵に表現して頂いており、感謝の念に堪えません。

日常のように巡ってきた原稿を読むことも、挿絵を描くことも少なくなると
キャラクターに接する機会も少なくなってゆくのでやはり寂しい気持ちになります。
ですが、作品は一生残り続けますし、読み返すこともできる。そこで逢えばいいんや！
気がつけば「はたらく魔王さま！」はすっかり私の人生の一部です…！

以前和ヶ原さんが「千穂は一回限りのゲストヒロインのはずだったけど、
029さんのキャラデザを見てレギュラーに決めた」と仰っていました。
私がキャラデザしたキャラクターが、ここまで物語に関わる重要な役割を担うとは思っておらず…ッ
キャラデザ冥利に尽きるとはこういうことなのかもしれません。
和ヶ原さんの作った物語に少しでも相乗効果としてお役に立てていたなら嬉しいなと。

この作品を通じて沢山の方に出会いました。
サイン会やイベント、SNSで読者様から直接感想いただけたりしたことは
私の良き思い出で糧でした。
またなにかのご縁で「はたらく魔王さま！」を表現できる機会に恵まれたら
その時に備えて画力を磨いて「まおう組」とともに
私もはたらく絵描きさま！となって精一杯尽力します！
最後になりますが、長い間応援本当にありがとうございました！

完結！
おつかれさま
でした！
柊暁生

はたらく魔王さま！完結
おめでとうございます！
はたらく魔王さま！が遂に完結！なんだかとても
あっという間な気が…！このイラストを描きなが
ら、はたらく魔王さま！ハイスクール！でたくさ
んお世話になったことを思い返しておりました。
これからもずっとこの作品のファンです。
和ヶ原先生、029先生、そして真奥さん達、
長い間本当に本当にお疲れ様でした…！
三嶋　くろね

はたらく魔王さま！
完結ッ
すだつおじ
堂々の完結
長い間お疲れさまでした！
この作品に関わることが出来て
とても楽しかったです!!
ぎゅうぎゅうになっていく魔王城の
様子が大好きです。

虎《とら》木《き》由《ゆ》良《ら》
池袋のコンビニで
夜勤をしている吸血鬼。
人間に戻るため、
ある吸血鬼を探している。
FRIEND
CHARACTERS
闇十字騎士団に所属する、
吸血鬼退治のシスター。
極度の男性恐怖症だが、
虎木は吸血鬼なので平気。
アイリス・イェレイ

コンビニ夜勤の吸血鬼とポンコツシスターの
ドラキュラ日常ファンタジーにご期待ください！

◉和ヶ原聡司著作リスト

「はたらく魔王さま！」（電撃文庫）
「はたらく魔王さま！2」（同）
「はたらく魔王さま！3」（同）
「はたらく魔王さま！4」（同）
「はたらく魔王さま！5」（同）
「はたらく魔王さま！6」（同）
「はたらく魔王さま！7」（同）
「はたらく魔王さま！8」（同）
「はたらく魔王さま！9」（同）
「はたらく魔王さま！10」（同）
「はたらく魔王さま！11」（同）
「はたらく魔王さま！12」（同）
「はたらく魔王さま！13」（同）
「はたらく魔王さま！14」（同）
「はたらく魔王さま！15」（同）

「はたらく魔王さま！16」（同）
「はたらく魔王さま！17」（同）
「はたらく魔王さま！18」（同）
「はたらく魔王さま！19」（同）
「はたらく魔王さま！20」（同）
「はたらく魔王さま！21」（同）
「はたらく魔王さま！0」（同）
「はたらく魔王さま！0-Ⅱ」（同）
「はたらく魔王さま！SP」（同）
「はたらく魔王さま！SP2」（同）
「はたらく魔王さまのメシ！」（同）
「はたらく魔王さま！ ハイスクールN！」（同）
「ディエゴの巨神」（同）
「勇者のセガレ」（同）
「勇者のセガレ2」（同）
「勇者のセガレ3」（同）
「勇者のセガレ4」（同）
「スターオーシャン：アナムネシス　-The Beacon of Hope-」（同）

本書に対するご意見、ご感想をお寄せください。

ファンレターあて先
〒102-8177　東京都千代田区富士見2-13-3
電撃文庫編集部
「和ヶ原聡司先生」係
「029先生」係

本書は書き下ろしです。

電撃文庫

はたらく魔王《まおう》さま!21

和《わ》ヶ原《がはら》聡司《さとし》

2020年8月7日　初版発行

発行者　青柳昌行
発行　株式会社KADOKAWA
〒102-8177　東京都千代田区富士見2-13-3
0570-002-301（ナビダイヤル）
装丁者　荻窪裕司（META＋MANIERA）
印刷　株式会社暁印刷
製本　株式会社ビルディング・ブックセンター

●お問い合わせ
https://www.kadokawa.co.jp/（「お問い合わせ」へお進みください）
※内容によっては、お答えできない場合があります。
※サポートは日本国内のみとさせていただきます。
※ Japanese text only

※定価はカバーに表示してあります。

ISBN978-4-04-912678-5　C0193　Printed in Japan
JASRAC 出 2005190-001

電撃文庫　https://dengekibunko.jp/

電撃文庫創刊に際して

文庫は、我が国にとどまらず、世界の書籍の流れのなかで〝小さな巨人〟としての地位を築いてきた。古今東西の名著を、廉価で手に入りやすい形で提供してきたからこそ、人は文庫を自分の師として、また青春の想い出として、語りついできたのである。

その源を、文化的にはドイツのレクラム文庫に求めるにせよ、規模の上でイギリスのペンギンブックスに求めるにせよ、いま文庫は知識人の層の多様化に従って、ますますその意義を大きくしていると言ってよい。

文庫出版の意味するものは、激動の現代のみならず将来にわたって、大きくなることはあっても、小さくなることはないだろう。

「電撃文庫」は、そのように多様化した対象に応え、歴史に耐えうる作品を収録するのはもちろん、新しい世紀を迎えるにあたって、既成の枠をこえる新鮮で強烈なアイ・オープナーたりたい。

その特異さ故に、この存在は、かつて文庫がはじめて出版世界に登場したときと、同じ戸惑いを読書人に与えるかもしれない。

しかし、〈Changing Times,Changing Publishing〉時代は変わって、出版も変わる。時を重ねるなかで、精神の糧として、心の一隅を占めるものとして、次なる文化の担い手の若者たちに確かな評価を得られると信じて、ここに「電撃文庫」を出版する。

1993年6月10日
角川歴彦

二月 公
イラスト／さばみぞれ
声優ラジオのウラオモテ
#01 夕陽とやすみは隠しきれない？
オモテは元気＆清楚なアイドル声優／
ウラはギャル＆根暗地味子な女子高生!?
プロ根性で世界をダマせ!
バレたらアウトの声優ラジオ
Now On Air!!
第26回
電撃小説大賞
大賞
受賞
電撃文庫

豚になった俺が、異世界で美少女といちゃラブ(!?)するファンタジー
逆井卓馬
Author: TAKUMA SAKAI
[イラスト]遠坂あさぎ
Illustrator: ASAGI TOHSAKA
純真な美少女にお世話される生活。う～ん豚でいるのも悪くないな。だがどうやら彼女は常に命を狙われる危険な宿命を負っているらしい。
よろしい、魔法もスキルもないけれど、俺がジェスを救ってやる。運命を共にする俺たちのブヒブヒな大冒険が始まる！
豚のレバーは加熱しろ
Heat the pig liver
the story of a man turned into a pig.
電撃文庫

最強の聖仙、復活!!
クソッタレな世界をぶち壊す!!
少女願うに、この世界は壊すべき
桃源郷崩落
「世界の破壊」
それが人と妖魔に虐げられた少女かがりの願い。
最強の聖仙の力を宿す彩紀は
少女の願いに呼応して、千年の眠りから目を覚ます。
世界にはびこる悪鬼を、悲劇を打ち砕く
痛快バトルファンタジー開幕!
小林湖底
ILLUST ろるぁ
Should BREAK IT
電撃文庫

安達としまむら
昨日、しまむらと私が
キスをする夢を見た。
体育館の二階。ここが私たちのお決まりの場所だ。
今は授業中。当然、こんなとこで授業なんかやっていない。
ここで、私としまむらは友達になった。
日常を過ごす、女子高生な二人。
その関係が、少しだけ変わる日。
入間人間　イラスト／のん
電撃文庫

女子高生同士がまた恋に落ちるかもしれない話。
杜奏みなや
Minaya Morikana
illustration
小奈きなこ
Kinaco Cona
女子高生同士が
また恋に落ちる
かもしれない話。
普通の女子高生がある日物語の主人公になる、
初恋やり直しストーリー。
八年前。ひとりぼっちで泣くわたしを助けてくれた、満月みたいな丸い瞳の、背が高くてかっこいい女の子。わたしの特別な、初恋の相手——。
わたしは、小学生のとき一緒に星を見た、あの女の子が今もまだ忘れられない。もう二度と会えない、ただの思い出……だけどある日寮を移った先の部屋で待ち受けていた女の子・佑月こそ、まさに初恋の彼女で——!? 昔とは違って、小動物みたいで背も小さくて、すこし変わり者の佑月。好きだったのは昔のこと。このドキドキは、恋じゃない……はず。
電撃文庫

可愛いかがわしいお前だけが僕のことをわかってくれる（のだろうか）
鹿路けりま
イラスト◆にゅむ
同窓会で東大生だと
ウソをついた浪人生の僕。
もしウソがばれたら……よし、
死のう！　死んで異世界転生だ！
そんな人生絶望中の僕の前に
銀髪ロリ悪魔が現れ、『尊死』するまで
死なせてくれない!?
ってどんなラブコメだよ!?
電撃文庫